EU NASCI PRA ISSO

Também de Alice Oseman:

SÉRIE HEARTSTOPPER
vol. 1: *Dois garotos, um encontro*
vol. 2: *Minha pessoa favorita*
vol. 3: *Um passo adiante*
vol. 4: *De mãos dadas*

Almanaque Heartstopper
Este inverno
Nick e Charlie
Heartstopper para colorir

ALICE OSEMAN

EU NASCI PRA ISSO

Tradução
LÍGIA AZEVEDO

SEGUINTE

Copyright do texto © 2018 by Alice Oseman
Copyright da tradução © 2023 by Editora Seguinte
Os direitos morais da autora foram assegurados.

Publicado originalmente em inglês no Reino Unido pela HarperCollins
Children's Books, uma divisão da HarperCollins Publishers Ltd.
Traduzido sob a licença da HarperCollins Publishers Ltd.

O selo Seguinte pertence à Editora Schwarcz S.A.

*Grafia atualizada segundo o Acordo Ortográfico da Língua Portuguesa de 1990,
que entrou em vigor no Brasil em 2009.*

TÍTULO ORIGINAL I Was Born for This

CAPA E ILUSTRAÇÃO Alice Oseman

LETTERING Joana Figueiredo

PREPARAÇÃO Julia Passos

REVISÃO Renata Lopes Del Nero e Adriana Moreira Pedro

Dados Internacionais de Catalogação na Publicação (CIP)
(Câmara Brasileira do Livro, SP, Brasil)

Oseman, Alice
　　Eu nasci pra isso / Alice Oseman ; tradução Lígia
Azevedo. — 1ª ed. — São Paulo : Seguinte, 2023.

　　Título original: I Was Born for This.
　　ISBN 978-85-5534-276-9

　　1. Ficção inglesa 2. Ficção juvenil I. Azevedo, Lígia.
II. Título.

23-157057　　　　　　　　　　　　　　CDD-028.5

Índice para catálogo sistemático:
1. Ficção : Literatura juvenil 028.5

Tábata Alves da Silva – Bibliotecária – CRB-8/9253

Todos os direitos desta edição reservados à
EDITORA SCHWARCZ S.A.
Rua Bandeira Paulista, 702, cj. 32
04532-002 — São Paulo — SP
Telefone: (11) 3707-3500
www.seguinte.com.br
contato@seguinte.com.br

as crianças dizem que às vezes as pessoas
são enforcadas por falarem a verdade.
Joana d'Arc

SEGUNDA-FEIRA

eu tinha treze anos quando ouvi a voz de deus.
Joana d'Arc

ANGEL RAHIMI

— Estou literalmente morrendo — eu digo, levando a mão ao coração. — Você existe mesmo.

Juliet, que acabou de escapar do meu abraço, sorri tanto que parece que seu rosto vai se rasgar.

— Você também! — ela diz, e aponta para o meu corpo. — Isso é tão esquisito. Mas legal.

Teoricamente, não deveria ser esquisito. Faz dois anos que converso com Juliet Schwartz. Só na internet, tá, mas amizades de internet não são tão diferentes assim das amizades reais de hoje, e Juliet sabe mais a meu respeito que meus amigos da escola mais próximos.

— Você é um ser físico — eu digo. — E não só um monte de pixels na tela.

Sei quase tudo que tem pra saber sobre Juliet. Sei que ela nunca dorme antes das duas da manhã, que seu tipo de fanfic preferido é de-inimigos-a-amantes e que, em segredo, é fã de Ariana Grande. Sei que ela provavelmente vai se tornar o tipo de mulher de meia-idade que está sempre tomando vinho e que, ao mesmo tempo que chama as pessoas de "queridas", olha meio feio pra elas. Só que eu ainda não estava preparada para sua voz (mais refinada e profunda do que no Skype), seu cabelo (que é ruivo de verdade, como ela sempre disse, embora ficasse castanho na câmera) e seu tamanho (ela é uma cabeça mais baixa que eu; tenho um metro e oitenta e dois, então por essa eu já devia estar esperando).

Juliet alisa a franja e eu ajeito meu hijab enquanto andamos até a estação St. Pancras. Ficamos em silêncio por um momento, e fico nervosa de repente, o que é meio irracional, já que eu e Juliet somos praticamente almas gêmeas — duas pessoas que, contra todas as probabilidades, se encontraram nas profundezas da internet e, simples assim, viraram uma dupla.

Ela é a romântica de cérebro afiado. Eu sou a excêntrica que adora uma teoria da conspiração. Somos as duas fascinadas pela maior banda da história do universo: Ark.

— Você vai ter que contar para onde estamos indo — digo, sorrindo. — Meu senso de direção é péssimo. Às vezes, me perco a caminho da escola.

Juliet dá risada. Outro som novo. Mais claro, mais nítido que no Skype.

— Bom, você que veio me visitar, então de qualquer jeito o caminho é minha responsabilidade.

— Verdade. — Solto um suspiro exagerado. — Acho mesmo que essa vai ser a melhor semana da minha vida.

— Eu seeeeei! Estava contando os dias. — Juliet pega o celular e me mostra uma contagem regressiva: "Faltam 3 dias".

Disparo a falar:

— Eu tô, tipo, pirando. Nem sei o que vou usar. Não sei nem o que vou dizer.

Juliet volta a alisar a franja. Sinto que ela sabe exatamente o que está fazendo.

— Não se preocupa, a gente tem hoje, amanhã e quarta-feira pra se planejar. Vou fazer uma lista.

— Ah, cara, você vai fazer mesmo, né?

Nenhuma de nós tem amigos na vida real que gostem do Ark, mas isso não importa, porque temos uma à outra. Antes eu meio que obrigava as pessoas a falarem comigo sobre a banda — meus amigos da escola, meus pais, meu irmão mais velho —, mas ninguém se importava de verdade. Em geral, só me achavam irritante, porque assim que eu começo a falar sobre o Ark — ou qualquer coisa, na verdade —, tenho certa dificuldade em parar.

Mas com Juliet não é assim. Passamos horas e horas falando sobre o Ark e nenhuma das duas se cansa, se irrita ou se entedia uma com a outra.

E essa é a primeira vez que nos vemos.

Saímos da estação para o ar fresco. Está chovendo forte. E a rua está lotada. Nunca estive em Londres.

— Que saco essa chuva — Juliet diz, franzindo o nariz. Ela solta o braço que estava entrelaçado ao meu para pegar o guarda-chuva, um daqueles bem descolados, de plástico.

— Total — digo, mas é mentira, porque chuva não me incomoda. Nem mesmo esses aguaceiros estranhos em agosto.

Juliet volta a andar sem mim. Fico parada ali, com uma mão na mochila e outra no bolso. Tem gente fumando na saída da estação, e inspiro fundo. Adoro o cheiro de fumaça de cigarro. Isso é ruim?

Esta vai ser a melhor semana da minha vida.

Porque vou conhecer o Ark.

Assim eles vão saber quem eu sou.

Assim vou ter algum valor.

— Angel? — Juliet diz, alguns metros adiante. — Tudo bem?

Eu me viro para ela, confusa, mas então me dou conta de que está me chamando pelo nome que uso na internet, em vez do meu nome real, que é Fereshteh. Uso Angel on-line desde os treze. Na época, achava que soava legal, e não, não escolhi o nome por causa do cara de *Buffy, a caça-vampiros*. Fereshteh significa "anjo" em farsi.

Amo meu nome verdadeiro, mas Angel parece uma parte de mim agora. Só não estou acostumada a ouvir esse nome na vida real.

Abro os braços, sorrio e digo:

— Cara, isso que é vida.

Apesar do nervosismo do primeiro encontro ao vivo, no fundo a vida real não é muito diferente da internet. Juliet continua sendo a calma, a tranquila, a controlada, enquanto eu continuo sendo a pessoa mais barulhenta e irritante do mundo, e passamos todo o caminho até o metrô falando sobre a empolgação de conhecer o Ark.

— Minha mãe pirou — digo a ela enquanto sentamos em um vagão do trem. — Ela sabe que eu adoro o Ark, mas disse "não" quando eu falei que ia vir.

— Quê? Por quê?

— *Bom...* Estou meio que perdendo minha formatura na escola por causa disso.

É mais complicado que isso, e não quero entediar Juliet com os detalhes. Recebi minhas notas na semana passada e consegui, por pouco, chegar na média, que já era baixa, que eu precisava para entrar na faculdade que queria. Meus pais me deram os parabéns, claro, mas sei que ficaram bem irritados por eu não ter me saído melhor, como meu irmão mais velho, Rostam, que tirou pelo menos nove em tudo.

Então minha mãe teve a coragem de insistir que eu não viesse ao show do Ark para ir a uma cerimônia sem sentido, apertar a mão de alguém da coordenação e me despedir de colegas que provavelmente nunca mais vou ver.

— É na quinta de manhã — continuo. — O mesmo dia do show. Meus pais queriam ir. — Dou de ombros. — Mas é besteira. Tipo, não somos dos Estados Unidos, não temos formatura pra valer. Mas nossa escola faz uma cerimônia idiota que não tem porquê.

Juliet franze a testa.

— Parece péssimo.

— Falei pra minha mãe que de jeito nenhum que eu ia naquele negócio em vez de ver o Ark, mas ela insistiu e tivemos a maior briga, o que foi esquisito, porque a gente *nunca* briga. Ela ficava inventando desculpas pra eu não vir, tipo "Londres não é segura", "Nem conheço sua amiga", "Por que não vai outra hora?", blá-blá-blá. No fim, simplesmente vim, porque é claro que eu não ia aceitar o "não" dela.

— Nossa — Juliet diz, embora pareça que ela não me compreende totalmente. — Mas está tudo bem com você?

— Sim, tudo bem. Minha mãe não entende. Tipo, nós só vamos ficar em casa vendo filme, ir ao encontro do fandom e depois no meet--and-greet e no show de quinta. Não chega a ser perigoso. E o lance da escola não tem o menor sentido.

Juliet leva a mão ao meu ombro e diz, de maneira dramática:

— O Ark vai agradecer seu sacrifício.

— Obrigada pelo apoio, camarada — digo, no mesmo tom.

Quando chegamos ao alto da escada da estação Notting Hill Gate, meu celular vibra no bolso. Eu o pego e dou uma olhada.

Ah. Meu pai finalmente me respondeu.

Sua mãe vai esquecer isso. Só dê notícias quando puder. Sei que esse tipo de evento escolar não tem mais tanta importância. Ela só quer garantir que você faça as melhores escolhas. Mas compreendemos que você quer ser independente e sabemos que só faz amizade com pessoas boas. Você tem dezoito anos e é uma garota forte e com a cabeça no lugar. Sei que o mundo não é tão ruim quanto sua mãe pensa. Você sabe que ela foi criada com valores diferentes dos meus. Sua mãe respeita a tradição e a conquista acadêmica. Mas também fiz minhas travessuras quando era jovem. Você tem que poder viver sua vida, *inshalá*! E tem que fornecer material para minha escrita, não seja entediante! Te amo, beijos

Bom, pelo menos meu pai está do meu lado. Como costuma acontecer. Acho que ele está sempre torcendo para que eu me envolva em alguma encrenca para poder escrever sobre em seus romances autopublicados.

Mostro a mensagem a Juliet. Ela suspira.

— "O mundo não é tão ruim." Que otimista!

— Né?

★ ★ ★

Vamos passar a semana na casa da avó de Juliet. A própria Juliet mora em uma cidade próxima e achou que seria mais fácil ir ao encontro do fandom e ao show se passássemos a semana em Londres. Eu é que não ia reclamar.

A casa fica em Notting Hill. A família de Juliet é rica. Percebi isso logo no começo de nossa amizade, quando ela comprou o equivalente a quinhentas libras em produtos oficiais do Ark em uma tentativa de ganhar um concurso e nem piscou quando perdeu. Ao longo dos meus muitos anos no fandom do Ark, só consegui economizar dinheiro para comprar um moletom e um pôster.

E, claro, o ingresso com meet-and-greet para o show de quinta na arena O2.

— Cara, isso é muito chique — digo quando atravessamos a porta e damos com um corredor. O piso é de azulejo. Tudo é branco, e há quadros de verdade nas paredes.

— Valeu? — Juliet responde, em um tom que sugere que na verdade não tem ideia do que dizer. Na maior parte do tempo, procuro não fazer nenhuma referência ao fato de que ela é muito mais rica do que eu, porque acaba sendo desconfortável para nós duas.

Tiro os sapatos e Juliet me leva para deixar minhas coisas no quarto em que vamos dormir. Tem dois outros quartos em que eu poderia ficar — um de hóspedes e um escritório —, mas metade da diversão de ficar na casa de uma amiga são as conversas profundas tarde da noite, as duas fazendo hidratação com máscara na cama, comendo Pringles enquanto uma comédia romântica ruim passa na TV. Né?

Depois disso, sou apresentada à avó de Juliet, que se chama Dorothy. Ela é baixinha, como Juliet, e parece muito mais nova do que deve ser. Tem cabelo comprido tingido de loiro e usa galochas de marca. Está sentada à mesa da cozinha, digitando no notebook, com os óculos apoiados na ponta do nariz.

— Oi — ela diz, com um sorriso caloroso. — Você deve ser a Angel.

— Sim! Oi!

Tá, as pessoas me chamarem de Angel na vida real é esquisito mesmo.

— Está animada para o show na quinta? — Dorothy pergunta.

— *Muito.*

— Imagino! — Ela fecha o notebook e levanta. — Bom, vou tentar não atrapalhar. Tenho certeza de que vocês duas têm assunto de sobra!

Garanto que ela não atrapalha, mas Dorothy sai da cozinha mesmo assim, o que faz com que eu me sinta um pouco culpada. Nunca sei como me comportar com avós, porque os meus ou estão mortos, ou moram em outro país. E esse é um assunto em que não costumo tocar com ninguém.

— ENTÃO! — digo, esfregando uma mão na outra. — O que tem pra comer?

Juliet joga o cabelo para trás e espalma as mãos na bancada da cozinha.

— Você não faz ideia — ela diz, erguendo uma sobrancelha.

Então ela faz um tour comigo por todas as comidas e bebidas que comprou para a semana — sendo os destaques pizza e refrigerante J_2O — antes de me perguntar o que quero agora. Escolho um J_2O clássico, de laranja e maracujá, porque sinto que deveria ter alguma coisa na mão. Odeio não ter o que segurar quando não estou falando. O que eu deveria fazer com as mãos?

Juliet volta a falar:

— Acho que a gente chega a tempo se sair umas seis.

Cutuco o rótulo da garrafa com a unha do dedão.

— Hum... onde a gente vai mesmo?

Do outro lado da ilha da cozinha, Juliet congela.

— Pegar... espera aí, eu não te falei?

Dou de ombros, com certo exagero.

— Meu amigo Mac está vindo também — ela diz. — Para ficar. Para ver o Ark.

Entro em pânico no mesmo instante.

Não sei quem é Mac. Nunca ouvi falar nele. Não quero ficar à toa com alguém que nem conheço. Não quero ter que fazer amizade quando a semana deveria ser dedicada a Juliet e ao Ark. Fazer amizade exige esforço, fazer amizade com Mac vai exigir esforço, porque ele não me conhece, não está acostumado comigo e com minha falação ininterrupta e minha paixão profunda por uma boyband adolescente. E essa semana não é sobre o Mac. Essa semana é sobre mim, Juliet e nossos garotos — o Ark.

— É sério que não te falei? — Juliet pergunta, passando a mão pelo cabelo.

Ela parece estar se sentindo bem mal com isso.

— Não… — digo, e pareço grossa. Tá. Calma. Não tem problema. Mac não é um problema. — Mas… tudo bem! Gente nova! Sou ótima em fazer amigos!

Juliet leva as mãos ao rosto.

— Nossa, desculpa *mesmo*. Eu poderia jurar que tinha te falado. Prometo que ele é muito, muito legal. A gente se fala pelo Tumblr, tipo, todo dia.

— Beleza! — digo, assentindo com entusiasmo, mas me sentindo culpada. Minha vontade é de dizer a ela que tenho, sim, um problema com isso, que não estava esperando algo assim. Para ser honesta, eu provavelmente não teria vindo se soubesse que precisaria passar a semana toda com um cara que não conheço. Mas não quero deixar as coisas desconfortáveis quando faz só dez minutos que cheguei.

Vou ter que mentir.

Só esta semana.

Espero que Deus me perdoe. Ele sabe que preciso fazer isso. Pelo Ark.

— Bom, então saímos às seis, voltamos pra comer uma pizza, vemos um filme e às duas começa a premiação, certo? — digo, e as palavras se atropelam ao sair.

São cinco e dezessete da tarde. Vamos ficar acordadas para assistir ao West Coast Music Awards, que começa às duas da manhã daqui. Nossos meninos vão se apresentar. É a primeira vez que vão aparecer em uma premiação americana.

— Isso — Juliet confirma, assentindo com firmeza. Esse gesto está começando a perder o sentido. Eu me viro e começo a andar de um lado para o outro da cozinha, enquanto Juliet pega o celular.

— Parece que os meninos chegaram ao hotel! — ela diz, olhando para a tela. Provavelmente no @ArkUpdates no Twitter, nossa fonte para tudo relacionado à banda. É incrível que eu não tenha entrado para ver nesta última hora.

— Alguma foto?

— Só uma desfocada com eles saindo do carro.

Eu me inclino sobre o ombro dela para ver a foto. Lá estão eles. Nossos meninos. *O Ark*. Figuras desfocadas e pixeladas, parcialmente bloqueadas por guarda-costas enormes de terno escuro. Rowan vai na frente, Jimmy no meio e Lister atrás. Eles parecem estar ligados de alguma maneira. Como os Beatles na Abbey Road, ou um grupo de crianças pequenas de mãos dadas em um passeio da escolinha até o parque.

JIMMY KAGA-RICCI

— Acorda, Jimjam.

Rowan chuta minha canela. Rowan, Lister e eu estamos todos no mesmo carro, o que é uma boa mudança. Em geral, chegamos a esse tipo de coisa separados, e acabo viajando com um guarda-costas que fica me olhando como se eu fosse um card raro do Pokémon.

— Já estou acordado — digo.

— Não está, não — ele diz, então sacode os dedos acima da própria cabeça. — Você está aqui.

Rowan Omondi está sentado à minha frente no Hummer. Está bem gato. Como sempre. Fez tranças no cabelo há uns meses e seus óculos — novos — são estilo aviador. Está de terno vermelho com flores brancas e douradas — fogo em contraste com sua pele preta. Seus sapatos são Christian Louboutin.

Ele cruza os dedos em cima de um dos joelhos. Seus anéis tilintam.

— Não é nada de novo. Já fizemos isso antes. O que está chiando aí? — Rowan pergunta, tocando a própria têmpora e olhando para mim. O que está chiando. Adoro Rowan. Ele diz coisas que parece até que inventou. Não à toa é nosso letrista.

— Ansiedade — digo. — Estou ansioso.

— Com o quê?

Dou risada e balanço a cabeça.

— Não é assim que funciona. Já falamos sobre.

— É, mas, tipo, tudo é uma questão de causa e efeito.

— A ansiedade é a causa *e* o efeito. Problema em dobro.

— Ah.

Minha ansiedade não é novidade pra ninguém. A esta altura, é meio que o quarto integrante da banda. Estou tentando dar uma controlada na terapia, mas ainda não consegui fazer muitas sessões este ano, com a turnê europeia e o novo álbum, fora que *ainda* não estou muito entrosado com a nova terapeuta. Nem contei sobre a crise de pânico que tive no Children in Need no ano passado. Cantei mesmo assim. Está no YouTube. Prestando atenção, dá pra ver as lágrimas no meu rosto.

Ficamos em silêncio. Consigo ouvir os gritos à distância. Lembra um pouco o mar. Devemos estar quase chegando.

A sensação ruim deve ser metade ansiedade, metade nervoso normal em relação a hoje à noite, fora todas as outras coisas que meio que temo o tempo todo. Estou quase sempre com medo, mesmo de "coisas" que nem são assustadoras. No momento, a Lista das Coisa que Mais Apavoram Jimmy inclui: "assinar o novo contrato" e "voltar pra casa depois da turnê", além de "o lance de hoje no West Coast Music Awards, nossa primeira apresentação ao vivo nos Estados Unidos". Não vai ter nada de diferente de nossos shows normais, a não ser pelo público, composto pelos mais importantes músicos do mundo e pessoas que não sabem nada da gente além de que adolescentes sabem todas as nossas músicas de cor.

Tudo está meio que mudando e acontecendo ao mesmo tempo, o que me deixa empolgado e assustado, enquanto meu cérebro não sabe nem um pouco como lidar com a situação.

— Não sei como você tem tempo de ficar ansioso quando vamos finalmente nos apresentar no Dolby — diz Lister, que está literalmente pulando no banco do carro, com um sorriso enorme no rosto. — Tipo, sinto que vou me cagar todo. E talvez me cague mesmo. Cuidado.

Rowan franze o nariz.

— Podemos não falar sobre cocô enquanto eu estiver usando Burberry, por favor?

— Se podemos falar sobre ansiedade, podemos falar sobre cocô. É praticamente a mesma coisa.

Allister Bird. Posso afirmar com segurança que ele não bebe nem fuma nada desde ontem — embora pareça prestes a explodir de empolgação, range os dentes sem perceber e está com olheiras. Cecily, nossa empresária, instituiu uma política de nada-de-bebida-cinco-horas--antes-dos-eventos para Lister depois do Incidente no *X-Factor* Sobre o Qual Não Falamos Mais, e ele não pode fumar nos dias em que vai cantar, embora em geral fume.

No entanto, ninguém mais deve falar disso. Para todos os outros, Lister é lindo, perfeito, impecável etc. Tem essa cara de James Dean, de modelo da Calvin Klein, de quem acabou de cair da cama. Esta noite, está usando uma jaqueta Louis Vuitton e jeans preto justo e rasgado.

Lister me dá um tapinha nas costas um pouco forte demais.

— Você deve estar pelo menos um pouco animado com hoje à noite, né? — diz, sorrindo.

Não é difícil sorrir de volta.

— É, estou um pouco animado.

— Ótimo. Agora, vamos voltar ao que importa: quais são as chances de eu trombar com a Beyoncé e quais são as chances de que ela saiba quem eu sou?

Olho pela janela do carro. O vidro tem insulfilm, e Hollywood parece mais escura do que deveria, mas os batimentos acelerados do meu coração revelam uma mistura indiscernível de ansiedade e empolgação, e de repente tenho uma sensação de "não consigo acreditar que estou aqui". Acontece cada vez menos ultimamente, mas às vezes eu lembro de como minha vida é estranha.

De como é boa. De como tenho sorte.

Olho para Rowan, que me encara com um vago sorriso nos lábios.

— Você está sorrindo — ele comenta.

— Cala a boca — digo, mas Rowan tem razão.

— Vocês deviam tentar se divertir — diz Cecily, cruzando as pernas, sem tirar os olhos do celular. — Depois dessa semana, as coisas vão ficar quinhentos por cento mais movimentadas pra vocês.

Ela está sentada na frente de Lister e, entre nós quatro, só ela lembra uma pessoa normal, com um vestido azul, os cachinhos pretos jogados todos para um lado e um crachá no pescoço. A única coisa nela que parece cara é o iPhone enorme que tem na mão.

Cecily Wills, a empresária da banda, tem apenas uns dez anos a mais que nós, mas nos acompanha em tudo e nos diz o que fazer, aonde ir, onde ficar e com quem falar. Sem Cecily, literalmente não teríamos ideia do que fazer. Nenhuma. Nunca.

Rowan revira os olhos.

— Tão dramática...

— Estou falando sério, meu bem. O novo contrato é bem diferente do atual. E vocês ainda vão ter que se adaptar à vida pós-turnê.

O novo contrato. Vamos assinar um novo contrato com nossa gravadora, a Fort Records, assim que voltarmos para casa da turnê europeia, ainda esta semana.

Vamos fazer turnês maiores. Mais entrevistas. Teremos mais patrocínio, produtos mais chamativos. E, acima de tudo, finalmente entraremos nos Estados Unidos. Recentemente, tivemos um single no top ten, mas o plano é conquistar um público maior, fazer uma turnê pelo país e talvez alcançar fama mundial.

É o que queremos, claro. Que nossa música se espalhe pelo mundo e que nosso nome entre para os livros de história. Mas não posso dizer que a ideia de *mais* entrevistas, *mais* aparições na mídia, *mais* turnês, *mais tudo* me deixa especialmente animado com o futuro.

— Temos que falar sobre isso agora? — resmungo.

Cecily continua mexendo no celular.

— Não, meu bem. Vamos voltar a falar sobre cocô e ansiedade.

— Ótimo.

Rowan suspira.

— Olha só o que você fez. Deixou o Jimmy mal-humorado.

— Não estou mal-humorado...

Lister deixa o queixo cair, fingindo estar chocado.

— Como posso ser o culpado?

— Vocês dois são — Rowan diz, apontando para Lister e Cecily.

— Ninguém é culpado — digo. — Só estou meio estranho.

— Mas está animado, né? — Lister insiste.

— Sim! Juro que estou.

E é verdade. Estou animado.

Só estou nervoso, assustado e ansioso ao mesmo tempo.

Os três ficam olhando para mim.

— Tipo, vamos nos apresentar no Dolby! — digo, e me pego sorrindo outra vez.

Rowan ergue um pouco as sobrancelhas, de braços cruzados, e assente. Lister faz "uhu", depois começa a abrir a janela, até que Cecily bate em sua mão e ele a fecha de volta.

Os gritos do lado de fora estão intensos agora. O carro para. Fico meio enjoado. Não sei bem por que tudo está me incomodando muito mais hoje. Em geral, fico bem. Circunspecto, sempre circunspecto, mas bem. Os gritos não parecem mais a maré. Para mim, parecem o guincho metálico de máquinas pesadas.

Tenho certeza de que vou curtir depois que entrarmos.

Passo os dedos pelas clavículas até encontrar minha corrente com pingente de cruz. Peço a Deus que me acalme. Espero que esteja ouvindo.

Estou todo de preto, como sempre. Com calça cigarrete, botas tipo Chelsea que já estão me dando bolhas, jaqueta jeans grande e uma camisa que tenho que ficar puxando o tempo todo porque me sufoca. Fora o broche com a bandeira trans que sempre uso em eventos.

Rowan tira o cinto, me dá um tapinha na bochecha, aperta o nariz de Lister e diz:

— Vamos lá, galera.

As meninas não são nada de novo. Estão sempre presentes, onde quer que seja, esperando por nós. Não me incomoda. Não posso dizer que entendo, mas de certa maneira eu as adoro também, acho. Do mesmo jeito que adoro aqueles vídeos de cachorrinhos tropeçando no Instagram.

Saímos do carro e uma mulher retoca nosso cabelo e nossa maquiagem enquanto outra passa um rolinho na minha jaqueta para tirar fiapos. Meio que adoro o jeito como eles sempre parecem surgir do nada. Homens de jeans com câmeras enormes. Guarda-costas carecas usando preto. Todo mundo sempre de crachá.

Rowan faz sua Cara Séria. É hilária. Um beicinho meio amuado, meio sexy. Ele não costuma sorrir muito na frente das câmeras.

Lister, por outro lado, é só sorrisos. Nunca sai cabisbaixo nas fotos. A cara normal dele já é assim.

Os gritos são ensurdecedores. A maior parte do público só grita "Lister". Ele se vira e ergue a mão. Ouso dar uma olhadinha também.

As meninas. Nossas meninas. Agarradas ao alambrado, agitando celulares no ar, esmagando umas às outras, gritando eufóricas.

Ergo a mão para cumprimentá-las, e elas me respondem com gritos. É assim que nos comunicamos.

Somos conduzidos pelos adultos que nos acompanham aonde quer que vamos. Guarda-costas, maquiadores, mulheres com walkie-talkies. Rowan vai no meio, Lister vai ligeiramente à frente e eu fecho a fila, percebendo que estou mais animado do que de costume para uma cerimônia de premiação. Esses eventos andam meio repetitivos no Reino Unido, mas é nosso primeiro nos Estados Unidos, o que o torna especial. É nosso primeiro passo na indústria americana, para o sucesso mundial e um *legado* musical.

Saímos de uma garagem ferrada na Kent rural para o tapete vermelho em Hollywood.

Olho para o sol da Califórnia e me pego sorrindo outra vez.

Fotos são muito importantes, ao que parece. Como se já não houvesse fotos nossa em alta qualidade o bastante no mundo. Cecily tentou me explicar isso uma vez, dizendo que eles precisam de fotos em alta qualidade atualizadas. Precisam de fotos em alta qualidade do meu cabelo agora, raspado nas laterais. Precisam de fotos em alta qualidade do terno de Rowan, porque é especial, algo de que as revistas de moda vão falar. Precisam de fotos de alta qualidade de Lister. Porque elas vendem.

Nos juntamos para posar para a imprensa. Às vezes, ainda sinto que estamos só os três aqui, mesmo que constantemente cercados por outras pessoas — os adultos que nos rodeiam indicando onde devemos ficar, depois saindo do caminho para que o show pirotécnico de flashes comece. Meus olhos encontram os de Lister, que balbucia "Tô me cagando aqui" antes de me dar as costas e abrir um sorriso ofuscante para as câmeras.

Fico no meio, sempre, segurando as mãos à frente do corpo. Rowan, que é o mais alto, fica à minha esquerda, com a mão no meu ombro. Lister fica à minha direita, com as mãos nos bolsos. Nunca falamos sobre isso. Mas é como fazemos.

Os fotógrafos, como as meninas, gritam principalmente para Lister. Ele odeia isso.

Rowan acha muito engraçado.

Eu acho muito engraçado.

Mas ninguém além de nós três sabe disso.

— Aqui!

— Pra direita!

— Pessoal!

— Lister!

— Bem aqui!

— Agora pra esquerda!

E prossegue. Não podemos fazer nada além de ficar olhando para as luzes piscando e aguardar.

Uma hora, um homem gesticula para que sigamos em frente. Os fotógrafos continuam gritando para nós. São piores que as meninas, porque fazem isso por dinheiro, e não por amor.

Ando perto de Rowan, que vira para mim e diz:

— Pessoal animado hoje, hein?

— É a Califórnia — digo.

— Quem diria? — Ele estica os braços para ajustar as mangas. — Estou suando pra caramba.

— E eu, que estou todo de preto?

Os flashes das câmeras refletem nos óculos dele.

— Pelo menos você está de meia. Acho que já estou sentindo meu chulé — Rowan sacode um pé na minha direção. — Sapatos de couro sem meias é a porra de um pesadelo. Já acumulou uma pocinha de suor aqui.

Dou risada, então voltamos a andar.

É aqui que a maior parte das meninas fica. Dos dois lados do longo tapete vermelho estendido à nossa frente, debruçadas sobre a proteção, agitando os celulares. Eu costumava desejar ter tempo para conversar com cada uma delas.

Lister é rápido: segue pelo lado esquerdo do tapete, parando de vez em quando para se inclinar para uma selfie com uma menina. Elas agarram seus braços, sua jaqueta, suas mãos. Ele sorri e segue em frente. Sempre com um guarda-costas alguns passos atrás.

Rowan detesta as meninas, detesta como gritam, agarram, choram na sua frente e imploram que ele as siga de volta no Twitter. Mas não quer que elas o odeiem. Por isso, tira algumas selfies também.

Eu não tiro mais. Não chego mais perto delas. Não me importo de acenar e sorrir, e sou grato, com certeza, por estarem aqui, por nos apoiarem e por nos amarem, mas... elas me assustam.

A qualquer momento, poderiam simplesmente estender o braço e me machucar. Alguém pode ter uma arma. Ninguém saberia. Uma pessoa malvada aparece e eu morro. Sou um alvo importante. Fazer parte de uma das boybands de maior sucesso e mais conhecidas da Europa torna qualquer cara um alvo importante.

Isso é bem a minha cara. Paranoia, medo e pensamento obsessivo tudo reunido em um único cérebro.

Caminho devagar, acenando. Elas acenam de volta, sorrindo, chorando, extasiadas. Isso é bom. Elas estão se divertindo.

Perto do fim do tapete, voltamos a andar todos juntos, os três em uma fileira ligeiramente espaçada. Às vezes, eu gostaria que pudéssemos dar as mãos. Nem por um bilhão de libras eu partiria para a carreira solo e faria tudo isso sozinho.

É estressante. Assustador. Isso nunca passa. As meninas gritam, arranham. A maioria só gosta de nós porque somos bonitos. Mas, desde que estejamos aqui, os três, e possamos fazer música, e possamos viver essa vida — tocando em uma cidade nova toda semana, fazendo milhões de rostos sorrirem, deixando nossa marca no mundo —, então está tudo bom, tudo certo, tudo ok.

Rowan olha na minha direção e assente. Dá um tapinha nas costas de Lister. Pelo menos não estou sozinho.

ANGEL RAHIMI

Desde que anunciou que não sou a única amiga da internet que vai ficar com ela, as coisas ficaram setenta vezes mais desconfortáveis, porque Juliet está se sentindo mal com isso, eu estou me sentindo mal com isso, e ninguém está totalmente feliz com nada.

Para nossa sorte, sou ótima em fingir que está tudo bem, mesmo que dentro da minha cabeça tenha um gnomo gritando que definitivamente não está tudo bem.

Mantenho a conversa rolando enquanto caminhamos até a estação de metrô, onde vamos encontrar Mac, cujo sobrenome e cuja personalidade não conheço. Sou boa nisso — falar, mesmo sem assunto.

Juliet parece feliz em me acompanhar. Especialmente quando menciono o Instagram do Rowan.

Viramos uma esquina e deparo com a placa em vermelho e azul do metrô no fim da rua.

— Então — continuo —, como Mac é?

Juliet enfia as mãos nos bolsos.

— Bom... ele é do fandom do Ark, tem a nossa idade, dezoito e... — Ela hesita. — Adora música?

— Hum! — balanço a cabeça para acompanhar. — Quanto tempo faz que vocês se conhecem?

— Só uns meses, mas nos falamos todo dia no Tumblr, então sinto que faz anos, sabe? Bom, espero que ele não seja um stalker de quarenta anos que usa chapéu fedora.

Ela finge que leva a mão a um chapéu, o que me faz dar risada.

— Eu também!

Eu me pergunto se Juliet sente que me conhece há anos. Ainda que a gente se conheça *mesmo* há dois anos.

— Ali está ele! — Juliet aponta na multidão que sai do metrô. Não tenho ideia de para quem. Vejo um monte de garotos da nossa idade, e Mac poderia ser literalmente qualquer um deles. Como Juliet o descreveu de forma bem genérica, minhas expectativas não são exatamente altas.

Então um cara acena na nossa direção.

E percebo que minhas expectativas estavam certas.

Ele é a definição de um inglesinho branco médio.

Mac nos vê — bom, vê Juliet — e acena de novo em nossa direção. Ele sorri. Acho que é bonito. Tem os traços do rosto bem distribuídos. O corte de cabelo da moda. É um pouco como se tivesse sido cultivado em laboratório. Não sei. Parece o tipo de pessoa que eu deveria considerar bonita.

Enquanto ele se aproxima, Juliet dá alguns passos à frente, me deixando para trás.

— Oi! — ela diz. Parece nervosa.

— Oi! — ele diz ao chegar. Parece nervoso também.

Os dois sorriem um para o outro, então ele estende os braços. Ela fica na ponta dos pés e o abraça.

Ah. Acho que já tenho uma ideia do que está rolando aqui.

— Como foi a viagem? — Juliet pergunta depois que eles se separam.

— Não foi tão ruim assim! — Mac diz. — Bom, você sabe. *Trens.*

Ela dá risada, concordando.

Você sabe. Trens.

Os dois batem um papo furado irritante por uns dois minutos antes que eu seja apresentada.

— Ah! Claro! — Juliet diz, virando e parecendo *surpresa* ao perceber que eu ainda estou ali. — Esta é minha amiga Angel.

Outra vez, me sinto esquisita ao ser apresentada como Angel, em vez de Fereshteh. Ao mesmo tempo, é quem eu sou para essas pessoas. As pessoas da internet. *Angel.*

Mac tira os olhos de Juliet e se concentra em mim.

— Tudo bem? — ele pergunta, mas seus olhos dizem "Que porra você tá fazendo aqui?".

— Oi! — digo, tentando parecer animada. Odeio quando as pessoas dizem "tudo bem?" em vez de "oi".

Ele parece uma versão mais velha dos meninos que costumavam fazer bullying comigo no ônibus da escola.

Depois de uma longa pausa, bato palmas, viro o rosto e digo:

— Bom! Agora vamos deixar essa apresentação dolorosa de lado e voltar, porque quero comer minha pizza.

Fico meio que esperando Juliet fazer algum comentário sarcástico ou pelo menos concordar comigo, como faria se estivéssemos conversando na internet, mas ela não faz. Só dá uma risadinha educada para Mac.

— Ah, eu adoro Radiohead — Mac diz no caminho até a casa da avó de Juliet. Ando um pouco atrás dos dois. Não cabem três pessoas lado a lado na calçada. — Sei que são meio das antigas, mas ainda são relevantes. Acho que você ia gostar.

Juliet dá risada.

— Ah, você me conhece. Ouço qualquer coisa que seja um pouquinho sofrida.

— Vou te mandar o link de "Everything in Its Right Place" pra gente comentar depois — ele prossegue, e passa a mão pelo cabelo. — É muito esquisito.

O sotaque dele não é muito diferente do de Juliet — refinado, tipo o da galera do reality show *Made in Chelsea*, só que parece bem pior saindo da boca dele. Juliet lembra as crianças dos filmes de Nárnia, já Mac parece um vilão.

— Manda, sim — Juliet diz, assentindo com entusiasmo.

Nem me passaria pela cabeça que ela pudesse se interessar por Radiohead. Claro que a banda preferida dela sempre vai ser o Ark, mas no geral ela é mais fã de pop rock e coisas animadinhas. Não Radiohead, que é velho e chato.

— Eu adoro música indie clássica, dos anos noventa — Mac continua. — Tipo, acho que isso não é muito comum, mas é melhor que ser óbvio.

— Ah, sim, com certeza — Juliet concorda, sorrindo para ele.

— Bom, adoro poder falar sobre música com você — Mac prossegue, sorrindo. — Ninguém na escola gosta das coisas que eu gosto.

— Tipo Ark? — Juliet pergunta.

— Exatamente.

Mac inicia um monólogo sobre as semelhanças entre Ark e Radiohead, e como ele tem certeza de que eles devem ter se inspirado no Radiohead em algumas de suas músicas mais melancólicas, mas eu me desligo da conversa. Esse cara fala quase tanto quanto eu e tem dez vezes mais opiniões. Tenho certeza de que Juliet o vê como um nerd da música um tanto excêntrico e que só estou sendo negativa porque achei que fosse tê-la só para mim esta semana, mas não consigo parar de imaginá-lo recebendo uma ligação de emergência, precisando voltar correndo para a estação, pegar um trem e, assim, nunca mais o veríamos.

Nem mesmo a presença da avó de Juliet impede que eu me sinta segurando vela. Não tenho como evitar. Mac e Juliet são Ferris Bueller e Sloane, e eu sou Cameron. Só que eles são sem graça e eu não tenho um carro chique.

Fico extremamente aliviada quando me retiro para o andar de cima para fazer a oração da noite, porque assim tenho dez minutos em que não preciso ouvir a voz de Mac. Peço a Deus que me dê forças para ser boazinha e não julgá-lo de um jeito duro demais, quando só o conheço há, tipo, uma hora. Mas tem um número limitado de monólogos que uma garota aguenta ouvir sobre bandas antigas e obscuras antes de surtar.

Às onze da noite, Dorothy já foi para a cama faz tempo, já comemos e estamos sentados na sala, Mac e Juliet em um sofá e eu em uma poltrona. Na TV passa alguma coisa da Netflix que nunca vi, enquanto esperamos para assistir ao Ark no tapete vermelho ao vivo às duas da manhã. Estou acostumada a puxar assunto com a maioria das pessoas, mas Mac e Juliet não parecem precisar de mim agora que se encontraram.

Às cinco para a meia-noite, o pior acontece.

Juliet precisa fazer xixi, deixando Mac e eu sozinhos na sala.

— Então... — ele diz, assim que ela sai, penteando o cabelo para trás com a mão e me encarando. Então? O que se espera que eu faça com esse "então"?

— Então — eu digo.

Mac olha para mim, sorrindo. É um sorriso meio esquisito. Claramente falso, mas acho que pelo menos ele está tentando ser simpático. E entendo por que Juliet está interessada nele. Seu cabelo bagunçado e seu sorriso desajeitado são meio fofos, acho. Ele talvez até tivesse um lance meio Ark se usasse um jeans preto rasgado.

— Me fala de você, *Mac*.

Ele dá risada, como se o que eu tivesse dito fosse muito esquisito.

— Nossa, que intenso! — Ele se inclina para a frente e apoia os cotovelos nos joelhos. — Bom, tenho dezoito anos, acabei de terminar a escola e vou para a Universidade de Exeter em algumas semanas estudar história.

Balanço a cabeça, como se estivesse muito interessada naqueles fatos.

— E, er... bom, acho que sou muito fã de música!

Mac dá risada e coça a cabeça, como se ficasse constrangido em admitir isso.

— Que interessante — digo. Não aprendi absolutamente nada a respeito dele. — Então você e Juliet se conheceram no Tumblr?

Ele abre um sorriso tímido.

— Ah, é, mandei uma mensagem pra ela alguns meses atrás, puxando assunto, sabe? E começamos a conversar. Acho que somos muito parecidos.

— Hum, é, total! — Tento não ser sarcástica ao dizer isso. Juliet e Mac não poderiam ser mais diferentes. Ela gosta de memes e de dissecar teorias do fandom. Ele parece ser do tipo que curte as fotos dos outros no Instagram só pra curtirem as dele.

— E quanto a você? — Mac pergunta. — *Me fala de você.*

— Tá bom — digo com as sobrancelhas erguidas, como se tivesse aceitado entrar em um duelo. — Também tenho dezoito anos, acabei de terminar a escola e em outubro começo a estudar psicologia.

— Psicologia? Que legal. Você quer ser psicóloga? Ou, tipo, terapeuta ou algo assim?

Viro as palmas da mão para cima e dou de ombros.

— Vai saber, né?

Mac dá risada, mas parece um pouco em pânico, sem ter certeza se deve rir ou não. É mais fácil do que lhe dizer a verdade: que eu escolhi psicologia porque era a única disciplina em que eu era minimamente boa ou tinha algum interesse na escola — em todo o resto, tirei notas abaixo da média — e que não tenho ideia do que quero fazer com minha vida.

O que é meio merda, pra ser sincera, principalmente quando seu irmão mais velho está no terceiro ano de medicina na Imperial College London e seus pais são professores, então você deveria ter genes melhores.

Mas não preciso pensar nisso agora. Esta semana é do Ark. Foi por isso que tanto esperei. Posso lidar com o resto da minha vida depois.

— Sinceramente — Mac diz —, não sei muito bem o que quero fazer depois da faculdade. Tipo, escolhi história porque acho interessante, mas não é o tipo de coisa que te dá uma carreira definida, diferente do que Juliet está fazendo, que é *muito* corajoso, claro, por ela não seguir a profissão dos pais advogados e optar por trabalhar nos bastidores do teatro e...

Ele fala por mais alguns minutos, sem fazer nenhuma pausa que me permita falar, e eu começo a me desligar outra vez. Na verdade, até entendo por que Mac e Juliet se dão bem. Ela é uma boa ouvinte.

— Ei — Mac diz de repente —, a gente devia se seguir no Tumblr!

— Ah — digo. — É, legal, claro.

Nós dois tiramos o celular do bolso.

— Como eu te acho? — ele pergunta.

— jimmysangels.

Ele dá risada.

— Tipo *Charlie's Angels*? *As Panteras*? Que legal. Um clássico.

Na verdade, nunca vi esse programa.

— Bom, meu nome é Angel e, você sabe, eu amo o Jimmy, então pronto.

— Seu nome é Angel de verdade? Porque é muito legal.

Não respondo por um momento, mas acabo dizendo, com um sorriso:

— É!

Tecnicamente, não estou mentindo.

— Mac vem de Cormac, o que é meio ridículo, porque Cormac é um nome irlandês e não sou nem um pouco irlandês...

— Como eu te sigo?

—Ah, sim, mac-anderson.

Imagino que este seja o sobrenome dele. Cormac Anderson. A descrição no Tumblr diz "mac, 18, reino unido. amo música boa e tênis legais". Isso me faz olhar para o outro lado da sala, onde estão os tênis dele, e fico decepcionada ao descobrir que são Yeezys. Como todo mundo tem Yeezys? Não são, tipo, oitocentas libras?

— Esse — ele diz.

— Legal.

Ficamos em silêncio por um momento, assentindo um para o outro.

A porta se abre, e Juliet retorna. Obrigada, Senhor. Mac olha para ela com um alívio imenso no rosto.

Juliet para à porta e sorri, olhando para mim e para ele.

— Vocês dois parecem ter... conversado — ela diz.

— Foi isso mesmo — confirmo.

— É, somos melhores amigos agora — Mac diz, sorrindo. — Não precisamos mais de você, Jules.

Jules? Quero morrer. Primeiro "Bom, você sabe. Trens". Depois "Jules"? *Jules?*

Ela entra na sala e senta ao lado de Mac no sofá.

— Que pena, porque faltam poucas horas para a apresentação do Ark e se vocês não me quiserem aqui, vão ter que me tirar aos pontapés.

Mac a cutuca e murmura algo que não consigo ouvir da poltrona. Juliet dá risada. Tenho a estranha impressão de que estão rindo de mim, mas é claro que não fariam isso na minha frente. Ou fariam? Não. Os dois continuam com suas brincadeirinhas, então eu abro o Twitter pela centésima vez em uma tentativa de fugir dessa comédia romântica em que pareço ter entrado como a coadjuvante que garante alívio cômico e diversidade étnica.

Já estou com saudade da Juliet de mais cedo.

À uma da madrugada, fico atualizando o tempo todo a página do @ArkUpdates em busca de qualquer sinal de que o Ark está a caminho. A transmissão ao vivo do tapete vermelho só vai começar daqui a uma hora, mas nunca se sabe quando alguém vai tirar uma foto deles no carro, saindo do hotel ou o que quer que seja.

Nunca se sabe o que vai acontecer no fandom do Ark.

É um dos maiores fandoms da internet, e faço parte dele desde o começo. Está em toda parte — Twitter, Tumblr, Instagram, YouTube e qualquer outra rede social — e cresce a cada dia. Os fãs vão desde crianças de dez anos que só escrevem para os meninos "ME SEGUE DE VOLTA!!!" até jovens de vinte e muitos anos que escrevem fanfics mais longas do que cinco romances juntos, passando por gente da minha idade, sempre discutindo, teorizando, amando, odiando e pensando sem parar nos três.

Entrei no fandom quando começou, quatro anos atrás. Na época, o Ark só publicava covers no YouTube. Eu estava ali quando eles assinaram com uma gravadora depois que um de seus vídeos viralizou. Estava ali quando se apresentaram pela primeira vez na Radio 1 e quando seu primeiro single chegou ao topo no Reino Unido.

Eu estava ali durante toda a tempestade midiática que se armou quando Jimmy, de dezesseis anos, revelou que era trans — ele foi considerado menina ao nascer. Estava ali ao longo de todos os artigos de opinião. Desde os bons:

Jimmy Kaga-Ricci: Um novo ícone trans

Até os ruins:

Será que a "diversidade" finalmente foi longe demais?

Ark: Um cara preto, um cara branco e um trans birracial

Será a fama recente do Ark uma resposta à obsessão dos millennials por diversidade?

O politicamente correto está destruindo a indústria da música?

A maior parte dos artigos era um monte de lamúrias de gente de meia-idade, mas havia algumas pessoas sensatas que viam algo de bom no fato de que um cara trans estava se tornando um dos músicos mais famosos e amados do mundo.

Eu estava ali na capa deles para a *GQ* e na primeira vez que tocaram em Glastonbury. Estava ali quando o *ship* Jowan teve início, com as pessoas querendo que Jimmy e Rowan fossem um casal. Estava ali quando começaram os rumores de que Lister era bissexual. Estava ali durante toda a discussão sobre a origem da amizade de Jimmy e Rowan, da faixa bônus do segundo álbum e, é claro, do clipe de "Joan of Arc".

Talvez nem sempre fisicamente. Mas sempre estive presente em espírito, mente e coração.

Tem uma foto nova do Jimmy em @ArkUpdates, publicada no Twitter por alguém que trabalha como estilista da banda. Jimmy está sorrindo, olhando para o lado. Está todo de preto, como imaginei, mas de jaqueta jeans, o que é novo. O contraste com a pele dele fica bonito. Seu cabelo, castanho e sedoso, está raspado nas laterais, o que deixa seu rosto um pouco mais delicado e, de algum jeito, mais velho. Às vezes é difícil acreditar que temos quase a mesma idade. Outras vezes, é como se tivéssemos crescido juntos.

Ele é meu preferido: Jimmy Kaga-Ricci.

Eu não diria que sou a fim dele, ou na verdade de qualquer um deles. Não é sobre isso. Mas, meu Deus, se tem um anjo por aqui é ele.

JIMMY KAGA-RICCI

— Estou aqui esta noite, no tapete vermelho do West Coast Music Awards, com três dos maiores músicos do Reino Unido: Lister, Rowan e Jimmy, do Ark!

O apresentador sorridente de terno — não sei o nome dele — se vira para nós, e a câmera faz o mesmo. Esta área do tapete vermelho está reservada para entrevistas, e todo mundo quer falar com a gente. Como sempre, passamos reto e paramos quando Cecily aponta para alguém.

Eu digo, o mais animado que consigo:

— Oi, e aí?

Lister diz:

— Ei!

Rowan só assente e sorri.

— Como vocês estão esta noite, meninos?

De nós três, sou eu quem está mais próximo do cara, por isso ele aponta o microfone para mim. Sorrio e olho para os outros "meninos".

— Estamos bem, acho. *Yeah!*

Lister concorda e Rowan assente outra vez.

— Bom, o Ark foi indicado ao prestigioso prêmio de revelação do ano do WCMA depois que o single "Joan of Arc" chegou ao top ten três meses atrás. E hoje será apenas a segunda apresentação que vocês *já fizeram* nos Estados Unidos, certo? — O apresentador nem espera que a gente confirme antes de continuar. — Vocês acham que têm chance de ganhar?

Ele pergunta isso com um sorriso malicioso e atrevido, como se fosse algo perigoso. Não é. Fomos escolhidos o melhor grupo britânico no BRIT Awards dois anos atrás, e nenhum de nós dá a mínima se vamos ganhar mais prêmios. Estar aqui e talvez ver de longe a Beyoncé já é o bastante.

— Bom — eu digo —, só pra começar, acho engraçado o WCMA chamar o Ark de banda "pop" em todos os tuítes, quando não somos uma banda pop.

Digo isso rindo, mas gostaria muito que as pessoas pensassem em nós como uma banda de rock. Somos uma banda de rock. No máximo, electropop. Não sou esnobe. Cala a boca.

O entrevistador ri também.

— Sério? Que interessante! — Ele tira os olhos de mim e direciona o microfone para Lister. — E quanto a você, Lister? Como acha que vão se sair esta noite? A concorrência é forte!

Lister concorda, pensativo, e começa a falar com a voz empolgada com que dá entrevistas.

— Ah, bom, você sabe, independente de ganhar ou perder, colocamos nosso coração na nossa música, e isso é algo que os fãs adoram. É tudo o que importa, não é? Ficamos honrados com a indicação e estamos muito animados com a apresentação.

Resisto à vontade de rir. Lister manda muito bem quando precisa falar esse tipo de merda.

— Agora, quanto ao single mais recente de vocês, "Joan of Arc". Os fãs *veneram*, não é? — O entrevistador se vira para Rowan. — E criaram umas teorias da conspiração *bem* malucas, concorda?

Rowan parece desconfortável ao meu lado.

Lá vamos nós.

— O que vocês têm a dizer sobre esses rumores *insanos* sobre... como é? — O entrevistador coloca as aspas com os dedos. — *Jowan?* Sei que muitas dessas *teorias da conspiração* têm a ver com o clipe de "Joan of Arc".

Lister suspira de maneira audível. Congelo, com um meio-sorriso no rosto, tentando pensar em uma maneira diplomática de responder. Em algo que não desperte a fúria dos fãs e que não seja mentira. E que não faça com que a gente vá parar *de novo* na capa de todas as revistas de fofoca.

O clipe de "Joan of Arc". De algum jeito, os fãs chegaram à conclusão de que é uma metáfora para um suposto relacionamento romântico entre mim e Rowan. O que é a maior bobagem, claro, mas eles gostam de analisar demais tudo o que fazemos.

É só um pequeno incômodo no grande panorama das coisas, mas especialmente irritante no momento, porque temos orgulho dessa que é uma das nossas melhores músicas, e ainda assim tudo que as pessoas se importam é com *Jowan*.

— Nossos fãs — Rowan começa a falar antes que eu o faça — são extremamente apaixonados. — Ouço a tensão na voz dele. — Adoramos isso neles. Mas, como todos os fãs ao longo do tempo, sejam da Bíblia ou dos Beatles, às vezes se deixam levar um pouco, sabe? — Ele está se aproximando de um limite perigoso. — Mas tudo isso é por amor, entende? — Rowan bate no peito. — É tudo amor. Isso é porque nos amam. E se eles querem... bom... contar essas histórias? Bom, não sou eu quem vou impedir porque também amamos nossos fãs, não é, pessoal?

Lister dá risada e balança a cabeça, concordando.

— Ah, com certeza — acrescento.

Quando foi que a gente ficou bom assim nisso?

— E o Jimmy aqui — Rowan prossegue, batendo no meu ombro de maneira viril —, Jimmy é um irmão, entende? Os fãs sabem. O mundo sabe. Acho que é isso que o Ark tem de especial. Podemos não ser parentes, mas somos *irmãos*.

O entrevistador leva a mão ao coração e diz:

— Isso é muito fofo.

Cecily e os seguranças já estão sinalizando para que a gente saia. Ele só tem alguns segundos antes da nossa partida para dizer:

— Muito obrigado por terem se juntado a nós esta noite, meninos, e boa sorte!

Então vamos para a próxima entrevista, repetir tudo o que dissemos.

Quando estamos longe das câmeras, Lister dá um tapinha nas costas de Rowan, querendo dizer "excelente", e Rowan ri e diz:

— Vão dar um jeito de analisar demais o que eu disse também.

Mas não importa. É tudo parte do trabalho. Quando na entrevista seguinte me perguntam que músicos ando ouvido e posso divagar sobre meu amor por Lorde, já me sinto um pouco melhor.

— Não estou tentando ser engraçadinho — Rowan diz a Cecily enquanto o público aplaude outra apresentação da noite —, mas você não vai parar de olhar para o celular por um minuto mesmo estando em uma das maiores e mais importantes premiações do mundo?

Nós quatro estamos na primeira fileira, o que é péssimo. A câmera sempre nos pega. Tenho tentado mover os lábios o mínimo possível quando falo.

— Posso fazer isso — diz Cecily, erguendo as sobrancelhas sem tirar os olhos da tela —, se vocês não se importarem com vários blogs importantes publicando sobre Bliss amanhã de manhã.

Rowan geme.

— Ainda estão ameaçando fazer isso?

— Sim. Eles querem publicar, meu bem. Faz dias que estão me enchendo de e-mails.

— Bom, mas não vão.

— Eu sei.

Bliss é a namorada de Rowan. É uma pessoa normal, e um segredo. Ela não quer ser famosa. Vários blogs e revistas têm várias informações sobre ela e vêm ameaçando há semanas publicar uma matéria, mas nossa equipe (encabeçada por Cecily) é uma das melhores e tem conseguido controlar todo mundo. Até agora.

A imprensa não se importa com o que *a gente* deseja. Todo mundo só quer mais cliques.

Cecily olha para Rowan. Dá tapinhas na perna dele.

— Não se preocupe, meu bem — ela diz. — Vou dar um jeito.

E vai mesmo. Sempre dá.

Segue outra salva de palmas estrondosa e as luzes se apagam. Hora de outra apresentação. A tela de LED gigante no fundo do palco começa a mostrar gotas batendo em uma janela e o auditório explode com o som da chuva, mas ao mesmo tempo tudo parece estranhamente quieto. Fico surpreso por um segundo. Parece que estou do lado de fora, que não estou mesmo aqui. Meio que espero sentir as gotas frias de água fresca na nuca, em vez do ar abafado de um teatro lotado e o zumbido e o brilho das luzes do palco. Isso me faz pensar na Inglaterra. Estou com saudade. Quando foi a última vez que vi chuva? Dois meses atrás? Três? Quando foi a última vez que estive na Inglaterra?

Paro de pensar quando uma luzinha vermelha chama minha atenção e me dou conta de que tem uma câmera apontada para mim.

ANGEL RAHIMI

As duas da manhã chegam e assistimos ao Ark no tapete vermelho.

Jimmy, Rowan e Lister. Nossos garotos.

Quando eles aparecem, não consigo parar de sorrir. Os três parecem tão felizes por estar ali. Tão animados. Tão orgulhosos de si mesmos e de suas conquistas.

Parecem ter nascido para ficar juntos.

Amo os três. Cara, como eu amo os três.

Rowan é o mais sério. O adulto do grupo. Parece um pouco mais maduro, calmo e eloquente nas entrevistas. Deve ser o mais quieto dos três.

Lister é o mais popular. O que aparece em todos os pôsteres. Em termos de personalidade, é o que as pessoas gostam de chamar de "bad boy", mas detesto essa expressão. Ele é extrovertido e descarado. E ganha todos os concursos de "mais bonito" das revistas.

Jimmy é o meu preferido, porque é gente como a gente. Dá para ver que ele fica um pouco nervoso em eventos assim. Sua voz falha um pouco nas entrevistas e ao receber prêmios. Jimmy se esforça ao máximo para sorrir mesmo quando não está totalmente confortável. É mais complexo que Rowan e Lister, ou talvez eu só o entenda melhor. Eu me identifico com ele, com a maneira como tenta dar o máximo mesmo quando está sem graça, como sorri mesmo quando não está bem.

Eu me pergunto se vou conseguir dizer isso a ele quando o conhecer na quinta-feira. Eu me pergunto o que vou conseguir dizer quando estiver cara a cara com Jimmy Kaga-Ricci.

★ ★ ★

— Quem é seu preferido? — Mac pergunta a Juliet, com um sorriso malicioso, quando as propagandas começam.

Estamos os três encolhidos debaixo das cobertas, com uma enorme variedade de restos de salgadinho nos cercando. Juliet conectou o notebook à tv para assistirmos a tudo numa tela maior. Ainda não me sinto nem um pouco cansada.

— Rowan — Juliet diz, sem hesitar.

— Por quê?

— Ele... protege tanto os outros dois — ela diz, e enquanto fala eu vejo nos olhos dela a Juliet com quem passei os últimos dois anos falando sobre o Ark no Facebook. — Ele é tipo o pai do grupo. O que é muito fofo.

Mac parece achar que ela está brincando ou algo assim. Ele a cutuca.

— E não por que você acha o cara *bonito*...?

Resisto à vontade de revirar os olhos. É óbvio que Mac gosta de Juliet, mas ele precisa mesmo ser tão péssimo?

Juliet dá risada, como se o que ele tinha falado fosse uma piada ao mesmo tempo fofa e ousada.

— Não! Nossa, cala a boca.

Ela bate no braço dele de brincadeira. Que porra é essa? A Juliet que eu conheço provavelmente fingiria vomitar e depois perguntaria a Mac quem *ele* acha bonito.

— De qualquer maneira, Jimmy e Rowan estão juntos — Juliet continua. — Se alguém quer ter alguma coisa com eles, é melhor perder as esperanças.

— Jimmy... e Rowan? — Mac parece não saber do que Juliet está falando.

Ficamos as duas olhando para ele.

— É, Jimmy e Rowan — Juliet diz. — Jowan. Você sabe. *Jowan*.

— Ah! Ah, tá. Claro. Você quis dizer *juntos*.

É impossível ser fã do Ark e não saber do ship Jowan. Começou na época do YouTube, assim que os dois revelaram detalhes mínimos sobre a amizade deles na infância.

Será verdade? Jimmy e Rowan estão realmente apaixonados e escondem seu relacionamento? Pra ser sincera, ninguém sabe. Houve sinais. Sinais convincentes. Sendo que muitos deles eram simplesmente a maneira como se olham, se abraçam, se cuidam e ficam um ao lado do outro.

Eu shipo Jowan. Admito. Shipo muito.

Quer seja verdade ou não, acho que os dois se amam bastante.

Olho para Mac e me pergunto o quanto ele realmente sabe sobre esse lado do fandom. Aliás, quão envolvido com o fandom ele é. Será que entra no @ArkUpdates? Será que participa das discussões? O que ele acha do clipe de "Joan of Arc", da história da mala de dois anos atrás, da teoria da faixa bônus?

Eu poderia forçá-lo a expressar suas opiniões agora mesmo, mas não estou a fim, porque o Ark vai se apresentar em um minuto e não quero estar de mau humor.

— Angel? — Mac me chama, com a voz um pouco mais forçada. — Quem é seu preferido?

— Jimmy, com certeza.

— Por quê?

Abro um sorriso doce e descanso o queixo nas mãos.

— É bem interessante pensar sobre esse conceito — digo. — Todo mundo acha que as meninas que são fãs de boybands só querem beijar os músicos, se casar com eles e viver felizes para sempre. No entanto, caso alguém se dê ao trabalho de perguntar, elas provavelmente nem diriam que são apaixonadas por eles. É um tipo de amor diferente, pra ser sincera. Um amor do tipo *eu levaria um tiro por você*, mas também *provavelmente acharia um pouco estranho se começássemos a nos beijar*. Além disso, tem uma porcentagem extremamente alta de pessoas LGBTQIAP+ no fandom, principalmente meninas queer, em geral porque é um espaço muito mais diverso e receptivo que a vida real, então a porcentagem de fãs que são fãs só porque "Lister é tãããão lindo" na verdade é bem pequena. E essa é só uma das muitas coisas que as pessoas de fora não entendem sobre o fandom.

O sorriso malicioso de Mac vai se desfazendo conforme eu falo. Juliet parece ter abandonado por um momento sua estranha persona sedutora e olha de um para o outro, intrigada.

— Então... espera... você é gay, ou...? — Mac pergunta.

Dou risada. Ele nem conseguiu acompanhar o que eu disse.

— Não — eu respondo, muito embora provavelmente toparia sair com uma menina. Eu nunca me interesso de verdade por ninguém, então não sei bem o que sou no momento, pra ser sincera. — Só estou dizendo que tem muito mais no fandom do que querer beijar um cara famoso.

Ele se ajeita no sofá.

— Ah, sim. É, acho que sim.

— Quem é o *seu* preferido, Mac? Com quem você quer se casar e viver feliz para sempre?

Juliet finalmente ri, depois sorri para Mac, que está claramente desconfortável. Mac força uma risada e diz apenas:

— Você levaria mesmo um tiro por eles?

Os anúncios acabam e um cara sobe ao palco. Quando ele lê o nome do próximo grupo, *Ark*, sinto uma pontada de alegria no peito, uma explosão lancinante de amor e felicidade que faz com que eu sinta que tudo vai ficar bem, desde que nossos meninos estejam no mundo.

— Acho que sim — digo.

JIMMY KAGA-RICCI

Me deram a guitarra errada, mas não posso ir atrás da certa, porque alguém da equipe de palco já está colocando as asas de anjo nas costas da minha jaqueta. Estamos nos bastidores, durante o intervalo comercial. Alguém penteia o cabelo de Lister por ele. Rowan está se trocando, para ficarmos todos de preto, combinando.

O Ark gosta de uma coisa meio teatral.

— Ei, cadê minha guitarra? Essa é a reserva do Rowan — pergunto para ninguém em particular. Alguém troca a que estou segurando pela certa e a pendura no meu pescoço. Na verdade, não é nem a "minha" guitarra. A minha, uma Les Paul simples que meu avô comprou por cinquenta libras em uma venda de garagem no meu aniversário de onze anos, está segura no meu apartamento. A guitarra que estou segurando agora deve custar mais de cinco mil.

Rowan, agora com uma jaqueta preta com pombos bordados na frente, se aproxima de mim e segura meus braços.

— Como você está, Jimjam?

— Oi? — pergunto, sem entender a pergunta.

Ele aperta meus braços, depois os acaricia suavemente.

— Está calmo?

— Se eu estou calmo?

Não. Nunca estou calmo.

— Estou calmo — digo.

— Certeza?

— Sim.

Rowan me dá um tapa na cabeça, só para garantir. Roço os dedos na correntinha que tenho no pescoço outra vez.

Lister se junta a nós. Trocou a jaqueta vinho e a camiseta branca por uma camisa preta. Parece o mais empolgado, o que não chega a surpreender.

— Me lembra só do que vamos fazer — ele pede, pulando no lugar. — "Joan of Arc" ou "Lie Day"?

Rowan dá risada, mas eu gemo.

— Você nunca presta atenção em *nada*? — pergunto. — Estava bem louco durante a passagem de som?

Lister me lança um olhar ofendido.

— Nossa, desculpa, *pai*! — Esse tipo de coisa me faz rir. Lister abre um sorriso, um dos seus raros sorrisos antigos, reais. — Mas falando sério… qual vamos tocar mesmo?

A esta altura, já estamos acostumados. Talvez meio acostumados demais. Um pouco mais cedo ganhamos o prêmio de revelação. Claro que sim — todo mundo na internet dizia que a gente ia ganhar. Quando vamos nos apresentar, todo mundo grita, mesmo que a gente seja revelação, mesmo que só estejamos começando a ficar conhecidos nos Estados Unidos. Nada disso me abala, no entanto. Acho que é o excesso de exposição.

Quando pisamos no palco de fato, escondidos pela escuridão, sinto uma onda de adrenalina e não consigo parar de sorrir, porque *finalmente vamos tocar nossa música*.

Como eu disse, o Ark gosta de um lance meio teatral. Não ficamos parados e tocamos — o que também é legal, só não é a gente. Lister fica no meio, tocando guitarra, e Rowan e eu ficamos atrás, em uma plataforma, tocando diferentes instrumentos, dependendo da música — teclado, guitarra, Launchpad (eu), violoncelo (Rowan). Sempre usamos preto.

Eu sempre uso asas de anjo. É tradição.

Quando começamos, tocávamos com instrumentos velhos no fundo de pubs e publicávamos vídeos de nossas gravações de garagem no You-Tube. Esta noite, estamos em um palco maior que três casas, e quando Rowan assente e começa a dedilhar os compassos estridentes que abrem "Joan of Arc", a tela de LED atrás de nós se ilumina em um laranja forte e ofuscante, e nos perdemos na névoa de gelo seco.

Então vem a introdução do grupo — no começo de todo show, uma voz de robô grave e distorcida soa. Foi uma ideia que tive no começo da última turnê.

Não tenho medo, disse Noé
Eu nasci pra isso

Balbucio junto. Isso sempre me faz sorrir, me lembrar das histórias da Bíblia que meu avô costumava ler para mim quando eu era pequeno. Tem uma citação de Joana d'Arc que é só um pouquinho diferente. Adoro relacionar todas as partes de nós mesmos.

Eu me ouço gritando "Costa Oeste!", porque estou muito empolgado, e o público grita de volta. É estranho como só pareço me dar conta depois que a música começa. Antes, fico meio que à deriva. Esperando que a próxima música chegue, para poder respirar outra vez.

Eu nasci pra sobreviver à tempestade
Eu nasci pra sobreviver à inundação

Nossa plataforma começa a subir. A luz muda e dou uma olhada para a tela de LED. É uma pintura renascentista gigante, com uma mulher de armadura brandindo uma espada. Joana d'Arc.

Então um foco me ilumina, enquanto a voz diz suas últimas palavras.

Acredite em mim
Disse Noé aos animais
E dois a dois eles entraram
Na arca.

TERÇA-FEIRA

a voz me prometeu que, assim que eu fosse ao rei, seria recebida.
Joana d'Arc

ANGEL RAHIMI

Acordo assustada às onze e catorze da manhã, com Juliet fazendo um barulho que lembra um ganso passando dessa para a melhor.

Eu me sento. Juliet e eu dormimos em um quarto de hóspedes da avó. Mac dormiu no outro. Ela parece ter trazido para cá a maior parte de suas coisas — o guarda-roupas está transbordando de possíveis roupas para quinta e o chão está lotado de produtos variados do Ark.

— Eu sonhei ou você acabou de dar um berro? — pergunto.

— Acho que estou sonhando — diz Juliet.

Ela está olhando para o celular, como se fosse uma barra de ouro sólido.

— O que aconteceu? — pergunto.

— Jowan — Juliet diz, então vira a cabeça e olha para mim. — Jowan.

Preciso de um momento para processar.

Porque dizer *Jowan* assim, como um feitiço mágico, como o nome de todo um país — só pode significar uma coisa.

— Você está brincando — digo.

Ela só enfia o celular na minha cara.

Tem uma notícia na tela.

JIMMY KAGA-RICCI E ROWAN OMONDI, DO ARK, SÃO PEGOS DORMINDO JUNTOS EM APARTAMENTO EM LONDRES

Meu coração dispara. Minhas palmas ficam suadas.

Vou para o texto.

Embora as teorias do fandom de um relacionamento entre Jimmy Kaga-Ricci e Rowan Omondi, do Ark, tenham sido tratadas até agora como mera fantasia de adolescentes de catorze anos, provas interessantes emergiram das profundezas da internet.

Tivemos acesso a uma fotografia que parece mostrar Jimmy e Rowan dormindo na mesma cama. Os dois parecem estar no apartamento deles (no qual Jimmy, Rowan e Lister moram). O panorama de Londres pode ser claramente visto através da janela próxima a eles.

Será real a teoria dos fãs? Você decide! Na nossa opinião, Jimmy e Rowan parecem bem à vontade!

A foto mostra mesmo Jimmy e Rowan dormindo na mesma cama, um ao lado do outro. Rowan está de frente, com um braço sobre o peito de Jimmy, cuja cabeça está ligeiramente inclinada na direção do outro.

É muito fofo.

Como se tivessem feito no Photoshop.

Melhor que qualquer *fan art* que eu já tenha visto.

— Morri e fui pro céu — digo. Deixo o celular na cama e me viro para Juliet. — O que está rolando agora?

Juliet mantém as mãos no rosto.

— Agora estou morrendo — ela diz.

— Você não acha… digo… a manchete pode enganar, mas…

— Olha só pra eles. *Olha só pra eles.* Estão abraçadinhos.

Volto a olhar para a foto. Os dois estão meio que quase abraçadinhos.

— Estão abraçadinhos — digo.

Juliet se joga de costas na cama.

— Está começando. Não acha? — ela pergunta.

Claro que está começando. Tudo com que sonhamos está começando. Jimmy e Rowan estão se colocando e mostrando a todos que seu amor é real. Que mesmo em meio a tanta merda ainda há coisas boas no mundo.

Juliet levanta da cama com tudo.

— Preciso contar pro Mac.

Por alguns minutos, esqueci que Mac existia, mas agora sou trazida de volta à realidade.

— Ah. É. Mas não traz o cara aqui.

Juliet parece confusa. Eu aponto para minha cabeça sem lenço, então ela faz sinal de positivo e sai do quarto.

Ao ficar sozinha, procuro a foto no meu próprio celular. Em que momento isso aconteceu? Mais cedo, quando verifiquei o Twitter ao acordar, não havia nada a respeito. É impressionante como tudo pode mudar em algumas horas.

Fico olhando para a foto. É linda. Jimmy é lindo. Rowan é lindo. Eles se amam tanto. Quero chorar. Ninguém nunca vai me amar assim. Não importa. Jowan existe. Tem algo de bom no mundo. A vida faz sentido.

Não tem um dia em que eu não deseje saber a história toda. Saber como eles se conheceram. O que dizem um para o outro. Quem fala mais alto. Quem é mais brincalhão. Eu queria que alguém tivesse gravado todas as interações dos dois e que eu pudesse sentar para assisti-las do começo ao fim.

Nunca vou saber, claro. Mas pelo menos temos isso.

O bastante para acreditar.

— Angel, quer tomar café?

Juliet pergunta do lado de fora da porta, e eu me dou conta de que faz dez minutos que estou sentada na cama, olhando para a foto.

JIMMY KAGA-RICCI

Por favor, não quero morrer em um acidente de avião. Por favor. Tipo, pego avião dia sim, dia não, então imagino que se tem que acontecer com alguém vai ser comigo. Dá pra imaginar, morrer em um acidente de avião? Todas aquelas pessoas gritando em uma lata gigante. Saber que vai morrer. Nem poder ligar para o avô. Parece mesmo algo que aconteceria comigo.

Estou encolhido no meu lugar na primeira classe, agarrado à minha correntinha e contando os minutos até aterrissarmos em segurança em Londres, para que a chance de que eu morra em uma mistura de chamas e metal volte a ser "relativamente baixa". Sei que é sempre baixa. Sei disso. Mas não consigo parar de pensar a respeito, e quanto mais penso mais rápido meu coração bate e mais dificuldade tenho de respirar fundo. Nesse ritmo, meu suor vai inundar o avião. Vai ser como uma profecia autorrealizável.

De repente, Rowan puxa a cortina que separa minha poltrona do resto do avião. Parece furioso, mas então sua expressão se abranda e ele pergunta:

— Cara, você está bem?

Solto a correntinha e enxugo as mãos na calça.

— Aviões — digo apenas.

— Ah, tá. — Rowan abre a porta do compartimento e senta na mesa ao meu lado. — Você sabe que tem mais chances de…

— Morrer em um acidente de carro, ser atingido por um raio e ser comido por um tubarão do que de morrer em um acidente de avião. Eu sei.

— Ah.

Há uma pausa. Minha respiração desacelera.

— Bom — digo. — E aí?

Ele suspira, depois olha em volta. Tem algumas pessoas olhando para nós, o que não é incomum. Já vi tirarem fotos nossas duas vezes, quando achavam que não estávamos olhando. Não que eu tenha confrontado alguém por causa disso.

Rowan entra de vez no meu compartimento, fecha a porta e depois a cortina, para que ninguém nos veja ou ouça. Ele coloca o iPad sobre minhas pernas e leva a ponta dos dedos aos lábios.

Fico confuso.

— Você empacou no *Candy Crush* outra vez?

Ele só aponta para o iPad, sem dizer nada. A expressão em seu rosto sugere que não tem nada a ver com *Candy Crush*.

Pego o iPad e dou uma olhada.

Na tela, tem uma foto de nós dois dormindo na minha cama no nosso apartamento em Londres.

Dou risada. É meio engraçado. Parecemos mesmo um casal ou coisa do tipo. Lister deve ter achado graça.

Olho para Rowan, esperando que ele esteja rindo também. Mas não é o caso. Seus olhos estão arregalados. Sua mão agarra as costas da minha poltrona.

— Não entendi — digo.

— Você não entrou no Twitter hoje? — ele pergunta, balançando a cabeça como um maníaco.

— Não?

Rowan pega o iPad de volta e toca na tela. A foto minimiza e a tela retorna às notificações do Twitter. Parece que tem um monte de gente mandando a foto para ele. Rowan vai passando de uma em uma, segurando o iPad na frente do meu rosto. Junto com a foto, as pessoas mandam o link de onde ela veio.

Eu me endireito na poltrona, pego o iPad de Rowan e clico no link.

Sou levado a um site de fofoca importante, do tipo que se agarra a qualquer notícia do Ark para ter mais cliques. Ali, no meio da página, está a nossa foto, acompanhada da manchete:

JIMMY KAGA-RICCI E ROWAN OMONDI, DO ARK, SÃO PEGOS DORMINDO JUNTOS EM APARTAMENTO EM LONDRES

— Hum. Isso pode dar ideias — digo.

— A isca perfeita para as pessoas clicarem — Rowan diz, assentindo solenemente.

É um pouco assustador, na verdade. Como conseguiram a foto? Que mancada Lister deu agora?

— Não consigo acreditar que ele fez isso *de novo* — Rowan grunhe.

Ele está se referindo, claro, ao fato de que Lister foi o único motivo pelo qual saí do armário publicamente como trans aos dezesseis anos. Ele tuitou uma foto das nossas malas abertas quando estávamos nos preparando para uma turnê com a legenda FAZENDO AS MALAS COM OS MENINOS #TURNEEUROPEIADOARK. Minha mala apareceu com o bloqueador hormonal dentro, claramente visível em um dos bolsos. Foi assim que a especulação e a pressão para que eu me assumisse tiveram início.

Superei tudo bem rápido, mas Rowan mal falou com Lister por dois meses.

Me assumir aos dezesseis anos foi provavelmente um pouco cedo para mim — eu ainda não tinha cem por cento de certeza de que estava pronto para o mundo saber —, mas não chegou a ser um completo desastre. Os haters me atacaram, claro, mas a maioria dos fãs me apoiou muito, e na verdade ganhamos um público novo, um público interessado especificamente em mim. O que foi meio legal.

De repente, não éramos só uma boyband adolescente tocando músicas divertidas e animadas. De repente, éramos uma coisa um pouco mais importante que isso.

— Não achei que ele fosse burro assim — Rowan continua.

— Estão falando de mim?

Rowan e eu nos viramos para olhar Lister, que está debruçado sobre a divisória, nos encarando. Ele está de óculos escuros e capuz, o que esconde uns oitenta por cento de sua cabeça.

O cheiro de álcool imediatamente toma conta.

Rowan olha para Lister com desdém, então segura o iPad na frente do rosto dele.

— Explica isso.

Lister aperta os olhos para a tela. Há uma pausa.

— Cara, isso é uma graça — ele diz. — Muito fofo. E romântico. — Lister olha para nós dois e leva a mão ao coração. — Desejo toda a felicidade do mundo a vocês.

Rowan suspira.

— Vai, cara. Por que fez isso?

— O quê?

— Mandou a foto.

O sorriso de Lister se desfaz.

— Eu não mandei.

Rowan grunhe, joga as mãos para o alto e se vira.

— Afe, agora você vai passar a próxima meia hora *negando*.

— Quê?

Ele ri de nervoso, mas Rowan só balança a cabeça e volta para seu compartimento, que fica na frente do meu.

Lister senta no lugar onde Rowan estava até agora e fica me encarando. Tira os óculos escuros, revelando olheiras marcadas. Vi que ele estava bebendo demais na festa depois da premiação de ontem, e o que tomou no voo não deve estar ajudando.

— Vocês acham que eu tirei a foto e mandei pra um blog de fofoca? — Lister pergunta, com um sorriso hesitante.

Fico olhando para ele.

— Jimmy — Lister diz. — Por favor.

— Você mandou? — pergunto.

— *Não*. Eu juro. Faria um juramento de sangue, com a mão na Bíblia, se você estivesse com a sua.

— Você é literalmente a única pessoa que poderia ter tirado — abro a foto no meu notebook. — Olha, estamos no meu quarto. É de noite.

— Pode ter sido alguém em uma festa...

— Eu não estaria dormindo se tivesse gente em casa. Óbvio.

Lister recosta na divisória. Parece meio irritado.

— Não consigo acreditar que vocês acham que fui eu. Sei que sou idiota, mas *não tanto*.

— Você já fez coisa assim antes. Tipo o lance das malas no Twitter.

Me arrependo na mesma hora do que disse quando Lister me olha magoado.

— Eu... foi um acidente... — ele gagueja. — E ainda sinto muito, *muito* mesmo pelo que aconteceu. Juro que acho que nunca vou me perdoar...

— Jura que não foi você?

— Jimmy, eu *juro*. Acho que me lembraria de ter mandado uma foto para um site de fofoca — ele balança a cabeça. — Nem tem sentido, por que eu faria isso?

Tá.

Acho que acredito nele.

— Quem poderia ter tirado, então?

Olho para a foto. Quem tirou estava bem perto da minha cama, de frente para a gente. Lister se inclina e também olha para a tela.

— E se — ele começa a dizer, voltando a endireitar as costas e arregalando os olhos — alguém invadiu o apartamento?

— Quê?

— É. Acontece o tempo todo com celebridades. Fãs invadem e... ficam espiando. Tiram fotos. Roubam algumas coisas até. Ouvi histórias terríveis sobre integrantes de grupos de K-pop que chegavam em casa e encontravam uma fã escondida no guarda-roupa ou acordavam no meio da noite e tinha uma menina observando do outro lado do quarto...

— *Lister* — Rowan o corta, sem olhar para nós, mas é tarde demais. Minhas palmas já estão suando de novo. Uma fã, louca para saber se Jowan é real, entra no nosso apartamento e se esconde, esperando pela prova que busca desesperadamente. E nós a entregamos, depois de pegar no sono no meio de uma maratona de *Brooklyn Nine-Nine*. Depois ela instala uma câmera no nosso banheiro, nos filma nus e publica na internet. Então põe uma câmera no nosso quarto, que filma a gente fazendo outras coisas, coisas pessoais. Aí se esconde no meu guarda-roupa, pronta para sair e apunhalar meu pescoço...

— *Jimmy* — Lister chama, estalando os dedos diante do meu rosto. — Você está viajando.

— Quê?

— Não é nada de mais. Quer saber? Aposto que vocês só pegaram no sono durante uma festa e alguém entrou e achou os dois fofos juntos.

Não acredito nele.

Tudo o que vejo é uma menina esperando para me matar no guarda-roupa.

Rowan ignora Lister pelo restante do voo. Ainda acha que foi ele quem tirou a foto.

Shiparem a gente em si não chega a ser muito ruim para nós. Na verdade, mantém os fãs interessados. Todos acham que o Dia do Julgamento uma hora vai chegar e será revelado que eu e Rowan estamos apaixonados em segredo.

Mas não vai ser assim. Não estamos apaixonados.

Acho que isso às vezes me deixa meio desconfortável. Saber que uma boa porcentagem das pessoas que aparecem para nos ver ou para assistir aos nossos shows provavelmente leram fanfics bastante explícitas em que eu e meu melhor amigo fazemos sexo. Uma vez, fiquei curioso e dei uma olhada, mas foi um erro, porque me deixou muito sem graça.

Não importa. Eles continuam acreditando, e nós sabemos a verdade e deixamos rolar. Nada muda e todos ficam felizes. Então tudo bem.

De alguma forma, Lister escapa ileso da maior parte das fanfics. Sempre foi visto um pouco à parte de Rowan e eu. Nós dois costumamos ser considerados bonitos pelos blogs, revistas e tal, mas Lister é tão adorado que foi convidado *quatro* vezes para ser modelo da Gucci. Rowan e eu somos amigos desde os sete anos, mas só conhecemos Lister aos treze. Rowan e eu queríamos montar uma banda e forçamos Lister a fazer parte dela no último minuto, porque era o único que sabia tocar bateria.

Sempre foi meio que Rowan e Jimmy, mais Lister.

A gente ama o cara, claro.

Mas as coisas são assim.

Quando pousamos em Gatwick e começamos a recolher nossas coisas, Lister vai até Rowan, se empoleira na mesa dele e diz:

— Para, Ro, você sabe que eu não faria algo assim.

Rowan dá de ombros, sem olhar para ele.

— Não importa.

Lister levanta e abraça o peito de Rowan.

— *Ro-Ro.* Não fica bravo comigo. Eu lavo a roupa por uma semana.

Rowan não consegue deixar de sorrir.

— Acho mais provável o Ark ganhar um prêmio de melhor artista country do que você lavar a roupa *um dia que seja.*

Lister o solta e sorri. Por um momento, tudo parece perdoado, mas quando Lister volta para sua poltrona vejo que o sorriso desaparece do rosto de Rowan.

ANGEL RAHIMI

— Estão te alimentando direito? — meu pai pergunta.

— Não, pai, não estão me alimentando. Minha sobrevivência depende daquele pacote de batatinha que você me deu ontem.

— Bom, pelo menos isso daria uma bela aventura.

Dou um longo suspiro e recosto na parede do corredor, passando o celular para a outra mão.

— Não precisa se preocupar. Estou me divertindo.

— Eu sei — meu pai diz. — Mas depois da discussão que você e sua mãe tiveram ontem… só quis ver se estava tudo bem. Ela não para de falar sobre um programa na TV que chama *Clowfish*…

— Deve ser o *Catfish*, pai.

— Bom, de acordo com a sua mãe, independente do nome do programa, você pode ser sequestrada e vendida como escrava sexual.

— Juliet e eu já conversamos um monte no Skype. Ela é muito legal e está cuidando perfeitamente bem de mim. Não é um homem de meia-idade que quer me drogar e me matar.

Meu pai ri.

— Fico feliz em ouvir isso.

— A mamãe continua brava comigo?

— Acho que sim. O barulho dela digitando no computador estava bem alto hoje de manhã. — Damos risada. — Acho que sua mãe só está frustrada porque sente que você escondeu isso dela. — Meu pai arrisca.

— Falo sobre o Ark o tempo todo. Não sei como pode ter sido surpresa.

— Fereshteh, eu também fui pego um pouco de surpresa.

— Como?

— Acho que… acho que nunca pensei que você se importasse *tanto assim* com essa banda. E ver você… simplesmente começar a *gritar* com sua mãe como gritou…

— Ela gritou comigo também!

— Eu sei, eu sei. Mas nunca vi minha menina tão brava. Você não é naturalmente brava. Foi meio chocante para todo mundo.

Há uma pausa. Acho que foi mesmo uma briga feia. Uma das piores que já tive com meus pais. Em geral, me dou muito bem com eles. Não conto tudo sobre minha vida, claro, mas divido coisas e damos risadas juntos.

Só que a discussão de ontem… Meio que consigo ver por que meus pais ficaram um pouco assustados.

— Bom, desculpa, acho — digo. — É que isso é muito importante pra mim.

— Eu sei. Eu sei. Só estamos preocupados que seja importante *demais.*

— Como assim?

— Bom… mais importante que sua educação.

— Eu disse que a cerimônia da escola não tinha nada a…

— Não só isso. Minha menina está crescendo. Você vai para a faculdade, vai arranjar um emprego, vai começar uma vida nova. Só queríamos nos certificar de que… você tenha isso em mente também. Porque parece que só fala e só se importa com essa banda.

— Eu não falo só disso! — digo, mas agora que estou pensando acho que menciono a banda com bastante frequência para meus pais. Eles ouvem, com toda a educação, mas não se importam com o Ark.

— Só estamos preocupados, Fereshteh.

Dou risada, sem saber o que dizer.

— Eu só… só vou a um show.

Juliet aparece no corredor, com uma xícara de chá na mão e uma trança embutida meio solta. Ela nota minha expressão séria e pergunta, sem produzir som: *Está tudo bem?*

Faço que sim com a cabeça.

— Fereshteh? Você está ai?

— Estou aqui, *baba*.

— Só tome cuidado. Ficamos preocupados.

— Sei que sim. Mas não sou tonta. E não vou fazer nenhuma idiotice, prometo.

— Você é uma menina esperta. Provavelmente mais esperta que nós.

Abro um sorrisinho.

— Não, vocês são os mais espertos de todos.

Garanto a ele que vou ficar bem e desligo.

— O que está rolando? — Juliet pergunta, sentada no aquecedor e olhando para mim.

— Era meu pai. Minha mãe continua brava.

Juliet faz uma careta.

— Ah.

Dou risada.

— Não se preocupa. Pais são assim mesmo, né? Ela vai relaxar quando perceber que está errada.

Juliet dá uma risada fraca e desvia o rosto. Sei que teve brigas sérias com os pais no passado — os dois são advogados muito importantes, assim como os irmãos mais velhos dela, mas Juliet quer estudar cenografia teatral na faculdade.

— Ah — ela diz. — É.

Tem uma expressão esquisita no rosto, como se fosse desconfortável a gente falar disso. E talvez seja. Acho que não falamos tanto assim sobre família.

Mac escolhe esse momento para descer a escada correndo, enquanto ajusta o cinto. Assim que vê Juliet, ele começa a passar as mãos pelo cabelo.

— Do que estão falando? — Mac pergunta. O intrometido.

— De você, pelas costas — Juliet diz, com um sorrisinho malicioso que definitivamente é da sua versão que eu conheço.

Os dois começam a conversar e vão para a sala. Eu fico olhando o celular, pensando no que meu pai estava tentando me explicar sobre minha mãe.

Ela não me entende. Não entende por que tive uma reação tão forte por causa de uma boyband.

E sei que os dois estão preocupados com meu futuro. Nunca falam nada, mas sei que sabem que sou mediana, e para eles isso é uma decepção. Principalmente em comparação com meu irmão. O ápice da ambição e do sucesso.

Relaxa. Sei disso. Sei perfeitamente bem que sou mediana. Cara, *e como.*

Mas não vou pensar em nada disso agora.

Não preciso pensar.

Esta semana não tem nada a ver com minha vida.

Não preciso pensar em nada.

Esta semana é toda do Ark.

Passo a maior parte do dia falando sobre Jowan. Com Juliet e na internet.

O Tumblr está cheio de teorias, opiniões e análises. As pessoas estão divididas mais ou menos meio a meio quanto a se é real ou não. Acho que Jimmy e Rowan dormindo na mesma cama, abraçadinhos, não é *exatamente* a prova oficial, mas aos meus olhos está próximo o bastante disso. Para mim, parece bem romântico. Sou otimista. Gosto de acreditar que o amor existe.

O Twitter tampouco cala a boca. A hashtag Jowan está nos trending topics há horas. Minha timeline está lotada de gente gritando e chorando em letras maiúsculas. Nem Jimmy nem Rowan tuitaram a respeito, mas uma hora vão ter que dizer alguma coisa, não é?

Eu bem que queria poder perguntar na vida real.

Eu bem que queria encontrá-los para dizer que vai ficar tudo bem e que estão todos felizes por eles.

— Acha que eles estão chateados? — Juliet pergunta. Estamos ambas sentadas no mesmo sofá, com os notebooks abertos à nossa frente e com *Brooklyn Nine-Nine* passando na TV do outro lado da sala. Mac está sentado sozinho no outro sofá, mexendo no celular.

— Talvez — digo.

— Estou me sentindo mal... por estar feliz quando eles devem estar chateados — Juliet comenta.

— Não sabemos o que eles estão achando de tudo isso — digo, forçando uma risada, mas fica óbvio para nós duas que só estou tentando justificar nossa alegria com a situação.

Depois que li todas as opiniões possíveis sobre o assunto, eu me enrolo em um dos cobertores da noite passada e releio uma das minhas fanfics preferidas sobre Jowan. Começa com Jimmy e Rowan se conhecendo na escola e termina quando os dois estão com vinte e sete anos, tendo deixado o Ark e seguido carreira solo. Eles vão e voltam inúmeras vezes, mas sempre encontram o caminho de volta um para o outro.

Sei que não é real. Os detalhes, pelo menos. Mas gosto de imaginar.

Gosto de torcer.

Gosto de ficar feliz.

JIMMY KAGA-RICCI

Já tive muitos dias ruins (quem diria, né?), mas hoje é um forte concorrente a se juntar ao Dia Em Que Tive uma Crise de Pânico na Children in Need, ao Dia Em Que Desmaiei Em um Meet-and-Greet e ao Dia Em Que Caí do Palco do London Palladium como os piores de todos os tempos.

Talvez esses dias não soem muito ruins, mas com certeza foram. Pode acreditar em mim.

No caminho até Londres, contemplei a grave possibilidade de que alguém tivesse entrado no nosso apartamento e tirado uma foto minha enquanto eu dormia, o que significaria que literalmente qualquer um poderia arrombar nossa porta a qualquer momento e fazer… o que quisesse. Poderia ser qualquer um. Uma fã desiludida capaz de tudo para nos ver. Um jornalista querendo descobrir nossos segredos mais profundos. Um transfóbico que só quer que eu *morra*. Deus sabe que existe gente assim por aí.

Durante o trajeto, Cecily faz cinco ligações, cada uma delas importunando uma pessoa diferente sobre como a foto virou notícia internacional. A cada ligação, parece mais nervosa. Ela encerra a última com um grunhido alto e balança a cabeça para mim e para Rowan.

Acho que nem mesmo Cecily tem a resposta desta vez.

Os fãs não parecem ver algo de errado. O único assunto das minhas notificações do Twitter é "Jowan é real". Isso me deixa meio triste por eles. Só podem terminar decepcionados, de um jeito ou de outro.

Talvez quando Rowan revelar que tem namorada.

Bliss Lai.

Uma namorada que foi mantida em segredo nos últimos dois anos.

— Você está com aquela cara — diz Rowan, no meio do trajeto. Ele está sentado na minha frente, como quando estávamos a caminho do WCMA, e por um momento acho que estamos lá outra vez, antes de lembrar que viajamos oito mil quilômetros.

— Que cara?

— De prisão de ventre. De palmas suadas.

Coço a testa.

— Alguém vai invadir nosso apartamento e me matar.

Rowan suspira e dá um tapinha no meu joelho.

— Vamos, Jimjam, não fica pensando nisso.

— Podemos contratar um guarda-costas em tempo integral — diz Lister, que está sentado ao meu lado com um copo da Starbucks na mão.

De alguma maneira, a ideia de ter uma pessoa gigante de terno no nosso apartamento vinte e quatro horas por dia faz com que eu me sinta ainda pior.

Cecily tira os olhos do celular para me encarar.

— Por que você não se concentra em tudo de importante que vai rolar essa semana, meu bem? Temos o último show na quinta e assinamos os contratos na sexta.

— Acha que se contratarmos um guarda-costas em tempo integral ele passaria o aspirador pra gente? — Lister pergunta.

Rowan vira a cabeça devagar para ele.

— Fala *uma* vez em que você passou aspirador em casa e eu te dou quinhentas libras agora mesmo.

Lister abre a boca e então congela, depois abre de novo. Todos rimos dele, e por alguns momentos paro de pensar na possibilidade de ser assassinado.

Cecily só diz que temos uma entrevista com a *Rolling Stone* hoje quando o carro para diante de um hotel chique e Lister pergunta:

— Que merda estamos fazendo aqui?

Nenhum de nós fica especialmente surpreso. Estamos acostumados com pessoas nos dizendo aonde ir e o que fazer.

— É o lance da Bliss — Cecily diz, com um suspiro. — Prometi uma entrevista à *Rolling Stone* pra não publicarem sobre ela.

Olho para Rowan. Ele parece enjoado.

Nos espalhamos em uma das salas de conferência do hotel. Cabeleireiros e maquiadores chegam para fazer com que pareçamos menos mortos. Alex está entre eles, ainda bem. É um dos meus profissionais preferidos, porque me trata como uma pessoa de verdade, e não como um daqueles pôsteres que você arranca do meio de uma revista.

Alex me dá um tapinha no ombro quando termina de arrumar meu cabelo.

— Você parece cansado, Jimmy.

Dou risada.

— Desculpa.

— Está dormindo o bastante?

— O que é dormir o bastante?

— Sei lá. De seis a oito horas por noite?

Só dou risada.

Do outro lado do salão, Rowan está lendo uma cópia do novo contrato, que Cecily acabou de lhe entregar. A testa dele está bem franzida, o que não é bom sinal.

— É diferente — Cecily diz, de pé diante da pia, já passando outro copo de água a Lister. Para mim, parece que a água só está fazendo com que ele, que passou da bebedeira à ressaca total no meio do dia, se sinta ainda pior.

— *Diferente* — Rowan repete, erguendo as sobrancelhas. — Envolve, tipo, dez vezes mais trabalho do que agora. Querem que a gente faça uma turnê de dois anos? *Dois anos inteiros?* Por que você não mencionou isso antes?

— Não precisamos falar sobre isso agora — diz Cecily, mexendo no celular.

— Só temos três dias para assinar — Rowan diz, e aponta para a página. — É só que... é muito mais do que costumamos fazer em termos de publicidade. Mais entrevistas, mais aparições, mais colaborações. Não sei se vamos conseguir dar conta disso tudo.

— Não se preocupe com isso, meu bem. Depois conversamos a respeito.

Lister se debruça sobre a pia e tenta vomitar, mas só baba um pouco.

— Se fizer isso, bato em você, de verdade — Cecily diz.

— Não podemos ir pra casa? — Lister murmura.

— Não — ela responde.

— Jimmy, pode virar a cabeça um pouco para a esquerda? Isso.

Segue-se um flash. Tenho certeza de que pisquei. A equipe de cabelo e maquiagem é mágica. Transformou a gente de três caras suados e sem dormir em ícones do pop em menos de uma hora. As olheiras de Rowan desapareceram. Lister até parece saudável. Mal me reconheço no espelho.

Fora que estamos usando roupas maravilhosas de estilistas famosos. Isso sempre faz com que eu me sinta bem.

O flash volta. Eu me pergunto que horas são. Nem tenho certeza se é manhã ou tarde.

— Jimmy, agora só olha pra câmera. Nada mais.

Ainda bem que todo mundo gosta do seu olhar de peixe morto.

— Rowan, você pode ficar no meio agora?

Ele se coloca ao meu lado. Está assustadoramente quieto desde que deu uma olhada no contrato. Em geral, é ele que tenta nos animar quando estamos cansados, faz comentários sarcásticos ou brinca, nos distraindo enquanto procuramos fazer cara séria.

Mas, hoje, está perdido em pensamentos. Todos estamos, pelo menos um pouco.

— Rowan, você pode abraçar Jimmy e Lister?

Ele obedece, e um flash se segue.

— Espera aí, um segundo. — A mulher que dirige a sessão de fotos pede um momento. — Lister, você está bem? Precisa de um intervalo?

Rowan e eu nos viramos para ele.

Os olhos de Lister estão lacrimejando e sua pele está pálida.

— Hum, é, preciso ir ao banheiro — ele murmura, então sai depressa da sala. Rowan e eu o seguimos na mesma hora, como se uma corda nos ligasse, bem a tempo de ouvi-lo entrar na cabine mais próxima e vomitar.

Entramos no banheiro. Lister manda a gente embora, mas Rowan só se aproxima e acaricia suas costas enquanto ele vomita de novo. Não sei bem o que fazer aqui, até porque não há muito a ser feito, então só sento no aquecedor e espero.

Tem um janelão de um lado do banheiro. Grande o bastante para passarmos, acho. Estamos no térreo. Poderíamos simplesmente subir e escapar. Levantar e ir embora.

— Então, pessoal.

Estamos de volta à sala de conferência. O entrevistador é um cara de meia-idade chamado Dave, que está ficando careca. Dave parece mau.

Ele colocou um gravador na mesa que nos separa e está registrando tudo o que dizemos.

Dave assente para nós, devagar.

— O Ark sempre teve algo de especial — ele começa, como se já estivesse escrevendo o artigo na cabeça. — Sucesso no YouTube. Depois nas paradas. E agora um forte exemplo do tipo de diversidade que todo mundo busca na mídia atual — ele aponta para Rowan —, um jovem que é filho de imigrantes nigerianos, no auge do sucesso e da fama — ele aponta para Lister —, um jovem de uma família da classe trabalhadora encabeçada por uma mãe solo que recebe auxílio do governo e que se torna milionário antes de completar dezoito anos — ele aponta para mim —, um jovem descendente de indianos e italianos provando ao mundo que ser trans é só uma pequena parte de quem ele é.

Resisto à vontade de revirar os olhos. Ser trans até agora foi uma parte bem grande da minha vida, muito obrigado, mas isso não deveria ser especialmente relevante aqui, em uma entrevista sobre música. Entrevistadores mais jovens preferem se concentrar na nossa música e nos nossos fãs, mas caras mais velhos, como Dave, ficam obcecados em colocar o máximo de adjetivos possíveis antes do nosso nome.

— E agora uma turnê europeia. *Vocês começaram de baixo e agora estão aqui.* Qual é a sensação de estar no seu melhor momento?

Lister, que vomitou algumas vezes, mas já parece um deus outra vez, começa o discursinho temos-tanta-sorte-de-estar-aqui-e-amamos-nossos-fãs.

Dave balança a cabeça enquanto ele fala, como entrevistadores costumam fazer.

Então diz:

— Agora... Sei que vocês tiveram muita sorte. Sei que receberam vários prêmios britânicos e europeus de prestígio. Têm dois discos de ouro. Os ingressos da turnê europeia esgotaram. — Ele se inclina para a frente, apoiando-se nos cotovelos como se fosse um diretor-executivo e nós fôssemos três estagiários com desempenho ruim. — Mas quero conhecer o *verdadeiro* Ark. Quero conhecer seus altos — ele aponta vagamente para o teto — e baixos. — Dave aponta para o chão e aperta os olhos. — Quero entrar em seus corações e mentes. Quero que me digam como *realmente* é estar em uma boyband famosa.

Nenhum de nós diz nada.

— Por que não começamos do início, hein? — Dave prossegue. — Soube pela Wikipédia, mas quero ouvir de vocês. Como se conheceram?

Espero que um dos outros fale, mas Rowan ainda parece distraído depois da leitura do contrato e Lister está com cara de quem não entendeu totalmente a pergunta.

Abro um sorriso amplo para Dave e começo a contar como eu e Rowan nos conhecemos na escola e, aos treze anos, decidimos montar uma banda. Precisávamos de um baterista, por isso convencemos Lister a se juntar a nós, depois de alguma insistência. Ele não queria se aproximar de dois nerds, mas era a única pessoa que conhecíamos que sabia tocar bateria.

— Deve parecer outra vida, não? — Dave me corta. — Três estudantes começando uma banda. — Não sei se devo continuar a história ou não, até que Dave ergue as mãos e diz: — Desculpa! Te interrompi. Pode continuar.

— Quando estávamos com treze anos, começamos a colocar nossas músicas no YouTube. Um ano e duzentas mil visualizações depois, Cecily Wills, da Thunder Management, nos encontrou e levou direto para a Fort Records. Foi isso.

— Ah, o poder da internet — Dave diz quando termino. Da maneira como ele fala, parece algo sinistro. Ou talvez seja minha imaginação.

Conversamos mais um pouco sobre a formação do Ark. Sou eu quem mais fala, o que é um pouco incomum, mas Lister parece inquieto — provavelmente ainda não está cem por cento — e Rowan continua calado e esquisito.

— Agora quero entrar um pouco no relacionamento de vocês com os fãs — Dave diz. — Em particular, os fãs da internet.

Lá vamos nós.

— O Ark tem uma base de fãs on-line muito forte. Talvez uma das maiores do mundo. As pessoas acompanham e analisam cada passo de vocês, às vezes até invadindo sua privacidade em determinadas áreas.

Ele faz uma pausa, e eu concordo.

— A base de fãs on-line do Ark é famosa por suas teorias e análises minuciosas. — Ele recosta na cadeira. — Como esse tipo de coisa faz vocês se *sentirem*?

Nenhum de nós diz nada.

Cecily nos observa do canto da sala.

— Imagino que seja uma pergunta difícil — Dave prossegue, sem se abalar com o silêncio. — Vamos olhar para isso de um jeito diferente. Sou jornalista. Escrevo artigos sérios, que espero que afetem as pessoas, de maneira similar à música de vocês. Espero que meu trabalho faça as pessoas mudarem a forma como pensam. Ensine alguma coisa. Faça com que *sintam* alguma coisa. — Ele cruza as pernas. — Ao mesmo tempo, por falta de um termo melhor, sou uma "pessoa normal". Envio meu texto para a edição, volto para casa e ninguém se importa. — Dave ergue as mãos e dá risada. — Ninguém se importa! Há certa liberdade nisso. Mas vocês três... vocês não têm mais essa liberdade. Não têm a liberdade que as pessoas normais têm. *Mal* tiveram a chance de desfrutar dela.

Outra pausa.

— Quero saber como se sentem com isso — Dave conclui.

Rowan se endireita na cadeira.

— Amamos nossos fãs — ele diz, mas soa errado. Soa como se estivesse mentindo. — Tudo o que fazem é por amor, e nós os amamos por isso.

Dave assente, sorrindo. Ele sabe.

— Amor é uma palavra forte para pessoas que vocês nunca conheceram — diz. — Que observam cada passo que vocês dão, que falam pelas suas costas, que têm a própria opinião sobre a sua personalidade, seus relacionamentos, seu comportamento, tudo isso sem nunca terem falado com vocês, muitas vezes sem terem *visto* vocês na vida real.

Rowan não desvia os olhos.

— Então, gostamos. Gostamos dos nossos fãs. Não estaríamos aqui sem eles.

Parece que Rowan está lendo um roteiro.

Dave aguarda.

Rowan não diz mais nada.

— E isso é tudo o que vocês têm a dizer sobre eles? — Dave pergunta.

Lister se inclina para a frente e ri, de um jeito claramente forçado, de quem está tentando aliviar a tensão.

— Olha, cara, o que você quer que a gente diga?

Dave ri também.

— Só quero ouvir uma resposta sincera. É meio o que eu faço.

— Bom, se está atrás de drama, escolheu a banda errada, cara — Lister ri outra vez. — Estamos quase acabando nossa segunda turnê pela Europa. Deixa a gente descansar, porra. Eu só quero descansar, porra.

— Isso, sim, é sincero. — Dave aponta para Lister, depois olha para mim e para Rowan. — Gosto dele.

Rowan funga e desvia o rosto.

— Jimmy — Dave prossegue —, como você se sente em relação aos fãs?

A fotografia surge na minha mente antes que eu possa impedir. Uma fã debruçada sobre Rowan e eu dormindo no meu quarto, com olhos que são como dois poços escuros e vazios, o sorriso revelando dentes afiados.

— Amo os fãs — digo, com uma voz robótica.

— Não fica irritado com a insistência deles em saber tudo sobre sua vida pessoal? — Dave se ajeita. — Por exemplo, a foto que apareceu hoje na internet. Vocês devem estar sabendo. Que sentimentos despertou?

Forço as palavras a saírem:

— Eu... fiquei... ansioso, porque... as pessoas agora acham que... o relacio... a amizade entre mim e Rowan é mais do que... amizade. Parece que estamos mentindo para nossos fãs. — Minhas palmas suam. — Nunca mentiríamos para eles.

— Você não culpa seus fãs por analisar à exaustão incidentes como esse?

— Por que... culparíamos nossos fãs?

— Porque a culpa é deles — Dave diz, erguendo as mãos no ar, fingindo-se de inocente. — Você vê isso. Eu vejo isso. Seus fãs pegam qualquer fiapo de indício e usam em suas teorias malucas, seja no caso de "Jowan" ou em qualquer outro, e transformam em algo em que não podem *não* acreditar. Eles acreditam em mentiras, Jimmy. E não só acreditam: colocam suas esperanças nelas, se preocupam *profundamente* com elas. Isso não te incomoda?

Minha boca fica seca. Olho para Cecily de novo. Ela continua me encarando.

— Olha, o que você quer ouvir? — Rowan diz de repente, me interrompendo. — Eu e Jimmy não somos um casal. Somos amigos. Não importa o que a porra dos fãs digam. Eles podem fazer o que quiserem, não temos como impedir. Sabemos que estamos dizendo a verdade, e isso basta.

— Ah, eu sei que é verdade — Dave diz. — Não acha que eu preferiria estar publicando a verdade?

Todo mundo na sala fica em silêncio.

— Sobre Bliss Lai, digo — ele explica. — Sua namorada.

— É, eu entendi — Rowan grunhe.

— Vocês do Ark estão se metendo em uma rede de mentiras — Dave diz, recostando-se na cadeira e sorrindo com tristeza para nós. — Só me preocupo que são os fãs, as centenas de milhares de, vamos encarar, meninas adolescentes bastante impressionáveis, que vão sofrer no fim. E quero saber como se sentem em relação a isso.

— Não fizemos nada — Rowan diz. Sua voz sai calma, mas, de alguma forma, ele nunca me pareceu tão assustador.

— Vocês mentiram todo esse tempo. Mentiram por omissão, por *não dizer a verdade*. Sobre Bliss, sobre Jowan. — Dave sorri e olha diretamente para mim. — E Jimmy mentiu por muito tempo para o público *quanto ao que era...*

Tudo parece acontecer em menos de um segundo. Lister arrasta a cadeira para trás, levanta e pega Dave pelo colarinho, tirando-o de onde estava sentado. Sua mão livre se cerra em um punho e Cecily vem correndo na nossa direção, gritando para que ele pare. Rowan também levanta e começa a gritar palavrões e "Vai se foder!". Eu me afundo mais e mais e mais na cadeira, torcendo para que ela me engula por inteiro, para que me transporte para outra dimensão, onde nada disso está acontecendo. Então Dave ri e repete:

— Isso, sim, é sincero.

ANGEL RAHIMI

Sinceramente, graças a Deus hoje é um dia transformador na história de Jowan, porque, se não fosse, eu estaria só me sentindo desconfortável, em vez de estar me divertindo, o que definitivamente estou, porque é impossível não ficar feliz sabendo que Jimmy e Rowan estão apaixonados um pelo outro.

O único plano que temos para hoje é o encontro do fandom do Ark no Wetherspoon da Leicester Square, à noite. Mac está sempre por perto, aproveitando cada oportunidade de falar com Juliet. Ele não cala a boca enquanto tentamos assistir de novo à apresentação de ontem à noite no WCMA. Depois não cala a boca enquanto tentamos assistir aos vídeos antigos deles no YouTube.

Mas não. Não vou me importar. Não vou deixar que Muliet estrague tudo.

Peço a Deus que me dê um pouco mais de paciência. Porque toda vez que Mac fala meio que quero enfiar um saco de algodão inteiro na boca dele.

Não contei à minha mãe muitos detalhes sobre o encontro do fandom — que seria em um pub e à noite. Se tivesse contado, ela teria se esforçado ainda mais para me impedir de vir. Mas tenho dezoito anos. Posso fazer minhas próprias escolhas. Vou para a faculdade no mês que vem, viver minha própria vida.

Sei que minha mãe ainda me vê como criança. A maioria dos adultos vê adolescentes como crianças confusas que não entendem muita coisa, enquanto eles são os pilares do conhecimento e da experiência e nunca estão errados.

Na minha opinião, a verdade é que todo mundo está confuso e ninguém entende muita coisa sobre o que quer que seja.

Faz vinte minutos que Juliet está escolhendo o que vestir. O que eu entendo. Ainda bem que me planejei antes e trouxe só algumas opções comigo, ou agora estaria atirando roupas para o alto e gemendo para o guarda-roupa.

— Tipo, não é uma *festa*, né? — Juliet diz.

— Não, mas vamos a um pub.

— Mas não é um pub *chique*, é?

— Nem um pouco.

— Não é pra ir de *traje fino*, né?

— Não. Imagino que casual, mas arrumado.

Vou com um jeans preto largo e uma blusa listrada larga também — a roupa de segurança que uso sempre que há chances de encontrar gente legal. Outros fãs do Ark com certeza são pessoas que quero impressionar.

— Mac também vai, né? — pergunto.

Ela se vira para mim, com uma saia preta e branca numa mão e um short de cintura alta na outra.

— Vai, claro. Por quê?

Dou de ombros.

— Não sei. Ele não parece gostar *de verdade* do Ark.

Estou sendo sincera. Mac mal reagia à apresentação de ontem à noite, enquanto Juliet e eu tínhamos que nos esforçar para não gritar muito alto ou dizer "Amo vocês" vezes demais. Mac só ficou sentado, assistindo.

Não vou chegar ao ponto de dizer que ele *mentiu* quanto a gostar do Ark só para se aproximar de Juliet, mas...

É exatamente o que eu acho.

— Fora que ele é meio irritante — continuo.

Juliet ri, porque pensa que estou brincando. Depois percebe que não é o caso.

— Sério? Como assim?

— Mac só... tenta fazer com que qualquer conversa seja a respeito *dele*. Juliet franze a testa.

— Não, acho que ele só está nervoso. — Ela joga o cabelo para trás, faz uma pose e ergue as sobrancelhas para mim. — Tipo, quem não ficaria nervoso em conhecer Juliet Schwartz, *não é*?

Ela começa a fazer uma sequência de poses de modelo, o que meio que me faz rir.

— E — Juliet prossegue — ele só não é... não sei. Não é tão fã quanto a gente. Não é tão esquisito quanto a gente.

Mac parece bem esquisito, na minha opinião, só que com uma beleza mais convencional, como o protagonista de um filme indie. Imagino que seja por isso que Juliet gosta dele. Ser homem e fã de bandas antigas e obscuras por algum motivo é mais aceitável que ser mulher e fã de uma boyband do século XXI.

Depois de uma pausa, digo:

— De qualquer maneira, não consigo acreditar que você trouxe tudo isso de roupa! É como se estivesse planejando passar os próximos quatro meses na sua avó!

Juliet congela na hora e se vira para mim. Ela abre a boca, e por um momento sinto que está prestes a dizer alguma coisa muito séria, mas então só ri e comenta:

— É, eu sei!

A única pessoa que não parece estar nem um pouco nervosa com o evento de hoje à noite é Mac. Imagino que seja fácil socializar quando se é um garoto bonito que gosta de músicas descoladas.

Pegamos o metrô e chegamos à Leicester Square por volta de sete e meia da noite — meia hora depois do evento começar, o que está ótimo. Identificamos os fãs do Ark na hora. Pelo menos cinquenta pessoas da nossa idade estão reunidas num canto da praça, sentadas ou de pé, em grupinhos, conversando, rindo e tirando selfies.

Nunca fui a nada desse tipo. Sempre mantive distância do pessoal da escola que começou a sair à noite aos quinze anos, com identidades falsas e garrafas de licor de pêssego. Não bebo. Mesmo que quisesse sair à noite, acho que não conseguiria encarar uma casa noturna sóbria. Nunca fiquei bêbada, mas, pelo que vi, a bebida te deixa um pouco mais entusiasmado quanto à perspectiva de entrar em um lugar que parece uma caverna, sombrio e grudento, e ficar pulando ao som do DJ Snake.

Isso não significa que eu não socializava. Mas a maior parte dos meus amigos da escola eram como eu — não tinham interesse em sair à noite. E nenhum deles queria falar comigo sobre o Ark.

Então eu ficava meio sem ter o que falar.

— Puta merda, você é a Angel? @jimmysangels no Twitter?

Eu me viro. Ouvir alguém dizer meu nome de usuário no Twitter e no Tumblr em voz alta é meio que uma experiência espiritual.

Reconheço a menina na mesma hora. É um pouco mais baixa do que eu esperava, mas já a vi em fotos no Twitter e no Tumblr — cabelo enrolado tingido de verde, óculos de armação grossa. Atende por "Pops" e seu nome de usuário é @superowan. Ao lado dela, tem mais alguém que eu reconheço: "TJ", @tinyteej, de cabelo curto e camisa polo, segurando o celular como se fosse um mapa do tesouro. Tanto Pops quanto TJ são fãs importantes. Se me lembro bem, têm dez mil seguidores no Twitter cada. Como eu.

Aponto de maneira dramática para Pops e TJ e digo:

— CARA! — Então abro os braços. — Olha só pra gente, se encontrando na vida real!

Quando fãs se juntam, o assunto não costuma fugir daquilo que os une. Neste caso, nossos meninos, claro.

Na escola, eu não tinha amigos que se importavam com o Ark tanto quanto eu. E, meu Deus, eu tentei. Falava sobre o Ark com quem topasse ouvir, pensando que talvez um dia *alguém* compreenderia por que eles são tão importantes.

No entanto, ninguém nunca me entendeu. Por isso eu vivia sozinha.

Mas aqui — aqui é diferente. As pessoas entendem. De verdade. Fico entrando no Twitter e vendo as postagens marcadas com #EncontroArkLondres por toda parte. Vejo as pessoas relacionando os nomes de usuário a rostos. Conhecendo seus melhores amigos pessoalmente. Começo a falar com uma garota sobre o vídeo de perguntas e respostas que Jimmy e Rowan fizeram juntos três anos atrás. Comentamos nossos momentos preferidos — o empurrãozinho no ombro, quando eles começam a cantar em harmonia uma música antiga espontaneamente, as risadas sincronizadas. Ela se anima toda, me responde na mesma intensidade. Porque entende. E isso é mágico.

Às oito, a maior parte das pessoas já entrou no Wetherspoon. Estou me divertindo muito, mas parece não ser o caso de Mac e Juliet.

Juliet não conversou com muita gente. Acho que quer, mas Mac não sai do lado dela e não para de falar, então se envolver em qualquer conversa fica um pouco difícil. Fico tentando incluí-la, mas Mac sempre dá um jeito de isolá-la. E Juliet não parece se importar de ter que conversar com ele.

Depois de um tempo, os dois sentam em uma mesa sozinhos. Juliet mostra alguma coisa a Mac no celular. Fico puta com ele por não deixá-la se divertir e fico puta com ela por não enxergar como Mac é irritante.

Não achei que ele pudesse me incomodar ainda mais do que já incomodava.

Era para ser a nossa semana, minha e de Juliet. A semana em que nos tornaríamos melhores amigas *de verdade*, e não só da internet.

Sempre tive amigos — gente com quem sento na escola, gente com quem converso, gente com quem às vezes saio. Mas nunca tive uma melhor amiga. Nunca tive uma amiga, ou quem quer que seja, com quem pudesse falar sobre tudo e qualquer coisa, alguém que realmente se importasse com as coisas pelas quais me interesso. Alguém que não revirasse os olhos quando me empolgo demais, que não se distraísse enquanto conto uma história longa. Alguém que gostasse de mim como sou, e não só porque é fácil falar comigo e sou boa em preencher silêncios desconfortáveis.

Até que comecei a conversar com Juliet.

— São seus amigos ou você está apaixonada por um deles? — uma voz pergunta na minha direção. Eu viro e me vejo diante de uma menina com um sorrisão no rosto e uma garrafa de J_2O na mão.

— Amigos, definitivamente — solto, imaginando de repente como seria estar apaixonada por Juliet ou Mac. Hilário.

A menina dá uma risadinha e toma um gole da bebida. Não parece ter vindo para o encontro do fandom — está usando uma camiseta escrito NA PIOR e calça jeans. Fora que parece mais velha. Não, não mais velha — mais *madura*. Alguém que não passa a noite toda assistindo a vídeos do Ark ou lendo fanfic.

— Você veio para o encontro? — pergunto, curiosa.

Ela se apoia no bar.

— Mais ou menos. Vim com alguém que é muito fã do Ark. Eu mesma não ligo muito, mas... — ela sorri para si mesma. — Bom, queria saber como era. Nunca vim a nada assim.

— Se faz você se sentir melhor, nem eu — digo. — Mas... sou fã do Ark. Se ainda não percebeu.

Mostro o celular para ela, com uma foto do Jimmy na tela bloqueada.

Ela dá de ombros.

— Não dá pra saber. A menos que a pessoa esteja usando alguma coisa da banda. *Qualquer pessoa* pode ser fã do Ark.

— Isso é verdade...

O cara no bar finalmente nota que estou esperando. Peço mais J_2O. A menina comenta na mesma hora:

— Ei, somos companheiras de refri! Você também não bebe?

— Não, cara. Sou muçulmana. Bom, alguns muçulmanos bebem, mas eu não.

— Ah, legal! Queria ter um motivo como esse, mas na verdade só acho que bebida tem gosto de xixi.

— Tem mesmo?

— Bom, nunca bebi xixi, então não tenho como confirmar o que falei.

Enquanto ela diz isso, o barman me traz a bebida e faz uma careta. Ele vai embora, e ambas rimos.

— Tenho que me lembrar de não falar sobre xixi na frente de desconhecidos — ela diz.

— Tarde demais. Agora já era.

— Cara, estou causando uma ótima primeira impressão.

— Inesquecível, com certeza.

Ela sorri para mim e pergunta:

— Qual é seu nome?

Meu cérebro parece dar tilt por um momento, e eu esqueço se devo me apresentar como Fereshteh ou Angel. Mas estou com o fandom do Ark. A internet na vida real. Por isso escolho a última opção.

— Angel — eu digo.

— Angel! Porra, é um nome fantástico! — ela diz. — O meu é Bliss.

Bliss é a melhor pessoa que conheci esta noite.

É raro alguém que fale tanto quanto eu, mas Bliss definitivamente é assim. Apesar de ter me dito que não é muito fã do Ark, ela fica circulando pelo pub comigo, conversando com todo mundo. Eu a apresento a TJ, Pops e outros fãs que conheço da internet. Depois apresento a Juliet, quando finalmente a encontro perto do bar. Ela parece não saber muito bem o que dizer a Bliss, que na mesma hora começa a falar sobre a capinha do celular de Juliet, que tem flores prensadas dentro. Bliss diz que não fazia ideia de que as flores não se desintegravam poucas semanas depois de morrer e pergunta por que então não tem pilhas e pilhas de flores mortas em todo jardim. Para onde as flores mortas vão? Dou de ombros, com certo exagero, enquanto Juliet arregala os olhos para mim como se dissesse: *Que porra é essa, Angel?*

Bliss não apresenta ou aponta a pessoa com quem veio. Começo a me perguntar se ela inventou tudo.

Eram oito e meia, mas de repente são dez, e passo o resto da noite com Bliss. Tem algo de diferente nela em relação aos outros fãs. Bliss fala alto e bastante, mas quando começamos a discutir questões complexas do Ark, ela só fica ouvindo, de boa. Então faz uma piada no meu ouvido e eu sinto que a conheço há anos.

— Quero trabalhar para uma ONG — Bliss comenta, tão debruçada sobre a mesa que sua bochecha quase a toca. — E salvar o mundo.

— Que parte do mundo?

— Em termos de localização?

— Não, digo, em que tipo de ONG? O mundo está bem ferrado. Não dá pra salvar tudo ao mesmo tempo.

— *Ah.* Acho que quero trabalhar no Greenpeace. Quero ajudar a parar a mudança climática antes que os humanos destruam a Terra.

— Uau. Acha que eles vão conseguir fazer isso?

— Provavelmente não. Mas vale a pena tentar. — Ela olha para mim. — E você, o que quer fazer?

— De trabalho, você diz?

— É! Ou da vida, de modo geral.

Preciso de um momento para lembrar dos meus planos para o futuro. Quase só menciono o show do Ark na quinta. Meus planos para o futuro parecem muito distantes agora, como se não fossem reais. São apenas o inevitável *pós-show do Ark.*

Parece que eu me importo com muito pouca coisa na vida além da banda.

— Psicologia — digo. — Começo a faculdade em outubro.

— Legal — Bliss fala. — Vou salvar a natureza e você vai salvar os humanos. Com sorte, vai ficar tudo bem. Psicóloga e ativista do meio ambiente salvam o mundo.

— Eu assistiria a essa série na Netflix.

Fico sabendo que Bliss é bi. Ela comenta isso com tanta confiança que de repente fico com inveja. Muitas pessoas, em especial no fandom do Ark, são assim. Sabem exatamente quem são. E explicam no "sobre" do blog, na bio do Twitter. Nunca sei o que colocar na minha bio, por isso em geral opto por uma letra do Ark.

Fico sabendo que o sobrenome de Bliss é Lai. O pai dela é chinês e a mãe é branca. Os pais tentaram criá-la como cristã, mas ela nunca conseguiu acreditar totalmente em Deus. Bliss me pergunta sobre o islã, porque cabulou todas as aulas de religião na escola. Em geral, fico meio incomodada quando as pessoas me tratam como se eu fosse uma fonte de conhecimento de tudo relacionado ao islã — não é como se todo muçulmano tivesse as mesmas opiniões e crenças —, mas parece que nada em Bliss consegue me irritar.

— Não é muito diferente do cristianismo, né? — ela diz depois que respondi a suas perguntas. — O melhor amigo do meu namorado é um cristão bem fervoroso.

— Tem várias semelhanças, sim.

— Queria acreditar em Deus e tudo o mais.

— Por quê?

— Assim a gente tem algo em que acreditar, a que se agarrar. Mesmo quando tudo vai pro buraco.

Balanço a cabeça, concordando com ela. É verdade.

— O que você faz quando tudo vai pro buraco?

— Sei lá. Choro.

— Bom, acreditar em Deus não protege ninguém de chorar de vez em quando.

— É um pouco como isso, né? — ela diz, fazendo um sinal para tudo à nossa volta. — O lance do fandom. É como se fôssemos parte de uma religião.

Eu nunca tinha visto a coisa desse jeito.

Dou risada.

— É. Cara. É melhor a gente rezar pra que Jimmy e Rowan nos abençoem com outro abraço no palco.

Bliss ri, e por um momento eu me pergunto se tem pena de mim, de todos nós.

— Vocês gostam mesmo da ideia de Jimmy e Rowan juntos, né?

Dou de ombros.

— Eles me fazem acreditar que o amor existe.

Que algo de bom existe. Que o mundo não está só se desintegrando. De que tem algo que faz valer a pena estar aqui.

— Você não acreditaria, se não fosse por eles?

Tento pensar em outra dupla que me faça acreditar no amor, mas ninguém me vem à mente. Penso nos meus pais, sempre discutindo. Numa amiga da escola que levou um fora depois de finalmente ter feito sexo com o namorado. Em um casal sentado em silêncio em um restaurante.

— Provavelmente não — digo.

Quando volto do banheiro, Bliss está no celular, um pouco afastada da multidão de fãs. A expressão animada e confiante se foi — na verdade, ela parece estar discutindo com alguém.

Eu me aproximo e a ouço dizer:

— Bom, o que eu faço ou aonde vou não é da sua conta.

Ela desliga e larga o celular na mesa.

O nome que aparece na tela é "Rowan".

O que é meio irônico.

— Tudo bem? — pergunto, sentando ao lado dela. Bliss vira a cabeça para mim, assustada, então abre um sorriso, como se nada tivesse acontecido.

— Sim, sim, tudo bem! — ela diz. — Era só minha mãe. Ela não gosta que eu fique fora até tarde.

— Ah — digo, tentando parecer convencida, embora ache um tanto improvável que o nome da mãe dela seja Rowan.

— É melhor eu ir — Bliss fala, guardando o celular no bolso, depois me abre um sorrisão. — Foi muito legal te conhecer!

E ela vai mesmo. Antes que eu tenha a chance de dizer alguma coisa. Fico com a impressão de que posso ter acabado de conhecer um fantasma.

★ ★ ★

Depois de mais algumas conversas e outro refri, decido que é hora de voltar para Muliet, mas não vejo Juliet. Mac, por outro lado, está sentado sozinho com uma cerveja, parecendo um pouco um amante traído que veio ao pub afogar suas mágoas e escrever poesia.

— Quem era aquela que estava com você? — Mac pergunta depois que sentei na frente dele com um copo cheio de refri. Acho que ele está pelo menos na terceira cerveja.

Mac parece um pouco solitário ali, e fico com pena dele.

— Sei lá. Uma menina que acabei de conhecer.

— Que acabou de conhecer? Vocês duas pareciam melhores amigas.

Dou de ombros.

— A gente se deu bem, acho.

Segue-se um silêncio desconfortável.

— Eu não sabia que você era uma espécie de celebridade no fandom — Mac diz, com o sorriso mais falso que já vi.

Dou risada.

— Isso é um pouco exagerado.

Ele ergue uma sobrancelha.

— Está brincando? Literalmente *todo mundo* aqui sabe quem você é. As pessoas ficam indo tirar selfie com você.

Dou de ombros outra vez.

— É só coisa de internet.

— *Só coisa de internet.* — Mac ri. — Às vezes acho que a internet é mais real que o resto do mundo.

Então percebo que ele não está de bom humor.

Que pena.

— Cadê a Juliet? — pergunto. — Achei que estavam juntos.

A menção a ela parece animá-lo um pouco.

— Sim, sim, ela só foi ao banheiro.

— Ah.

Silêncio.

Fico olhando para ele do outro lado da mesa, tentando decifrá-lo.

— Não conheço muita gente como você que gosta do Ark — digo, tomando um gole de refri.

Mac olha para mim.

— Não?

— Não. — Aperto os olhos. — Como conheceu a banda?

— Ah, bom, não sei. Encontrei no YouTube? — Ele bate um dedo no copo quase vazio. — Não lembro.

— É curioso — digo. — O Ark não parece fazer seu estilo.

— Gosto de todo tipo de música.

— Verdade — digo. — Mas você não é muito envolvido com o fandom, né?

— Bom... não, acho que não. Mas gosto bastante da música deles.

Mac toma um gole de cerveja e desvia o rosto.

Mais silêncio.

— Está ansioso pro show de quinta? — pergunto.

Ele faz que sim com a cabeça. Sem demonstrar metade do entusiasmo que deveria.

— Sim, claro.

Coloco um cotovelo na mesa e me apoio em uma mão.

— Que músicas você espera que eles toquem?

Mac dá risada.

— O que é isso, um interrogatório?

Sorrio.

— Só estou puxando assunto. Não conversamos muito hoje.

— Tá bom. "Joan of Arc", claro. Também gosto muito de "Magic 18" e "A Place Like This".

— Hum... — "Magic 18" e "A Place Like This" são dois dos maiores hits da banda. Quase todo mundo conhece essas músicas do rádio. — Espero que eles toquem "The 2nd Person", sabe? Ou qualquer outra coisa do EP *Kill It*. Sei que já faz, tipo, uns três anos que saiu, mas não custa torcer.

Mac olha para mim e assente.

— Claro, claro.

Seus olhos estão inexpressivos. Ele não faz ideia do que é o EP *Kill It.*
Então tenho certeza.

Ele nem gosta do Ark.

Só está fingindo, esse tempo todo, para que Juliet goste dele.
Sorrio para Mac.

— Você está louco pela Juliet, né?

Ele se endireita no banco, como um zumbi levantando do túmulo.

— Quê?!

— Cara — digo, então aperto os olhos. — Fala logo. Desembucha.

— O quê?

— Juliet.

— O que tem?

— Você não devia fingir se interessar por algo só para impressionar
uma menina. Ela vai acabar descobrindo a verdade. Não vale a pena.

— *Quê?*

— Não precisa mentir pra mim! — Eu me inclino para a frente. —
Sou Angel. Sou legal. Pode confiar em mim. Você não precisa se forçar
a gostar do Ark se não gosta. Não vou te julgar. Prefiro que seja honesto
comigo.

Por um longo momento, Mac só fica me olhando.

Então diz:

— Não conta pra ela, por favor.

Às onze, todo mundo está bêbado, menos eu.

Não posso dizer que não estava esperando. Somos todos jovens, dos
quinze aos vinte e nove, de acordo com as pessoas com quem conversei, e estamos em um pub. Ou seja, bebendo.

É hora de ir embora.

Escapo do grupo em que me encontro com um "preciso fazer xixi,
já volto", então começo a procurar por Mac e Juliet. A esta altura, já
devem estar querendo ir embora também. Desde que o forcei a admitir

que não é fã do Ark, Mac parece estar de péssimo humor. Eu o vi algumas vezes na multidão, rabugento pra caralho. Mas quase não vi Juliet — só alguns relances de uma cabeça ruiva aqui e ali.

Dou uma volta no pub, passando pela multidão do que agora parecem ser grupos de garotas e garotos fazendo o esquenta ou velhos bêbados afogando as mágoas com cerveja e futebol. Procuro em todo o andar térreo, depois também dou uma olhada lá em cima, mas não os encontro em lugar nenhum.

Vou até a entrada e ligo para Juliet, enquanto o segurança me encara como se eu estivesse fazendo algo ligeiramente suspeito. Ela não atende.

Deixo uma mensagem de voz.

— Oi, é a Angel. Só queria saber onde vocês estão e se já topam ir para casa ou... é. Me liga!

Dois minutos depois, ela não me liga, mas manda uma mensagem pelo Facebook.

Oi, desculpa!!!! Saímos meio cedo. Pensamos em dar uma olhada em outros bares!! Espero que não tenha problema!! Você estava conversando com um pessoal e não quisemos interromper!! Minha avó pode abrir pra você se quiser voltar, ou você pode vir pra cá.

Leio a mensagem, e um buraco se abre no meu estômago.
Ela foi embora sem mim.
Juliet foi embora com Mac. Sem mim.
Quero dizer, tá.
Acho que foi meio que culpa minha. Eu estava falando com outras pessoas. Não fiquei nem um pouco com ela esta noite.

Ah, relaxa!! Não sou muito de bar, então vou embora :)
Aproveita!

Penso em voltar para me despedir das pessoas que conheci pessoalmente hoje — Pops, TJ e os outros —, mas... não. Estão todos bêbados. E eu estou cansada. Só quero dormir.

Eu me sento sozinha no metrô e releio a mensagem de Juliet, que ainda nem viu o que escrevi. Achei que ela estava começando a perceber que Mac está mentindo. Achei que quisesse passar algum tempo comigo.

Talvez seja culpa minha. Talvez eu tenha passado tempo demais com Bliss. Talvez eu seja uma decepção na vida real.

Quando o metrô sai da estação e a internet para de funcionar, coloco o fone para ouvir Ark. Tento parar de pensar em tudo, no que quer que seja. Foi uma noite boa. Conversei com as pessoas. Foi uma noite boa. Talvez seja difícil acreditar nisso quando se está sentada sozinha no metrô de Londres às onze e meia de uma terça-feira. Não sei por que estou triste. Por causa da conversa sobre futuro, carreira e tal? Por que isso me deixaria triste? Só não gosto de pensar no assunto. E daí? Quem se importa? Não preciso pensar nisso. Todo mundo parece ter tudo resolvido, menos eu. É besteira. Estou bem. Tenho tudo resolvido também. Vou fazer faculdade. Só estou sendo negativa. Muito negativa. Posso parar. Preciso parar de ouvir música triste. Vou mudar. Esta é melhor. Esta vai fazer com que eu me sinta melhor. Meus meninos sempre fazem com que eu me sinta melhor.

Quando eu vir o Ark na quinta-feira, tudo vai melhorar.

Sou tirada dos meus pensamentos quando alguém toca meu braço.

Ergo os olhos e arranco o fone. Quem é que quer falar comigo no metrô de Londres, às onze e meia da noite?

Tem uma senhora sentada ao meu lado.

— O que quer que seja, faz parte do plano de Deus — ela diz. — Ele sabe o que está fazendo.

— Desculpa — digo, sorrindo. — Eu estava com uma cara triste?

— Você estava com cara de que o mundo vai acabar, querida — a senhora diz.

Gosto de pensar que Deus tem um plano para todo mundo. Mas também acho que tem coisa demais rolando no mundo para que todos esses planos sejam perfeitos. Talvez Deus não tenha tempo de fazer um plano para cada um. Talvez alguns de nós estejamos nos esforçando ao máximo, mas errando.

— Com certeza não é nada tão sério — digo.

— Sério é algo relativo — ela diz. — O Senhor é quem decide o que é sério.

Ela aponta para cima, e meio que sigo seu dedo e olho para o teto. Tudo o que vejo, no entanto, é a luz do vagão do metrô piscando.

JIMMY KAGA-RICCI

A luz do banheiro não para de piscar. Poderia ser pior, imagino. Achei que fôssemos voltar e descobrir que alguém tinha invadido e roubado tudo o que temos, ou que tinha rolado um incêndio e o apartamento nem estava mais aqui. Eu estava tão preocupado com nossa viagem que, antes de ir, comprei um cofre à prova de roubo e de fogo, bem caro e bem grande. Assim que passamos pela porta, corro na direção dele e o abro. Está tudo ali. Meus diários, minha guitarra, meu notebook, meu ursinho de pelúcia da infância e a faca que meu avô me deu quando eu tinha dezesseis anos.

É o que eu pego primeiro. A faca.

É uma herança de família. Passou do meu bisavô para meu avô, e dele para mim. Ganhei no meu aniversário. Ele não *disse* que era uma herança que passava apenas de um homem da família a outro, mas tenho certeza de que foi por isso que a deu para mim. É um conceito meio machista, mas mesmo assim. Foi muito importante.

— Para que você lembre de quem é — meu avô disse, com um sorriso — e de onde veio.

Seria inútil como arma, porque está completamente cega — dá para passar o dedo pelo fio sem sofrer um único arranhão. Mas me sinto mais seguro quando a tenho comigo. Como se tivesse um pedacinho de casa aonde quer que vá.

Rowan acha ridículo, claro, e preferiria que eu a colocasse na gaveta e nunca a levasse a lugar nenhum. Quando saio do quarto com a faca nas mãos, ele revira os olhos.

Faço uma busca minuciosa no apartamento para me certificar de que ninguém esteve aqui. Moramos em um tríplex espaçoso, com cinco quartos, três banheiros, sala e cozinha integradas, uma academia que só Rowan usa, um cinema que só eu uso e um escritório que ninguém usa. Tudo isso no alto de Londres. Compramos assim que o último de nós fez dezoito anos. Aparentemente, não houve invasão. Meus Blu--Rays continuam espalhados no chão do cinema. *Whiplash* está aberto em cima do aparelho.

Como alguém poderia ter entrado e tirado aquela foto quando estávamos aqui? *Meses atrás?* Temos alarme e sistema de segurança nas janelas e portas. Preciso contratar alguém para instalar um circuito de câmeras interno o quanto antes.

Tento esquecer tudo isso enquanto tomo banho. Lavo o cabelo para que o spray da apresentação de ontem saia de vez. Lavo o suor do avião e o que resta de base no meu rosto. Escovo os dentes, limpo as orelhas e esfrego os olhos sonolentos. Injeto minha dose semanal de testosterona na coxa e coloco em cima um band-aid do Dennis, o Pimentinha — presente do meu avô. Enrolo uma toalha felpuda em volta do corpo e fico sentado na beirada da banheira por alguns minutos. A luz do banheiro fica apagando a cada tantos segundos, me deixando no escuro.

São apenas seis e meia da tarde quando saio do banho, o que a princípio me parece ser bom, porque significa que tenho a noite toda para fazer o que quiser, ou seja, dormir. Então Lister diz:

— Vou convidar um pessoal pra vir então.

Já estou de pijama, fazendo uma xícara de chá. Rowan não se moveu do sofá em que se jogou há meia hora. Lister tirou toda a roupa, exceto a cueca, e está deitado no tapete comendo um pacote de salgadinho.

— Porra nenhuma — murmuro. — Você não vai convidar ninguém.

— A Bliss já está vindo.

— É diferente. É a namorada do Rowan.

— Só algumas pessoas.

Levo minha xícara de chá até o sofá e sento.

— Você não queria descansar?

Lister revira os olhos para mim.

— Isso é descansar.

— Você só quer encher a cara.

Lister pisca.

— Bom, é, basicamente.

Antes de ficarmos famosos, Lister não dava grandes sinais de gostar de um estilo de vida festeiro, além do fato de que atrapalhava um pouco na escola. Só que, assim que começamos a ganhar dinheiro, o amor dele por luxo se revelou. Lister começou a dar festas pródigas, a comprar carros e roupas de grife. A pegar quem quer que fosse. E a beber muito, muito mesmo.

— É só encher a cara sozinho — digo.

— Jimmyyyyyy... — Lister começa a acariciar minha perna. — Por que sempre tão rabugento?

— Por que não dá suas festas quando não estou aqui?

— Por que você odeia tanto festa?

Porque sou neurótico, muito ansioso e nada sociável, tenho sérios problemas com confiança e baixa tolerância com invasão do meu espaço pessoal. Fora que tive um dia horrível.

— Só odeio.

— Eu contrato seguranças.

— É o mínimo.

Lister me encara por um momento, depois se vira para Rowan.

— Alguma objeção?

— Sim — Rowan diz, mas não elabora.

— Então tá. Vou ligar pra todo mundo.

O número de pessoas que sabe onde moramos é motivo de preocupação diária para mim. Ninguém vem bater na nossa porta, ainda bem — um dos benefícios de morar em um prédio chique com um bom sistema de segurança —, mas a maioria das revistas e dos blogs de fofoca sabe. E uma grande porcentagem dos fãs. E muitas celebridades, principalmente por causa das festas de Lister.

Lister Bird conhece todo mundo. Literalmente. Músicos, cantores, rappers e bandas. Produtores, modelos, atores e a aristocracia. Não que vá atrás dessas pessoas. É só que todo mundo quer ser amigo dele.

Todo mundo quer ser meu amigo também, mas não é como se eu fosse deixar isso acontecer.

"Todo mundo", como Lister sempre diz, acaba sendo umas cinquenta pessoas. Nosso apartamento passa de refúgio a casa noturna em cerca de duas horas. Lister liga os alto-falantes e coloca uma playlist para tocar. Às sete e meia, tem que abrir a porta para alguém a cada cinco minutos; às nove, nosso apartamento está irreconhecível. Da primeira vez que isso aconteceu, no dia seguinte contratei uma pessoa para colocar uma tranca na minha porta.

— Você devia ter dito "não" — Rowan me fala. Estamos sentados no sofá da sala outra vez, só que com outras trinta pessoas em volta, bebendo e rindo.

— Eu disse.

Rowan suspira, então olha para mim.

— Podemos ficar no meu quarto, se quiser. Jogar *Splatoon*.

Balanço a cabeça.

— Vai ficar todo mundo se perguntando onde a gente está.

— Quem se importa?

Eu queria não me importar.

— Quando Bliss vai vir? — pergunto.

Rowan afunda nas almofadas.

— Logo mais, acho. — Ele faz uma pausa. — Eu disse pra ela não vir, por causa dessa galera toda. Mas você sabe como a Bliss é. — Rowan afina a voz. — "Você já me convidou, e se a porra do Lister pode convidar cinquenta pessoas pra porra da casa de vocês, posso ir quando eu quiser, caralho!"

Dou risada.

— Estou com saudade dela.

— Eu também.

Reparo que as pessoas dão uma olhada quando passam pela gente. Muito mais do que o normal.

— Acho que vou dar uma ligada. — Rowan pega o celular do bolso e se levanta. — Ela disse que ia chegar uma meia hora atrás.

Rowan se afasta e começa a falar com Bliss, mas não consigo ouvir. Sua expressão logo muda para irritada, como acontece com frequência quando estão conversando.

— Que inferno da porra! — Bliss diz quando abrimos a porta uma hora depois. Ela está usando uma camiseta larga escrito NA PIOR e um jeans preto rasgado. — Cadê o Bird? Vou acabar com a raça dele.

Rowan conheceu Bliss Lai em um evento beneficente quando tínhamos dezesseis anos. Ela foi como voluntária, e nós, como convidados especiais. Bliss não fazia ideia de quem éramos e, na nossa opinião, parecia muito mais divertida do que a gente — nos conduzindo pelo estúdio como se fôssemos gado, jogando pedra, papel ou tesoura para decidir quem ficaria com o último pacote de salgadinhos do camarim, dançando sorrateiramente atrás da gente durante a passagem de som.

Bliss Lai merece de verdade ser famosa.

Mas Rowan e Bliss não querem isso. E eu meio que concordo com eles. Se as pessoas soubessem que Rowan tem uma namorada, seria o fim. O fandom piraria, a mídia piraria, e Bliss se tornaria mundialmente famosa da noite para o dia. Ela não parece ligar nem um pouco para fama. Uma vez, conseguimos colocá-la em uma premiação da TV e ela conversou com David Tennant sem ter ideia de quem ele era. David achou que ela queria uma selfie, mas Bliss só estava tentando encontrar o banheiro mais próximo.

— Espera, não me contem — ela fala, levantando a mão. — Bird já está vomitando no banheiro. Ou já encontrou alguém para transar.

Rowan suspira.

— Espero que nenhum dos dois.

Bliss se vira para mim e me dá um tapinha delicado na bochecha.

— Jimmy! Como você está? Senti saudade, porra. Tem comido direitinho?

Outra coisa a dizer sobre Bliss é que ela é a única pessoa que é mais mãezona do que Rowan.

— Estou bem. Eu… às vezes como.

— Bom, isso vai ter que servir, imagino. — Ela bate palma uma vez. — Bom, é melhor ter suco nessa porra dessa festa.

Rowan, Bliss e eu ficamos um pouco na cozinha, fechados em uma rodinha para que as pessoas não se animem a vir conversar conosco. Elas vêm de qualquer maneira, ninguém que eu conheço de verdade, só gente com quem esbarrei em eventos, a quem talvez tenha sido apresentado, de quem já vi fotos na internet, na TV ou na capa de uma revista. Rowan apresenta Bliss como assistente publicitária — o disfarce de costume. Todo mundo sempre acredita.

No começo, Rowan e Bliss eram o casal perfeito. Ele gostou de como ela ignorava o poder da fama — Bliss não o via como superior. Ela gostou da maturidade e da inteligência de Rowan — ele era como um sábio ancião preso em um corpo de dezesseis anos. Quando estavam juntos, os dois pareciam parar de se preocupar com o que quer que estivesse acontecendo em sua vida — Rowan não era mais o integrante de uma banda que trabalhava demais e Bliss não era mais uma estudante superocupada. Os dois só ficavam *juntos*.

Isso não durou muito, o que não chega a ser uma surpresa. Relacionamentos só conseguem chegar até certo ponto na onda da paixão.

Agora, as coisas andam bem mais complicadas. Não sei se é a pressão de passar a maior parte do tempo longe e quase não se ver ou se os dois estão só entediados um com o outro, mas sempre que se encontram eles acabam discutindo. Que é o que estão fazendo neste momento.

— Mas por que você foi se meter com aquelas pessoas? — Rowan balança a cabeça. — E se descobrissem quem você é?

Bliss aparentemente passou a noite em um evento do fandom do Ark por pura *curiosidade*, o que é a cara dela.

— Como descobririam? — Bliss revira os olhos. — Não sou idiota, por favor. Só fiquei intrigada quanto a como essas pessoas são. E algumas foram até legais. Conheci uma menina chamada...

— São *fãs*. Não se importam com você; não se importam com nada além do Ark. Sabe o que fariam se descobrissem quem você é?

— Cacete, você faz parecer que os caras são serial killers ou coisa pior.

— Eles não ficam muito longe disso.

Enquanto os dois discutem, abro outra cerveja. Gosto de Bliss, amo Rowan, mas, sinceramente, gostaria que eles terminassem.

Tento ficar bêbado, mas parece que não me esforço o bastante, porque às dez estou apenas no terceiro drinque e não sinto nada.

A música está mais alta do que antes e as pessoas começaram a dançar. O chão vibra. Roupas caras e pessoas caras piscam conforme as luzes de LED do apartamento mudam de cor. Sorrisos brancos e brilhantes. Bebidas efervescentes. Uma nuvem de fumaça de cigarro paira sobre nós, como uma névoa. Abro uma janela e, esquecendo a chuva, enfio a cabeça para fora. Molho a camisa.

— Ei, Jimmy — alguém diz. Eu me viro e deparo com Magnet, cujo nome verdadeiro é Marcus Garnett, o vencedor mais recente do *X-Factor* e que não está se saindo mal, já teve até alguns singles nas paradas. Baladas, acho. Magnet sentou na nossa mesa no BRIT Awards deste ano.

Estendo a mão.

— Ah, oi, Magnet, tudo bem, cara? Como vão as coisas?

Ele aperta minha mão e assente. Tem um rosto suave, meio adolescente. Acho que é por isso que nos damos bem. Todo mundo que eu conheço parece ser dez anos mais velho que eu e se comporta como tal, o que faz com que eu me sinta um bebê.

— Ah, vou bem, cara, valeu. — Magnet abre um sorriso tímido. — Ei, você não quer ir lá pra cima, por acaso? A música está alta pra caramba aqui, não acha?

Dou risada.

— Vamos, sim. Lister está fazendo nossos vizinhos nos odiarem cada vez mais.

— Foi ideia dele hoje à noite?

— Ah, sim, você sabe como ele é.

A reputação de Lister de festeiro não é um segredo muito bem guardado.

Subimos, passando por grupinhos de pessoas conversando e bebendo. Vejo Rowan e Bliss sentados em um canto, conversando e rindo. Ele parece mais relaxado agora. Talvez fique tudo bem, no fim das contas. Não sei.

— Vocês acabaram de voltar da turnê pela Europa, né? — pergunta Magnet. É a décima ou décima primeira pessoa que me disse quase que exatamente a mesma coisa hoje à noite.

Digo a ele que temos mais um show, na quinta-feira. Paramos e ficamos no corredor do andar de cima. A música está mais baixa aqui, mas meus ouvidos continuam zumbindo.

— Os últimos dias de vocês foram bem movimentados, né?

Uma porta bate em algum lugar, o que me faz dar um pulo.

— É, acho que sim…

— Não é verdade, é? — Magnet pergunta, sorrindo. — Você e Rowan.

— Quê? Não…

Vou tomar outro gole da minha bebida, então me dou conta de que estou segurando um copo vazio.

Magnet ri.

— As coisas que os fãs inventam, né?

Tenho vontade de dar risada. Como se esse cara tivesse alguma ideia do que é ter fãs como os nossos.

— É.

A música muda lá embaixo e todo mundo grita.

Magnet leva a mão ao meu braço.

— Se precisar de alguém para conversar… — Ele sorri, mas sua cara está meio esquisita agora, sem a suavidade de antes. — Sabe que sempre pode me ligar, né?

Ele acaricia meu braço.

— Er... — O álcool parece estar subindo de uma vez só. — Tá.

Magnet se aproxima um pouco mais de mim.

— A gente precisa ter amigos nesse negócio. — Ele põe a mão no meu ombro. — Pessoas em quem confiar.

— Hum.

— Você pode confiar em mim, Jimmy.

— Hum.

Magnet leva a mão à minha bochecha. Por que está fazendo isso?

— Você é muito lindo na vida real — ele diz baixinho, como se não achasse que eu fosse ouvir.

Dou risada, como se fosse brincadeira. O volume do zumbido nos meus ouvidos aumenta.

— *Na vida real* — repito.

Então Magnet se inclina e seus lábios tocam os meus.

Ah. Tá. Entendi. Tudo bem. Não posso dizer que percebi que era nessa direção que estávamos indo, mas tudo bem. O zumbido é alto demais. Não sei o que estou fazendo. Não é como se fosse a primeira vez que isso acontece com um cara qualquer, em uma festa qualquer. Não sei. Não lembro. Não me importo. As mãos dele estão no meu rosto agora. Não sinto nada por ele. Mas talvez isso seja tudo o que vou conseguir. Bom. Quem se importa?

— Ei, Jimmy.

Paro de beijar Magnet, me viro e vejo Lister do outro lado do corredor, recostado contra a parede. Ele faz um sinal com a cabeça.

— Vem aqui.

Meio que só começo a me afastar de Magnet, sem me despedir nem nada do tipo, mas ele me pega pelo braço e diz, baixinho:

— Quer ir pra algum outro lugar comigo?

Volto a olhar para ele.

— Na verdade, não. Desculpa.

Magnet puxa meu braço com um pouco mais de força.

— Então você está com Lister?

Franzo a testa.

— Não. Como assim?

— Qual é a porra do seu problema? — ele me pergunta, de um jeito bem sórdido. — Está se guardando pra quando casar?

Não digo nada.

— Que ridículo — Magnet continua. — Você estava se jogando em cima de mim na festa do BRITs.

— Vem, Jimmy! — Lister grita do outro lado do corredor.

Tento me concentrar na faca do lado de dentro da minha jaqueta. Lembro quem sou. Vou pra casa mentalmente.

— Não sou bom o bastante pra você? Vocês do Ark acham que são os donos da porra do mundo, não é? Mas o único motivo para terem tantos fãs é que eles querem que você e Rowan trepem.

Os palavrões me fazem estremecer.

Ele me olha com desprezo. Se antes seu rosto parecia suave, agora é monstruoso.

— Logo, logo você vai ser derrubado do seu pedestal. E aí vai voltar rastejando pras pessoas que tentaram ser legais com você.

Balanço a cabeça com vigor e me afasto dele.

Quando chego a Lister, ele me dá um tapinha nas costas e olha feio para Magnet, o que é meio esquisito, porque ele não costuma ser protetor assim.

Ele me leva escada abaixo, passando um braço por cima dos meus ombros.

— O álcool agora transforma você em um vagabundo? — Lister pergunta. Sei que está brincando, mas a palavra ainda me incomoda.

— Para — digo.

— Ele nem era bonito. A gente só viu o cara, tipo, uma vez.

Dou de ombros.

— Bom...

Lister para e olha para mim.

— Jimmy. Anda, cara. Desde quando você se comporta assim?

— Sei lá. Sei lá.

Eu me dou conta de que Lister nem está muito bêbado. Talvez eu esteja até mais do que ele, o que nunca acontece. Ele que gosta dessas festas, de beber, de gastar dinheiro, de ficar de pegação. Mas tem algo de diferente esta noite.

Estou bêbado demais para descobrir o quê.

— Você não é assim — ele continua. — Não sai beijando quem quer que apareça no seu campo de visão.

— Não fui eu que comecei.

— Mas você entrou na onda!

— Tá, talvez eu estivesse com vontade de ficar com alguém. E você com isso?

Lister não diz nada.

Solto um longo suspiro.

— Só quero ser um adolescente normal de vez em quando — digo.

— Mas você não é.

Encaro os olhos dele.

— Como *você* pode estar *me* julgando? — pergunto. — Você faz esse tipo de coisa o tempo todo.

— Ah, é? — Lister dá risada e balança a cabeça. — Você e Rowan... cara... vocês ainda acham...

A frase morre no ar, e quando chegamos ao pé da escada Lister se afasta de mim.

Não vejo Magnet pelo resto da noite. Quando o efeito do álcool começa a passar, minha ansiedade aumenta tanto que preciso sentar em um canto e tentar respirar fundo, o que não funciona. Talvez seja um ataque cardíaco. Eu não ficaria surpreso. Magnet não é o primeiro cara que beijo e provavelmente não vai ser o último. Tomo péssimas decisões quando estou bêbado. Mas não me importo que as pessoas saibam que sou gay. O que mais poderiam fazer comigo?

Às vezes, eu queria ser um adolescente normal. Queria poder ir a uma festa normal e talvez beijar um menino e lidar com isso, como as pessoas normais fazem.

Assim que penso isso, me odeio por estar reclamando.

Na verdade, não tenho do que reclamar.

— Às vezes você se sente preso? — pergunto a Rowan.

Ele franze a testa.

— Preso como?

— Como se não pudesse fazer nada sem as pessoas repararem?

— O que importa se as pessoas reparam?

Dou de ombros.

— Deve ser legal só... ser alguém.

Rowan me encara. Vejo as luzes piscantes refletidas em seus óculos.

— Mas somos deuses, Jimmy. O que pode ser melhor do que isso?

ANGEL RAHIMI

Assim que saio do metrô, meu celular informa que perdi três ligações de casa.

Como meus pais costumam estar dormindo a esta hora, ligo imediatamente. Caso seja uma emergência.

Meu pai atende.

— Fereshteh?

— Oi, pai.

— Ah, que alívio. Estávamos tão preocupados.

— Por quê? O que aconteceu?

— Você não ligou. Você ia ligar toda noite.

Ah.

— Ah — digo.

Meu pai não diz nada.

— Está tudo bem? — pergunto.

— Fereshteh — ele diz —, tudo isso... é uma pena.

— Quê? Como assim?

— Você se esforçou tanto, filha. Para as provas. Sabemos das suas dificuldades com o estudo. Sabemos que não é para você. Mas queríamos honrar essa conquista.

— Não é importante — digo. — O lance da formatura. Não é importante.

— Certo, então não é importante — meu pai diz. — Mas ainda ficamos tristes porque... você parece não se importar com as suas conquistas, parece não querer comemorar. Não valoriza essa parte de si mesma. Só... se importa com essa banda.

— Vocês estão exagerando *muito*! — Cara, agora ele está começando a me irritar. — Pai, por que eu ia querer comemorar quando sou tão *mediana*? Vocês têm a formatura de Rostam na faculdade logo mais. Aproveitem.

Um longo silêncio se segue.

Meu pai solta um suspiro.

— Isso é muito importante para você, Fereshteh?

— É, sim. Gosto muito deles.

— E como vai se sentir quando voltar pra casa? Quando essa obsessão vai terminar?

— Por que precisa terminar?

— Porque é a sua vida — ele diz. — E não a da banda.

Paro de caminhar e fico totalmente imóvel na rua. Estou quase na casa da avó de Juliet e não tem ninguém à vista. Só a luz amarela sem graça dos postes e a chuva atingindo o asfalto.

— Eu só quero ir a um show — digo. — Depois vou me sentir melhor.

— Você não estava se sentindo bem antes, filha? — ele pergunta.

Acho que nunca senti nada além do Ark.

JIMMY KAGA-RICCI

— Jim-Bob! O que está fazendo, ligando a essa hora? Qual é o problema?

É difícil falar, porque estou meio que chorando. Não era minha intenção. Alguém colocou Frank Ocean para tocar e comecei a pensar na morte do meu avô (que vai acontecer, em algum momento), então fui atrás de Rowan, que estava no quarto com Bliss, ele com o braço em volta dela, ela com a cabeça no ombro dele, os dois olhando para a chuva do outro lado da janela. Aí dei meia-volta e comecei a chorar porque me senti sozinho. Às vezes acontece.

— Jimmy, Jim, fale comigo, filho. O que está acontecendo?

— Eu... só queria conversar com você.

Meu avô suspira do outro lado da linha.

— Ah, Jim-Bob. Vamos, qual é o problema?

Eu me sento na minha cama.

— Eu só... estava triste.

— Por quê, filho?

É difícil explicar chorando. E constrangedor.

— Aconteceu alguma coisa?

Balanço a cabeça.

— Não, não aconteceu nada.

— Então o que foi, Jim-Bob?

— Acho que estou mentindo pra todo mundo... e não quero mais fazer isso.

Meu avô suspira outra vez.

— Ah, Jimmy. Você não mente pra mim, mente?

— Não...

— Então você não está mentindo pra todo mundo, está? Do que se trata?

Enxugo os olhos.

— Não sei quem sou. Tudo o que faço parece uma mentira. Acordo todo dia e tenho que ser *Jimmy Kaga-Ricci*, uma celebridade, e tenho que sorrir para a câmera e dar oi pras pessoas, mas... nem sei quem eu sou além disso.

Meu avô dá risada.

— Jimmy... você é jovem. Só está começando a descobrir isso.

— Eu me odeio.

— Por que isso?

— Quem quer que eu seja... não é legal.

— Por que diz isso?

Balanço a cabeça.

— Não sei. Sou ruim. Eu minto.

— Sobre o que você mente?

Enfio a mão dentro da jaqueta e pego a faca do meu avô. Tem o nome do meu bisavô nela, Angelo Ricci. Segurá-la faz com que eu me sinta real. Me lembra de onde eu vim. De que minha vida é algo além dessa jaula em que estou preso. Não é? Não é?

— Aonde quer que eu vá, o que quer que faça... estou mentindo. Estou fingindo. E todo mundo me observa... esperando que eu cometa um erro.

— Jim-Bob... isso é normal. A gente atua para as pessoas. Todo mundo faz isso. Não é algo ruim. É uma maneira de se proteger, filho. É preciso proteger o que você considera importante. Principalmente quando se é alguém como você.

— Faz com que eu me sinta péssimo.

— Essa é a vida que você tem, filho.

Isso faz meus olhos lacrimejarem outra vez.

— Então eu não quero.

— Não diga isso, Jimmy.

— Eu não quero.

— Jimmy. Você está bêbado?

— Não...

— *Isso*, sim, é uma mentira. Rowan está aí?

— Não.

Meu avô bufa.

— Jimmy...

— Não consigo sozinho.

— Vai ter que conseguir um dia, Jim-Bob. Tenho oitenta e quatro anos. Todos temos que conseguir sozinhos uma hora.

— Não consigo. Quando você se for... não quero mais estar aqui.

— Você vai ficar bem — meu avô diz. — Você vai ficar bem, Jimmy. Está me ouvindo? Jimmy? Você vai ficar bem, filho. Vamos, não chore. Shh. Ainda estou aqui. Vamos, filho. Shh. Vovô está aqui. Você vai ficar bem. Tudo vai ficar bem.

QUARTA-FEIRA

deus nos perdoe: queimamos uma santa.
um soldado depois da execução de Joana d'Arc

ANGEL RAHIMI

Não há nada como acordar com uma mensagem direta no Twitter dizendo:

Foi você

Apesar de não ter visto de quem é e de não ter ideia de quem seja, a natureza sinistra da mensagem faz meu coração pular tão alto que desperto por completo e sento na mesma hora, não muito diferente do que aconteceu ontem, com a foto de Jowan. Esfrego os olhos para que foquem na tela e leio o nome acima da mensagem.

Bliss Lai

Tá. Então. Que porra é essa?
Leio a mensagem inteira.

Bliss Lai
Foi você, não foi? Você contou.

O que fui eu? O que eu contei?
A porta do quarto range ao abrir, e viro a cabeça. É Juliet, vestida e pronta para o dia.
Quando me arrastei para fora da cama para rezar ao amanhecer,

Juliet estava ao meu lado, dormindo. Não a ouvi entrar, mas fiquei aliviada por ela não ter dormido na cama de Mac. Então voltei a deitar e demorei mais de uma hora para pegar no sono.

Juliet me olha e estende o celular para mim. A tela brilha à meia-luz.

— Rowan tem namorada — ela diz.

Parece que alguém morreu.

Dou risada.

— Cala a boca.

— Angel — ela diz, sem paciência, como se estivesse brava comigo. Então seus olhos lacrimejam e seus lábios tremulam. — Não é brincadeira.

Ela enxuga os olhos com a mão.

— Não estou entendendo — digo.

Não quero entender. Não quero que isso esteja acontecendo. Quero voltar a quando tudo na minha mente era real. Quando eu podia ler uma história e era real, e a vida real não importava, a vida real era inferior.

Agora a vida real chegou dando um soco na nossa cara. Talvez eu já esteja nessa idade.

— Tudo de ontem... — ela diz. — Jowan. Não é verdade.

Juliet se aproxima e me mostra algumas fotos, todas de Rowan Omondi e sua namorada, Bliss Lai.

JIMMY KAGA-RICCI

— Minha namorada está sendo perseguida por paparazzi na porra do caminho pro trabalho e você quer que eu *me acalme*, caralho?! — Rowan grita com Lister tão alto que ele até se encolhe. — Vai se foder. Você acha que pode ajudar, acha que tem alguma ideia de como é se importar com alguém, você que é uma porra de um viciado em sexo?

O fato de Lister estar só de cueca e exalar um cheiro forte de maconha provavelmente não ajuda.

Olho para ele como quem diz "por favor, vai embora". Lister olha para mim, dá as costas e sai da sala.

Não dormi muito ontem à noite. Tranquei a porta, olhei debaixo da cama, no guarda-roupa e no banheiro e procurei câmeras escondidas na cômoda e nos cantos do teto. Não encontrei nada, o que significa que não havia nada para ser encontrado. Eu deitei e me esforcei ao máximo para relaxar, mas não consegui. Nunca me senti em casa neste lugar.

Acordei esta manhã com Rowan atirando um telefone fixo na parede, porque seu relacionamento com Bliss vazou.

Foi Dave, claro. O entrevistador do mal. Cagamos na entrevista e ele decidiu publicar a história que queria. Dave tinha *tudo*. Fotos de várias festas a que fomos juntos, de reuniões familiares privadas, até do evento beneficente em que os dois tinham se conhecido.

Bliss Lai é o assunto mais comentado no Twitter em todo o Reino Unido.

Tá. O que a gente faz quando alguém está chateado? O que as pessoas fazem quando estou chateado? Em geral quem está chateado sou eu, por isso nunca tive que lidar com isso. Acho que nunca ouvi Rowan gritando com alguém. Nem parece ele. Na verdade, não parecia a semana toda.

Vou até ele e o abraço, mas Rowan se solta e diz:

— Me deixa em paz, Jimmy, você não pode fazer porra nenhuma quanto a isso.

Rowan se joga no sofá e começa a tentar ligar para Bliss outra vez. Tá.

Vou para a cozinha e faço três canecas de chá, mesmo sabendo que só eu vou beber. O relógio marca meio-dia e trinta e seis. Como foi que isso aconteceu entre o momento em que dormimos e o que acordamos? Como o mundo inteiro descobriu no espaço de poucas horas?

Ouço um barulho estranho e preciso de alguns segundos para me dar conta de que é Rowan chorando baixinho, com as mãos no rosto. Isso meio que me faz querer chorar também. Quero abraçá-lo, mas não parece que ele vá aceitar.

— Como o entrevistador conseguiu as fotos? — pergunto, para ninguém em particular. Rowan não responde.

Não podemos confiar em ninguém.

Estamos sendo stalkeados. Vigiados. Seguidos em eventos privados, festas, *em toda parte*. Estão vendendo fotos nossas para a imprensa. Compartilhando-as em blogs de fofoca e grupos de mensagem.

Alguém entrou na nossa casa. Alguém esteve aqui. Posso *sentir o cheiro*.

— Jimmy — alguém fala baixo, me fazendo dar um pulo. Eu me viro e vejo que é Lister. Ele vestiu um moletom, pelo menos.

— Que foi?

— Cecily mandou alguém entregar isto hoje de manhã.

Ele passa para mim um maço de papel. No alto da primeira página, está escrito:

O presente instrumento (doravante denominado simplesmente "CONTRATO") executado e efetivado no dia _____ de _____ de 20__, por e entre ARK (doravante denominado simplesmente "ARTISTA") e FORT RECORDS (doravante denominado simplesmente "GRAVADORA")...

É o novo contrato.

— Ah — digo. — Você leu?

Para minha surpresa, Lister faz que sim com a cabeça. Acho que ele não lê um livro desde a escola.

— É um pouco confuso, mas... li. — Lister faz uma careta. — É tudo meio que... *mais*.

Dou uma olhada para Rowan, que continua sentado no sofá, com a cabeça nas mãos.

Imagino que não tenha nada que eu possa fazer para ajudá-lo agora.

Pego o contrato e começo a ler.

Uma parte parece normal. Ou pelo menos o que imagino que seja normal. Não li nosso primeiro e único contrato inteiro; tínhamos catorze anos e éramos meio sem noção. Quem leu foram nossos pais (no meu caso, meu avô) e um advogado.

Mas agora muitas seções chamam minha atenção — seções que exigem mais entrevistas, turnês mais longas, composição mais rápida.

Levo uns bons vinte minutos para ler tudo.

Eu sabia que teríamos que passar mais tempo com a banda, fazendo publicidade, compondo, mas isso é *demais*. Eu já sabia de tudo, mas ver aqui, escrito, em linguagem legal, oficial, complexa, parece muito mais do que achei que seria. E muito mais *real*.

Mal tenho tempo para mim mesmo agora. Só vejo meu avô a cada tantos meses.

— O que Cecily vai fazer quanto a isso? — pergunto.

Lister dá de ombros.

— Até onde sei, nada.

Seremos internacionalmente famosos, mas qual o sentido se para isso é preciso abrir mão do resto da nossa vida?

— Podemos dizer não — sugiro, começando a divagar. — Podemos manter um contrato semelhante ao de agora. O contrato atual é razoável.

— E desistir de conquistar os Estados Unidos? — Lister pergunta. — Não vamos ser grandes lá se não aceitarmos.

— Podemos fechar com outra gravadora.

— Vai ser igual aonde quer que a gente vá, Jimmy. Pelo menos o pessoal da Fort Records conhece a gente e se importa um pouco que seja. Pra todo o resto, vamos ser só uma máquina de ganhar dinheiro.

Olho para Lister. Ele está sentado à bancada da cozinha, com os olhos vazios fixos na caneca de chá que tem à sua frente. Eu nem sabia que ele vinha pensando nesse assunto. Rowan está totalmente imóvel no sofá, em silêncio agora, ainda com a cabeça nas mãos.

— Não é justo — sussurro.

Qual é o sentido de fazer parte do Ark se vamos ser stalkeados e assediados, se vamos ter nossas fotos vazadas, nossa privacidade roubada, se nunca, nunca vamos ter paz?

Não percebo a força com que estou segurando minha caneca de chá. Quando vou apoiá-la na bancada, ela se estilhaça, e cacos voam por toda a cozinha. Sinto uma dor repentina na palma e descubro que me cortei. Sangue escorre pelo meu pulso e pinga no chão.

ANGEL RAHIMI

Bom, estou com dificuldade de processar que a pessoa que conheci ontem à noite é a que está em um relacionamento com Rowan Omondi há pelo menos dois anos, se as fontes estiverem corretas.

Bliss falou com ele na minha frente.

É ela, sim. Com toda a certeza. Mesmo se o nome não fosse o bastante — quais as chances de haver outra Bliss Lai no mundo? —, as fotos confirmam. Ali está ela. A garota que conheci ontem à noite: o biquinho, o cabelo preto e liso, as bochechas suaves, as curvas do corpo. Bliss sempre sai nas fotos com um sorriso atrevido.

Fiquei um tempão falando com ela.

E não fazia ideia.

Ah, merda.

Mostrei a ela a foto de Jimmy na tela bloqueada do meu celular.

Falei sobre Jowan.

Bliss deve achar que sou uma fã ridícula.

Juliet saiu do quarto, provavelmente para ir chorar um pouco sozinha, enquanto eu tenho que lidar com A Mensagem.

Começo dando uma olhada no perfil de Bliss. O nome do usuário é simplesmente @blisslai. A bio diz: "Faço um monte de coisa e gosto de um monte de coisa". Seus tuítes são uma mistura de reclamações da faculdade, reações a programas de TV e artigos sobre justiça social e política.

Tudo pareceria perfeitamente normal, se ela não tivesse cinquenta mil seguidores. Devia ter no máximo algumas centenas até ontem.

Fico meio tentada a deixar quieto por ora.

Não. Não.

Se eu deixar quieto agora, vou deixar quieto para sempre.

Bliss Lai @blisslai
Foi você, não foi? Você contou. Você viu o nome de Rowan no meu celular.

angel @jimmysangels
juro por deus que não fui eu. não fazia ideia de quem você era. sinto muito que isso tenha acontecido, mas juro que não sabia que você era namorada do rowan.

Depois de mais ou menos um minuto, o tiquezinho aparece, o que significa que ela viu. Que ela leu.

Bliss não responde. Merda. O que eu faço? O que eu faço? Não quero que ela me odeie. Não quero que pense que eu faria uma coisa dessas.

angel @jimmysangels
juro que é verdade. se eu soubesse que você tinha alguma ligação com o ark estaria pirando na sua frente, de verdade. sou uma fã normal, nunca faria nada tão extremo assim.

Bliss Lai @blisslai
Você subestima o poder dos fãs hahaha sei como podem ser extremos

Como posso responder a isso?!

angel @jimmysangels
não sei o que dizer pra que acredite em mim

Bliss Lai @blisslai
Nem eu

Agora como posso responder a *isso*?!

Bliss Lai @blisslai
Não sei o que fazer

angel @jimmysangels
você está bem? está pelo menos em um lugar seguro?

Bliss Lai @blisslai
Não muito, estou no trabalho. Tem uma galera me esperando com câmeras na mão lá embaixo.

angel @jimmysangels
nossa

Bliss Lai @blisslai
Pois é, haha

angel @jimmysangels
rowan não pode te ajudar?

Bliss Lai @blisslai
Não, ele vir pra cá só pioraria tudo. Não quero sair sozinha. vão me cercar.

angel @jimmysangels
será que alguém do trabalho pode te acompanhar?

Bliss Lai @blisslai
Acho que não... eles só querem que eu faça os fotógrafos desaparecerem.

Nossa. Estou mesmo prestes a fazer isso, não estou?

angel @jimmysangels
você... quer que eu te encontre aí?

Bliss Lai @blisslai
Porra, você faria isso??

angel @jimmysangels
se precisa de alguém, sim. não tenho nada pra fazer hoje.

Bliss Lai @blisslai
Só pra me ajudar a atravessar a multidão de paparazzi. Você é
bem alta, isso deve ajudar, haha

angel @jimmysangels
mas tenho que te dizer que sou mole. tipo, não tenho músculos.
e me assusto fácil.

Bliss Lai @blisslai
Melhor que nada

angel @jimmysangels
é o que você diz agora!

Bliss Lai @blisslai
Você vai vir mesmo?

angel @jimmysangels
quer mesmo que eu vá?

Bliss Lai @blisslai
Não vai fazer isso só pra tentar conhecer o Ark, né?? Porque
isso não vai acontecer.

angel @jimmysangels
não!!! de verdade, só quero ajudar!

E por que quero ajudar? Por que estou fazendo isso?

Bliss Lai @blisslai
Que bom, porque senão vou ter que morar na hmv pra sempre

Bliss trabalha em uma loja? Não é exatamente o que eu esperava de alguém tão confiante e ambiciosa. Quantos anos ela tem, aliás? Pareceu uns cinco anos mais velha que eu, mas se é namorada de Rowan talvez tenha mais ou menos a minha idade.

angel @jimmysangels
tá, não quero que você fique traumatizada. me manda o endereço. chego o mais rápido possível!!

Ela me manda. Procuro a estação mais próxima do metrô. Me troco. Desço.

Juliet e Mac estão tomando café da manhã na cozinha. Ela está com cara de quem nunca mais vai sentir o gosto da comida. Já Mac parece estar em um jantar de família bastante desconfortável. Dorothy está à bancada da cozinha, escrevendo em um bloco de notas.

Invento alguma desculpa sobre ter combinado de encontrar alguém que conheço em Londres, mas nem Juliet nem Mac parecem ligar, e nenhum dos dois faz perguntas. Sem pensar duas vezes, saio. Para resgatar a namorada de um dos três meninos que me mantiveram viva nos últimos quatro anos. Uma quarta-feira perfeitamente normal, claro.

JIMMY KAGA-RICCI

Não é normal a gente ter um dia de folga da banda. Passamos a maior parte do tempo em entrevistas, reuniões, ensaios, estúdios e casas de show. Mesmo os raros dias em que conseguimos conhecer pontos turísticos na turnê pela Europa não podiam ser considerados folga. Não de verdade. Não quando os fãs de alguma maneira rastreiam você e descobrem onde está. Não quando alguém pede uma selfie a cada cinco minutos, já tirando a foto e gritando, sempre gritando.

Os fãs nos deram tudo o que temos. Eu os amo. Amo os fãs.

Os dias que passamos em casa é quando realmente descansamos. Quando foi a última vez que tivemos um dia de descanso? Três, quatro meses atrás? Liguei por Skype para meu avô, para minha mãe e meu pai. Rowan ligou para a família, passou horas falando com a irmã. Então pedimos uma pizza e jogamos *Splatoon*. Lister... não lembro o que ele fez.

No entanto, hoje não está sendo nem um pouco assim.

Rowan verifica o corte na palma da minha mão, tentando ver se algum caquinho entrou na pele. Ele segura minha mão sob a luz da cozinha e aperta os olhos.

— Acho que tem um aqui — Rowan diz.

O corte arde.

— Ai — digo.

— Acho que vamos ter que tirar.

— Ai.

— Quer fazer isso ou prefere que eu faça?

Ele me encara. Profundamente.

— Jim? — Rowan diz.

— Tira você.

— Temos pinça?

Pinça. Me sinto meio mal.

— Acho que sim. No banheiro.

Rowan apoia minha mão na bancada da cozinha e vai até o banheiro. Fico ali, esperando, com a mão aberta à minha frente, como se não estivesse ligada ao meu corpo, o sangue ainda escorrendo da ferida. Baixo os olhos e me dou conta de que espirrou sangue no short do pijama e nas minhas pernas.

Dou risada.

Por que estou todo sujo de sangue?

Que porra é essa?

— Jimmy?

Rowan está de volta com a pinça. Ele pega minha mão e segura o pulso com firmeza.

— Vai doer — diz.

— Tá.

Rowan enfia a pinça no corte.

Solto um ruidinho estridente e estrangulado que vem do fundo da garganta e tento puxar a mão, mas ele a mantém no lugar. Meus olhos voltam a lacrimejar.

— Desculpa — Rowan murmura, cutucando o machucado com a pinça.

Eu diria que tudo bem, está tudo bem, ele não tem por que pedir desculpa, é ele quem está passando por todo tipo de merda essa semana, mas tudo o que consigo fazer é soltar uma risada dolorida.

— Estou quase conseguindo — Rowan diz, com os dentes cerrados. Ele não gosta de sangue. Quando tivemos que dissecar um rim na aula de biologia do oitavo ano, Rowan vomitou.

— Pronto! — Ele ergue a pinça no ar, triunfante. Tem um caquinho de cerâmica vermelha na ponta. Rowan o coloca na bancada. — Assim não vai infeccionar.

— Obrigado — digo, enxugando os olhos com a mão boa.

— Espera aí, vou pegar um band-aid.

— Posso fazer isso…

— Com a mão machucada não pode, não.

Rowan sai de novo.

O sangue pinga na mesa, fazendo um leve "plim". Quase impossível de discernir do barulho da chuva lá fora.

A questão é que não há como consertar as coisas. A informação vazou, com as fotos e todas as provas do relacionamento de Rowan e Bliss. Não temos como apagar a memória de cada pessoa no mundo. Não posso implorar a Cecily que dê um jeito nisso. Não posso contratar ninguém para resolver a situação. Não posso fazer nada.

Tenho que ficar aqui, me afundando nessa situação.

A punição pela verdade.

Em momentos assim, quando coisas horríveis aconteciam, eu costumava rezar. Falava com Deus e ele falava comigo. A coisa toda.

Ultimamente, no entanto, tem sido muito mais difícil conseguir uma resposta.

— Não encontrei um band-aid maior, mas tinha essa faixa.

Rowan pega minha mão outra vez e a puxa para si. Ele arruma os óculos com a mão livre.

— Acha que vai precisar dar ponto? — pergunto.

Ele começa a enfaixar minha mão.

— Não sei. Quer ir pro hospital?

— Não. É nosso único dia de folga.

— Verdade.

Rowan rasga a faixa e a amarra. O sangue já começou a penetrar o algodão branco e fino.

— Como está? — ele pergunta.

— Tudo bem — minto.

Ele dá risada.

— Mentiroso.

Olho para Rowan.

— Está doendo.

Rowan olha para mim.

— Não quebra mais canecas, seu tonto.

— Não foi minha intenção.

— Eu sei.

Ficamos os dois ali, na bancada da cozinha. Rowan começa a juntar os cacos de cerâmica em uma pilha. Mexo os dedos. Dói.

Tudo dói.

— Você está bem? — Rowan pergunta.

— Você está?

— Não — ele diz.

— Nem eu.

Rowan senta numa banqueta e gira suavemente de um lado para o outro.

— Queria poder sair — ele diz.

— Não podemos — digo.

— Não, não podemos.

A dor no rosto dele torna minha dor ainda pior.

Percebo um movimento de canto de olho. Ergo o rosto e vejo Lister se afastando no corredor. Esqueci que ele estava aqui.

— Como o entrevistador conseguiu aquelas fotos? — Rowan pergunta, balançando a cabeça. — Quem ia querer ferrar com a gente? E por quê?

— Só pode ser um fã — digo.

Rowan concorda.

— É. E um fã maluco. É o tipo de gente que faria algo assim. Perseguir a gente, juntar fotos e publicar para criar confusão. Primeiro aquela foto do *Jowan*, e agora *isso*. Cara, *odeio* os fãs.

Olho para ele.

Rowan suspira.

— Tudo bem. — Ele dá um tapinha no meu braço. — Estamos juntos nessa, certo?

— Certo — digo, num tom que era um pouco mais que um sussurro.

Nossa.

Pelo menos tenho Rowan.

Ele olha para mim.

— Você está bem, Jim? Parece que tem algo de errado.

Rowan é a única pessoa no mundo que me conhece. Ele estava comigo quando aos onze anos dedilhávamos nossos violões desesperadamente em uma escola de música minúscula. Estava comigo quando aos doze anos eu chorava porque era alvo de bullying, as meninas riam de mim e os meninos cuspiam em mim, e os professores franziam a testa confusos na chamada quando eu dizia que meu nome era Jimmy, e isso sempre se repetia. Estava comigo quando aos treze assistíamos a vídeos no YouTube no meu quarto e dizíamos: ei, talvez a gente pudesse fazer isso. Rowan estava comigo quando, aos catorze e quinze anos, os paparazzi me mantiveram trancado na casa da minha própria família por dois dias, e quando, aos dezesseis e dezessete, desmaiei porque não tinha comido o bastante depois de uma semana de entrevistas e tive uma crise de pânico logo depois da nossa apresentação no BRITS.

Mas o melhor Rowan, meu Rowan preferido, é o Rowan de sete anos atrás, que ficava sentado ao meu lado, tocando violão.

— Estou com saudade de casa — digo.

Ele parece confuso.

— Estamos em casa.

— Não estamos, não.

ANGEL RAHIMI

Estive pronta para morrer em muitos momentos da minha vida. No dia anterior à prova final de química, por exemplo. E ontem de manhã, provavelmente, ao acordar e descobrir que todos os meus sonhos estavam se tornando realidade — ou um deles, pelo menos.

E agora de novo.

Enquanto ando por uma rua movimentada de Londres para encontrar Bliss Lai, a namorada de Rowan Omondi.

Tipo, isso não deveria me afetar nem um pouco. Conheci Bliss ontem. A gente se deu bem. Como duas pessoas normais. Uma fã e a namorada de um integrante de uma boyband famosa no mundo todo.

Totalmente normal.

Penso no que estou usando. Sempre me sinto melhor quando estou bem-vestida. Por sorte, estou de jeans skinny e uma camiseta larga por cima de uma blusa de manga comprida. Pareço descolada. As roupas distraem os outros do quão pouco descolados somos por dentro.

O Google Maps me leva para cada vez mais perto da HMV na qual Bliss está presa, mas na verdade nem preciso ficar olhando o mapa, porque um grupo de homens está reunido do lado de fora do prédio com câmeras enormes a postos. Neste momento parecem bem relaxados — sentados nos bancos, recostados nas paredes, conversando animados.

À espera. Como um bando de abutres.

Passo por eles e entro na HMV. Se não fosse pelo grupinho lá fora, tudo pareceria perfeitamente normal — clientes circulam pelos corredores de DVDs e CDs, funcionários andando com a camiseta da loja.

No entanto, não vejo Bliss.

Tá.

Beleza.

Você consegue.

Pego o celular e mando uma mensagem.

angel @jimmysangels
estou aqui! é só procurar por uma menina confusa de hijab
perto dos lançamentos de dvds.

Bliss Lai @blisslai
Indo

Ela responde quase na mesma hora. Minhas palmas estão suando um pouco. Por favor, se controla. Por favor, se controla. Por favor, por favor, fica tranquila. Só um pouco.

Uma porta se abre do outro lado da loja, e lá está ela.

Bliss Lai.

Tudo bem.

Ela me vê e abre um sorriso fraco, então atravessa os corredores na minha direção. Parece igualzinha a ontem — a única diferença é que agora está usando a camiseta roxa da HMV —, mas perdeu toda a segurança. Ela franze a testa. Segura firme a bolsa. Parece assustada.

— Oi — Bliss fala ao chegar.

— Oi — digo e sorrio. — Você está bem?

— Estou me cagando de medo — ela diz.

Assinto para ela.

— Bom, é compreensível.

Parece mesmo que ela vai se cagar. Fica olhando em volta, verificando se ninguém nos notou.

— Porra, não estou nem maquiada — Bliss sussurra.

— Não se preocupa — digo, mas estaria extremamente preocupada se fotógrafos profissionais fossem correr atrás de mim com câmeras no momento em que eu estivesse sem delineador. Garantir a Bliss que ela está ótima provavelmente não seria muito útil. — Sua aparência não importa.

Bliss dá risada. De um jeito meio em pânico.

— Tem razão. Eu poderia parecer um geco que não mudaria em nada as notícias.

— Geco?

— Um lagartinho.

— Bom, você não parece um lagartinho.

— Isso porque agora estou usando minha pele humana.

Nós duas rimos.

— Qual é o plano? — pergunto. — Vamos só sair correndo?

Ela respira fundo, depois faz que sim com a cabeça.

— Você tem óculos escuros? — Bliss pergunta.

— Opa, tenho! — Passo a ela meus óculos estilo aviador. Bliss fica parecendo uma criança com os óculos dos pais. — Desculpa, são grandes demais pra você. Sou mega cabeçuda.

— Quanto mais escondido meu rosto ficar, melhor.

— Pra onde você quer ir?

— Pro metrô? Fica subindo um pouco a rua.

— Combinado.

Ela respira fundo.

— Vou sair correndo. Será que você pode, sei lá…

— Vou tentar ficar entre você e aquele grupo de homens assustadores o tempo todo. São quase todos mais baixos do que eu. E minhas botas são bem pesadas. Se chegarem perto, eu chuto. Tipo uma girafa.

Bliss une as mãos como se estivesse rezando.

— Você é uma santa.

— Você não quer dizer… um *anjo*.

Nós duas fazemos "*ba-dum-tss*" ao mesmo tempo, o que acho que significa que somos amigas.

Vamos para perto da saída. Bliss é baixa o bastante para se esconder atrás dos corredores de DVDs e CDs, e os paparazzi não parecem estar prestando atenção em mim ou em qualquer outra coisa.

Ela me encara e o canto de sua boca se retorce em um sorriso nervoso.

— No três — Bliss fala.

Faço que sim com a cabeça. Sinto uma queimação no estômago. Não consigo me lembrar da última vez que *disparei* de verdade. Talvez na aula de educação física, no segundo ano.

— Um — ela diz.

Fico pulando no lugar. Tomara que não tropece. Não me importaria de ficar sem uma foto assim de um paparazzi.

— Dois.

O que eles vão fazer? Será que vão nos seguir? Será que vão nos notar? Como celebridades lidam com isso?

— *Três.*

Bliss dispara. Some da minha frente em um borrão roxo. Então eu corro também. Contorno o corredor, saio da loja e desço a rua. Minhas botas batem contra a calçada, a chuva castiga minhas bochechas e meus olhos. Rezo para que os grampos que coloquei hoje de manhã sejam o bastante para segurar meu lenço.

Eles estão atrás de nós. Dá para ouvi-los correndo. Gritando. Chamando Bliss aos gritos. Mais adiante, ela arrisca dar uma olhada rápida para trás. Vejo o pânico em seus olhos, o que me faz olhar também e com isso quase cair, porque os paparazzi estão a poucos metros de mim correndo com as câmeras, tentando fotografar, gritar e correr ao mesmo tempo. Solto algo entre um grito e uma risada e tento correr mais rápido, mas já estou perdendo o fôlego e quase caio de novo, depois de desviar por pouco de um poste.

Conforme passamos, as pessoas ficam olhando para nós. Faço contato visual com uma senhora que parece a minha professora de matemática do nono ano; acho que ela vai gritar conosco por correr, mas só assente para mim. Depois que eu e Bliss passamos, a senhora estica a perna e derruba pelo menos três paparazzi, fazendo os outros pararem atrás da pilha de corpos e câmeras.

— OBRIGADA! — grito para a mulher. Gostaria de poder parar e agradecer direito, mas não dá. Continuamos correndo e rindo tanto que chega a doer, seguindo pela rua até estarmos a salvo dentro do metrô, depois das catracas. Só paramos diante da escada rolante, arfando. Minha garganta parece estar pegando fogo.

— Não estou… fisicamente preparada pra isso — comento.

Bliss apoia todo o peso do corpo na parede. Seu peito sobe e desce.

— Só espero… não ter que fazer isso toda santa vez.

— Você viu aquela senhora que derrubou os paparazzi?

— Claro! Porra, ela foi lendária!

Começamos a rir, então preciso sentar, porque minhas coxas estão trêmulas.

Bliss alisa o cabelo, o prende atrás das orelhas e ajeita a risca. Depois me olha e se junta a mim no chão da estação.

Estou ocupada verificando meu lenço com a câmera de selfie do celular. Se soubesse que o dia me reservava exercício físico de alta intensidade, teria escolhido um hijab mais prático.

— Tem um grampo caindo — Bliss fala, estendendo a mão para ajeitá-lo.

Eu me vejo refletida em seus óculos escuros.

— Ah, obrigada!

Guardo o celular, depois ficamos paradas por um momento.

— E agora? — Bliss pergunta.

E agora?

— Não sei.

— Nem eu.

Ficamos sentadas ali.

— Não quer ir pra casa? — pergunto.

Bliss enxuga a chuva do rosto.

— Minha mãe disse pra não ir. Descobriram onde eu moro.

— Nossa, já?

— Odeio a porra da internet.

Continuamos sentadas ali.

— E quanto a Rowan? Quer ir atrás dele ou…?

Bliss dá risada.

— Não. Ele quer que eu vá, mas é melhor a gente não ser visto junto. É exatamente o que os paparazzi esperam. E os fãs vão ficar bravos comigo.

— Por que ficariam?

Ela ergue uma sobrancelha.

— Você não entrou no Twitter? A maior parte dos fãs *me odeia*.

Ah. Faz sentido. Os fãs querem ficar com Rowan, ou que Jimmy fique. O resto do mundo que se exploda.

— Ele não pode te ajudar de algum jeito? Vocês não podem se encontrar em algum lugar seguro?

— Não sei — ela diz. — Não sei o que fazer.

Sem aviso, Bliss solta um grunhido, dá um soco no chão e leva a cabeça às mãos.

Então me dou conta de como a situação dela é séria.

Sua vida nunca mais vai ser a mesma.

— Você… quer ir pra casa comigo? — pergunto.

Bliss levanta a cabeça e olha para mim.

— Na verdade, estou com uma amiga, mas tenho certeza de que não tem problema… Ela também gosta do Ark, mas… tipo… se você não se importar com um pouco de obsessão de vez em quando… tenho certeza de que ela vai entender…

— Por que está tentando me ajudar? — ela pergunta de repente, depois balança a cabeça e ri. — De verdade. Tipo, você sabe que não vai conhecer os caras, né? Não vai conhecer o Ark por causa disso.

— Sou só uma pessoa muito boa, na real — digo, sarcástica.

— Falando sério — ela insiste. — Por quê?

Por que quero ajudá-la?

Parte de mim sabe que é o que Deus quer. Ajudar uma pessoa que se encontra em uma situação terrível, ser gentil, é a coisa certa a fazer.

Mas outra parte sabe que é por causa do Ark.

Porque a porra da minha vida é servir aos meninos.

— Só quero fazer algo de bom — digo.

— Está fazendo jus ao seu nome — Bliss comenta, com um sorriso.

— Ainda não — respondo. — Mas espero um dia fazer.

— Acho que por ora você está se saindo bem.

Quero dizer que ela é a única que acredita nisso, mas fico em silêncio. Só pego o celular, encontro o número de Juliet e ligo.

— Oi, Angel, tudo bem?

— Juliet, então... — digo. — Acho melhor você sentar pra ouvir o que tenho a dizer.

JIMMY KAGA-RICCI

— Ei, Jimmy, tudo bem com você?

Lister está à porta do meu quarto. Estou deitado na cama, tentando assistir a *Brooklyn Nine-Nine* na TV, mas sem conseguir me concentrar. Não tenho ideia do que está acontecendo. Só fico rindo de coisas aleatórias que Holt diz, sem realmente entender a piada.

— Tudo — digo.

Lister franze a testa. Ainda está só de cueca e moletom. Tem um cigarro na mão.

— Não fuma, cara — digo. — Você vai morrer.

Ele olha para o cigarro como se não tivesse percebido que estava ali.

— É — diz, voltando a olhar para mim.

Lister se aproxima e se joga ao meu lado na cama. Seu cabelo com luzes se espalha pelo travesseiro. Ele apaga o cigarro em um porta-copos na minha mesa de cabeceira.

— O que fez hoje? — pergunto.

— Nada de mais. Só liguei pra minha mãe e… você sabe… mandei dinheiro…

A frase morre no ar.

Ficamos em silêncio por um momento, até que Lister pega minha mão machucada e a levanta para estudar a faixa e as poucas manchas de sangue que se infiltraram nela.

— Você é um idiota — ele diz.

— Sou.

Lister coloca minha mão na cama com delicadeza.

Ficamos deitados ali, vendo TV, por pelo menos dez minutos antes que algo mais seja dito. Por mais que Lister às vezes me irrite, estranhamente tê-lo aqui é reconfortante. Rowan acha o mesmo. Nós dois sempre fomos mais próximos, mas isso não muda o fato de que nós três somos uma família. Somos os únicos que sabem como é fazer parte do Ark.

O som de Rowan tocando piano na sala entra pela porta aberta do quarto.

— Não consigo acreditar que você gosta do *Magnet* — Lister diz.

Reviro os olhos para ele, já irritado.

— Eu não gosto.

— Gosta, sim. Ou gostava. Tanto faz.

Desvio o rosto.

— Ele é pretensioso e obcecado pela fama — Lister prossegue. — Vai ter três sucessos e depois desaparecer da face da Terra. Daqui a dez anos, vai ser funcionário público.

Com isso eu concordo.

— Foi um erro — digo. — Achei que ele fosse como a gente.

Lister fica em silêncio por um momento.

— Ninguém é como a gente, Jimmy — ele diz. — Acho que somos suas únicas opções de namoro.

— Rowan é hétero.

— Ah. Então eu sou sua única opção.

Bato no braço dele, e nós dois rimos.

Passamos mais alguns minutos em um silêncio confortável, então volto a falar.

— Como você consegue se safar? — pergunto.

— Com o quê?

— Ficar com tanta gente.

Lister fica em silêncio por um momento.

— Você não sabe nada sobre mim, né? — ele comenta.

— Como assim?

— Acha que eu trepo com todo mundo.

Olho para seu rosto. A testa está franzida. Ele não pisca.

— E não é verdade? — pergunto.

Lister solta um suspiro. Depois dá risada. Então rola para o outro lado e gargalha.

— Não, Jimmy — ele diz, depois volta a suspirar de maneira exagerada, com um sorriso no rosto. — Não!

— Bom, com bastante gente então.

— Não, Jimmy!

De repente, Lister puxa meu nariz, o que me deixa perplexo. Ele continua sorrindo.

— Por que todo mundo acha isso? — Lister pergunta.

— Bom... — começo a dizer, mas não sei como continuar. — Tipo, você sempre desaparece nas festas e... está sempre dando em cima de alguém.

— Mas você nunca me viu fazendo sexo com todas essas pessoas com quem acha que fiz.

Dou risada.

— Não, nunca vi você fazendo sexo com ninguém.

Lister sorri para o teto e coloca as mãos atrás da cabeça.

— Azar o seu, é lindo de ver.

— Cala a boca, cuzão.

Não sei o que dizer agora, então só ficamos deitados mais um pouco. O que Lister está tentando dizer? Que ele não faz sexo com tanta gente quanto pensamos? E daí? Isso não muda nada.

— Cinco pessoas — ele fala de repente.

— O quê?

— O número de pessoas com quem transei.

— Junto?

— *Não!* Cacete... — Ele pisca. — Tipo, é uma boa ideia, mas não.

Eu o empurro e quase o derrubo da cama. Lister dá risada e volta a se ajeitar, depois o silêncio retorna.

Só cinco pessoas?

Tipo, é mais do que a média entre jovens de dezenove anos. Só que é *muito* menos do que Rowan e eu imaginávamos. Tipo, a gente achava que ele transava com alguém, ou com alguéns, a cada festa que vamos. E vamos a *muitas* festas.

— Sei que todo mundo acha que sou um drogadinho vagabundo — ele diz. — O estereótipo clássico do bissexual. Curto mais de um gênero, o que aumenta meu leque de opções, então é claro que durmo com todo mundo que aparece. É isso que vocês pensam.

— A gente... a gente não...

Mas é mesmo o que a gente pensa. Ou pensava. E não posso mentir para ele.

— Bom, tenho uma novidade pra você: nem todos os bissexuais transam a cada cinco minutos — Lister diz, bufando.

Decido desligar a tv.

Não consigo lembrar a última vez que Lister e eu conversamos assim. Sempre tem uma espécie de barreira entre nós. E entre ele e Rowan também. Talvez porque Lister é um pouco mais velho. Ou talvez porque Rowan e eu somos amigos há mais tempo e sempre fomos mais próximos.

— Fora que a maior parte foi há alguns anos — ele continua.

— Ah.

— Não sou mais assim — Lister diz, com uma seriedade com que não estou acostumado. Ele olha nos meus olhos. — Só queria que você soubesse. Não faço mais esse tipo de coisa.

— Sério?

— Sério.

— Por quê?

— *Por quê?*

— É.

De repente, ele parece incapaz de me encarar. Vira a cabeça e volta a olhar para o teto.

— Ficou chato — Lister diz, mas parece que está escondendo alguma coisa. Decido não insistir mais.

Nunca falamos sobre coisas profundas, Lister Bird e eu.

— Eu conheço alguma dessas pessoas que transou com você? — pergunto, tentando aliviar o clima.

A expressão dele passa na mesma hora para um sorriso juvenil que me é mais familiar.

— Quer mesmo saber?

— Claro. Adoro uma fofoca.

— Lembra o diretor de iluminação da segunda turnê pelo Reino Unido?

— Kevin?

— É. Com ele.

— Nossa. — Tento me lembrar do rosto de Kevin. Ele devia ter pelo menos vinte e cinco anos. — Tá.

— Preferia não ter feito isso, na verdade — Lister continua. — Não foi muito divertido. — Um pouco mais baixo, ele diz: — Foi meu primeiro *cara*, e acho que ele pensava que eu era mais experiente.

— Ah.

Acho que todos pensávamos isso. Eu me pergunto se devo insistir no assunto, mas Lister logo passa ao próximo nome, de uma integrante de um grupo superfamoso de meninas.

— Você está *brincando* — digo, levemente escandalizado.

— Não. A gente já tinha conversado bastante pelo Twitter. — Lister dá risada. — Ela me convidou pra ir pro quarto dela depois da festa do BRITS deste ano. Foi a última pessoa com quem fiquei.

Não digo nada, porque continuo surpreso. Conversei algumas vezes com a garota. Ela está sempre na mídia. Eu nem desconfiava.

Não me lembro de Lister ter desaparecido depois da festa do BRITS. Talvez estivesse falando com Magnet.

— Mas foi uma coisa de uma noite só — ele diz, olhando para mim, parecendo quase *nervoso* por algum motivo. — Não significou nada.

Eu me viro para encará-lo. É fácil ver por que todo mundo quer Lister Bird. Ele tem os traços clássicos de um modelo — mandíbula acentuada, sobrancelhas bem desenhadas, nariz reto, olhos penetrantes.

E é naturalmente esbelto, sem precisar se exercitar, como Rowan faz. Também é branco, o que conquista os racistas por aí. Ficou em primeiro lugar na lista da *Glamour* dos cem homens mais bonitos, na lista da MTV dos cinquenta homens mais sexy vivos e na lista da HerInterest de cem homens mais gatos do mundo, nas quais agora finalmente pôde entrar, porque tem mais de dezoito. Lister costuma ser citado como crush de celebridades, incluindo homens hétero, e toda semana rejeita ofertas para trabalhar como modelo.

Todo mundo quer transar com Lister Bird.

— Quem foi a primeira? — pergunto.

— A primeira com quem transei?

— É.

Ele faz uma pausa, como se refletisse se devesse ou não me contar.

— Eu tinha dezesseis anos. Foi uma mulher que conhecemos em um estúdio de gravação.

— Mulher? Quantos anos ela tinha?

Lister dá risada.

— Trinta e dois — ele diz.

Meu queixo cai, porque estou horrorizado. Eu levanto um pouco e me apoio em um cotovelo.

— *Trinta e dois?*

— É, mas tudo bem. Não é como se tivesse sido contra a minha vontade. Tipo, fiquei nervoso, mas ela não me forçou nem…

— Não foi certo — digo.

— Quê?

— Você era novo demais.

— Eu sabia o que estava fazendo.

— Não sabia, não — solto. — Ela sabia. Tirou vantagem de um adolescente que não sabia o que estava fazendo e provavelmente achou que era um relacionamento de verdade. Se você fosse alguns meses mais novo, seria considerado *estupro* aqui no Reino Unido. Imagina se fosse uma menina de dezesseis anos com um homem de trinta e dois?

Lister se mantém imóvel enquanto eu falo, com o rosto inexpressivo.

— Você está bravo comigo? — ele pergunta.

— Você transa com as pessoas pra elas gostarem de você?

— Quê? Não! — Lister senta. — Não, e não quero mais fazer esse tipo de coisa...

— Bom, você transou com a garota no BRITs deste ano...

— *Meu Deus*, você é igualzinho o Rowan — ele solta, depois sai da cama e se afasta de mim. — Não achei que fosse reagir assim também.

Sinto um buraco no estômago.

— Você contou pro Rowan?

Ele não diz nada.

— Por que contou pra ele e não pra mim? — pergunto, confuso. Qual é o problema *comigo*?

— Não queria que você soubesse — ele murmura. — Não queria que me julgasse. Mas acabou fazendo isso mesmo assim.

— Não estou julgando...

— Vocês não entendem. É diferente pra mim. — Ele se vira e me encara com um olhar de súplica. — Você e Rowan têm um ao outro, mas precisam entender que é diferente pra mim. Ser Lister Bird.

Balanço a cabeça.

— O que isso *significa*?

A última gota de esperança em seu rosto se esvai. Ele caminha até a porta.

— Por que outra razão alguém ia querer ficar por perto? — ele diz. — Sou Lister Bird. Por que alguém ia querer ficar do meu lado senão pra tirar uma *casquinha*?

ANGEL RAHIMI

Juliet espia pela porta da frente com uma mistura de medo e descrença no rosto.

Expliquei toda a situação por celular, mas ela não acreditou em mim. Achou que era brincadeira. Mesmo eu dizendo que não. Três vezes.

— Você não estava brincando — Juliet me diz agora, embora seus olhos estejam fixos em Bliss Lai, que está ao meu lado.

— Então, não — digo.

Juliet ainda parece uma viúva de luto no século XVIII. Está toda de preto — jeans preto, camiseta preta — e com os olhos meio vermelhos. Quase me sinto mal. Estava chorando por causa disso? Sei que ela ama Rowan, mas... não podia achar que tinha chance com ele, né?

— Oi — Bliss fala, cortando o silêncio. Ela leva a mão à cintura e abre um sorriso tímido, como se tudo não passasse de um erro administrativo. — Desculpa o incômodo.

Juliet olha demoradamente para ela. Depois endireita o corpo, joga o cabelo para trás e diz:

— *Não* precisa se desculpar, a culpa não é sua. Quem quer que tenha sido o cretino que vazou as fotos merece ir pra cadeia.

Bliss relaxa diante dessas palavras. Juliet a deixa entrar, pega a bolsa dela, pergunta se quer chá, ri e brinca, agindo como se a conhecesse há anos. Um pouco confusa, mas visivelmente aliviada, Bliss me oferece um sorrisinho rápido antes de segui-la casa adentro.

Solto o ar, também aliviada, e me pergunto por que duvidei de Juliet. As pessoas com quem faço amizade são sempre gente boa.

Estamos as três na cozinha, conversando de forma casual e nos conhecendo melhor, quando a porta range e a cabeça de Mac surge.

Ele tem um sorriso no rosto.

— Estou me sentindo meio abandonado sozinho na sala!

Mac entra e recosta na bancada da cozinha, todo animado.

Bliss lhe dirige um olhar atravessado, depois vira para mim como quem diz: *Quem é esse e o que ele está fazendo aqui?*

Juliet aponta para Mac.

— Ah, este é Mac, aliás. Ele veio ver o Ark também.

— Oi! — Bliss cumprimenta.

— Uau — ele diz, sorrindo. — Então agora você é famosa. Que inveja.

Há uma pausa, depois Bliss solta uma risada desconfortável.

— Não tem muito o que invejar, cara — ela retruca. — A menos que você queira sair com Rowan Omondi.

Mac se atrapalha todo.

— Ah, não, não, é, não, eu não... Digo, gosto do Ark, mas não sou... isso não é... não sou...

Bliss ergue uma sobrancelha para ele.

— A palavra que você está procurando é "gay"? Pode falar, não pega nada.

Juliet arregala os olhos diante da franqueza de Bliss.

— Hum, é. Não sou — Mac gagueja.

— Beleza, cara. Relaxa.

Olho para Juliet, tentando impedir que um sorriso tome conta do meu rosto. Ela encara Bliss, parecendo impressionada.

— Bom... — Mac diz, determinado a manter a conversa girando em torno dele e apenas dele. — Deve ter sido um dia maluco!

Bliss ri.

— É, acho que dá pra dizer que sim.

— Rowan não pode te ajudar?

Bliss revira os olhos.

— Não preciso da ajuda dele.

Mac ri.

— Bom, tipo, não seria mais fácil se você... fosse pra casa dele ou algo assim?

Bliss dá de ombros.

— Na verdade, não. Do que adiantaria?

— Sei lá... Ele é rico e poderoso. Pode fazer alguma coisa, não acha?

— *Rico e poderoso*. Até parece que Rowan é um ditador.

Não posso dizer que entendo muito bem por que Bliss não quer ver Rowan. Se os dois estão juntos, ele deveria ser a primeira pessoa a quem ela recorreria, em vez de uma fã aleatória do Ark que conheceu em um pub há menos de vinte e quatro horas.

Finalmente, percebendo que sua presença não é desejada, Mac diz:

— Hum, bom, vou dar uma passada no banheiro enquanto vocês tomam seu chá.

E vai embora rapidinho.

Bliss vira a cabeça devagar na nossa direção, com os olhos arregalados e um sorrisão no rosto.

— Tá, não estou querendo ser engraçadinha, mas o que essa versão humana de um mosquito está fazendo aqui?

Solto uma gargalhada. Até Juliet abre um sorrisinho torto.

— Ele não é *tão* ruim assim... — Juliet diz, sem muita convicção.

— Cara. — Bliss se aproxima de Juliet e dá um tapinha no ombro dela. — Por favor, *por favor*, me diz que o jovem conservador do ano não é seu *namorado*.

— Er...

— Ah, não.

— Teoricamente, não.

— *Teoricamente?*

— Er...

— Ah, não. Ah, não, não, não, não, *não*. — Bliss olha para mim e leva a mão ao coração. — E você deixou isso acontecer?

Juliet também olha para mim, ligeiramente constrangida.

— Bom... não cabe a mim comentar sobre os interesses românticos das minhas amigas — digo.

— Desculpa, mas cabe, sim, a você dar um toque quando sua amiga está quase namorando um cara que nem consegue falar "gay" sem entrar em combustão espontânea.

Ela deve estar certa.

Olho para Juliet.

— Hum, é. Ele é meio babaca.

Juliet não diz nada. Mas parece se sentir *traída*.

— Caramba — diz Bliss.

— Podemos falar de outra coisa? — Juliet pede, começando a recolher nossas canecas vazias.

Bliss ergue as sobrancelhas para mim.

Quando Mac retorna, eu o levo de volta ao corredor e digo de maneira dramática que um milk-shake do Sainsbury's faria Juliet se sentir *muito melhor* em relação aos eventos desta manhã. Nem preciso terminar a frase e Mac já se voluntaria para ir buscar. Não sei se ele quer impressionar Juliet ou ficar longe de Bliss antes que ela diga algo que o faça chorar.

Então nós três sentamos no tapete da sala com um pote de minibrownies.

Bliss entrelaça os dedos como se fosse a anciã da aldeia e de alguma forma consegue nos olhar de cima, mesmo sendo mais baixa que eu.

— Então — digo —, como é namorar Rowan Omondi?

— Afe, não vamos falar sobre *isso* — Bliss pede.

Olho para Juliet, que está em transe de novo.

— Ah — digo —, hum, desculpa.

— Não, não, é que, sei lá. — Bliss esfrega a testa. — Não sei, cara. Sinto que minha vida gira em torno de Rowan. E não quero isso.

— Ah.

— Acho que não tem como evitar agora.

— Evitar o quê?

— Que minha vida gire em torno do meu *namorado*.

Ela diz "namorado" como se fosse um palavrão horrível.

— Ah.

Os olhos de Juliet avaliam Bliss com todo o cuidado.

— Eu tinha planos — Bliss fala. — Pra minha vida. E agora… — Ela começa a rir. — O que vai acontecer comigo? Vou ficar conhecida como a namorada de um integrante de uma boyband.

— Vai passar — digo. — Essas coisas só são notícia por, tipo, uma semana.

— Estamos falando do Ark — Bliss insiste. — Vocês são fãs, sabem como é.

Ela tem razão. Não vai passar em uma semana. O fandom do Ark vai ficar no mínimo os próximos três anos falando desse assunto. Cada movimento de Bliss vai ser rastreado. Ela não vai conseguir se mudar, fazer faculdade, tirar férias ou ir a *qualquer lugar* sem que alguém a veja e publique algo, fale algo.

E o fandom vai odiá-la. Ou a parte que é apaixonada por Rowan, que é enorme. As pessoas vão *odiá-la*.

— Vai ficar tudo bem — minto.

Ela dá risada.

— Você é fofa.

— Talvez você deva falar com ele — Juliet diz, baixinho.

— Sobre o quê?

— Sei lá, sobre como você está chateada. — Juliet fica mexendo no cabelo, nervosa. — Talvez Rowan possa fazer alguma coisa.

— *Não preciso da ajuda dele.*

— Mas… é seu namorado. Você age como se não fossem nem amigos.

Bliss franze a testa.

— É diferente. A gente não se vê muito, porque ele está sempre ocupado.

Juliet desvia o rosto, com uma sobrancelha arqueada.

— Tá.

— Olha, sei que pra você é difícil acreditar, porque é louca pelo Rowan.

Juliet volta a olhar para Bliss na hora.

— Como?

— Angel me contou ontem.

As duas se viram para mim.

— Ah, nossa — digo. — Vocês não vão brigar por causa de um *garoto*, né? Porque isso seria patético.

Juliet suspira.

— Não. — Ela olha para Bliss. — Não sou, tipo, apaixonada por Rowan. Ele é lindo, claro, mas eu shipo Rowan e Jimmy mais do que qualquer outra coisa. Acho que é isso que me deixa chateada. — Juliet baixa a voz. — Essa semana está sendo uma montanha-russa emocional.

Bliss ri.

— Ah, é. Esqueci que tem isso. — Ela balança a cabeça. — Rowan odeia essa história.

Juliet leva a cabeça aos joelhos.

— Não quero mais falar de meninos.

Bliss assente.

— Não quero falar de meninos nunca mais.

Olho para as duas, feliz por não ter que lidar com esse tipo de situação na minha própria vida.

— Mas eles se amam de verdade — Bliss comenta. — Rowan e Jimmy.

Meu coração dá um saltinho no peito.

— Não desse jeito — ela prossegue. — Como amigos. Não acho que isso seja menos especial.

Ah. Acho que nunca vi dessa perspectiva.

Juliet faz que sim com a cabeça. Então sorri.

— Você parece legal — ela diz a Bliss, que sorri de volta.

— Você também. Devíamos virar amigas.

— Boa. Esses meninos que se fodam.

— E não no sentido sexual. No sentido de "que vão pro inferno".

— Isso aí.

Bliss ergue a mão para um high five, e Juliet bate nela. As duas riem e depois olham para mim.

Penso em Jimmy e me sinto uma traidora, mas depois também bato na mão de Bliss.

Bliss fica a tarde toda com a gente. Toda vez que sugerimos que talvez queira ligar para Rowan, para a mãe ou chamar um táxi, ela se nega a fazê-lo.

Acho que só quer fingir que não tem nada acontecendo.

Quando chega a hora da oração da tarde, me ligo de que ela está aqui e eu a ajudei, o que só pode ser um sinal.

Se nos conhecemos, deve ter sido coisa do destino.

A boa notícia é que a presença de Bliss tira o foco de Juliet de Mac quase que por completo. Nós três nos conectamos ao assistir a vídeos ridículos de fãs de Jowan no YouTube — os mais dramáticos incluíam músicas tristes do Hozier e troca de olhares entre os dois em câmera lenta. Bliss acha tudo até mais engraçado que a gente. Passamos um tempo falando sobre nossa vida. Bliss diz para Juliet o que me contou ontem, sobre os estudos, seu desejo de proteger a natureza e seu trabalho péssimo na HMV, e Juliet conta a Bliss sobre seu sonho de ser cenógrafa e sobre todas as pegadinhas que participou numa escola particular. Depois decidimos jogar Cartas Contra a Humanidade, que eu ganho de maneira espetacular ao combinar uma carta que diz "Estou no auge da minha vida. Sou jovem, atraente e faço _____ de sobra" com uma que diz "péssimas escolhas na vida". Juliet nem toma o milk-shake que Mac foi comprar para ela. Ele fica ali, esquentando na bancada da cozinha.

— Minha nossa. — É a reação de Dorothy quando explicamos a situação.

— Minha nossa mesmo — concorda Bliss. Ela dá risada, mas acho que por dentro está chorando.

— Bom, você pode ficar o quanto quiser — garante Dorothy, cruzando as mãos sobre a mesa da cozinha. Passou a maior parte da tarde fora, "no clube". Não sei que clube é, mas eu adoraria passar minha aposentadoria em um. — Estou gostando bastante dessa movimentação toda na casa.

Bliss sorri para ela.

— É muita bondade sua... mas acho que preciso ir pra casa. Minha mãe mandou uma mensagem. Ela está bem preocupada comigo. E a maior parte dos paparazzi já foi embora.

— Bom, se está certa disso. Mas a casa é sua se precisar dar uma escapadinha.

— Obrigada. Sou muito grata mesmo.

É quase hora do jantar quando Bliss pega um táxi e vai embora. Juliet e eu ficamos acenando da porta, como se nos despedíssemos de um soldado indo para o front. O carro desaparece na esquina, então só ficamos tomando chuva. As gotas deixam marcas na blusa dela.

— Eu jurava que a vida dela era perfeita — Juliet comenta. — Bliss conquistou *o cara*, sabe? *O cara*. O sonho de todo mundo. — Ela se vira para mim. — Entende o que quero dizer?

Eu entendo. Ela quer dizer que Bliss está vivendo o sonho de milhões de meninas no mundo todo. Ainda assim, não é feliz.

— Eu entendo.

— É como se... o sonho... o Ark... não estivesse ajudando mais — Juliet prossegue.

Fico tão confusa com esse comentário que nem peço que o explique. Ela olha para mim, e não sei se espera que eu diga alguma coisa, ou pergunte alguma coisa, sei lá. O que quer que eu diga? O que não estou fazendo certo? Por que não estamos felizes e nos divertindo na semana que estamos esperando desde o ano passado?

— Cara, o dia hoje foi péssimo — ela diz.

Olho para Juliet e quase recuo. Ela parece *devastada*. Todas tivemos um dia puxado, mas acho que nunca a vi tão infeliz.

— É — digo. — Esse lance do Rowan com a Bliss surgiu do nada.

Ela olha para mim com uma cara triste, quase decepcionada.

— É — Juliet repete. — O lance do Rowan com a Bliss.

Não digo nada, e ela entra, me deixando na chuva.

JIMMY KAGA-RICCI

Eu deveria ir me desculpar com Lister, mas não sei o que dizer.

Queria que já fosse amanhã. Queria voltar à normalidade.

Ainda que isso seja acordar às cinco, passar uma hora sentado em uma cadeira enquanto alguém faz meu cabelo e minha maquiagem, depois oito horas em eventos de divulgação e entrevistas, depois a noite passando som e ensaiando, depois me apresentar para vinte mil pessoas.

Pelo menos seria melhor que isto.

A casa em silêncio.

São nove da noite. Até onde sei, faz horas que Lister e Rowan estão cada um em seu quarto, saindo apenas quando precisam ir ao banheiro ou pegar comida. Estou cochilando e acordando desde as quatro da tarde, enquanto a Netflix passa um episódio de *Brooklyn Nine-Nine* depois do outro. Talvez seja melhor desistir de dormir de verdade, porque parece que não vai rolar.

Estou começando a me lembrar de como aqui é claustrofóbico. Este apartamento.

O que é péssimo. Uma ingratidão. Porque poderiam morar umas vinte pessoas aqui, fácil.

Queria que a gente pudesse sair.

Rolo para fora da cama e levanto. O sangue corre todo para minha cabeça, que começa a doer quase que de imediato. Ótimo. Bem o que eu precisava.

Talvez eu devesse ir mesmo pedir desculpa a Lister.

Não. Não fiz nada de errado. Ou fiz?

Talvez eu devesse ir falar com Rowan.

Não quero falar com Rowan.

Não quero pensar nessa confusão.

Não quero pensar em nada.

Saio e vou até a cozinha, passando pelo quarto de Lister no caminho, que está fechado e em silêncio. A sala está escura, muito embora o sol ainda não tenha se posto por completo. Na bancada da cozinha, encontro o contrato novo, aberto onde parei de ler mais cedo. É esse o nosso futuro? O meu futuro? Esperam que a gente o assine em *dois dias*.

Não quero pensar nisso também.

Encho um copo de água e bebo tudo, depois volto a encher e vou até a janela. A chuva não me relaxa como costuma fazer. Parece que está tentando entrar. Inundar o apartamento.

Olho para a rua lá embaixo. Moramos em um bairro residencial de Londres, mas sempre tem gente do lado de fora. Se eu pudesse escolher onde morar, seria em uma casa no Lake District. Uma construção solitária sem nada mais construído pelo homem em um raio de oitenta quilômetros.

Quero sair.

Cerca de um ano atrás, Cecily mandou que parássemos de sair sem um guarda-costas. Rowan, Lister e eu tínhamos tentado ir ao cinema. Só os três, depois de uma reunião na gravadora. Pretendíamos ir andando — um Odeon ficava na esquina. Mas tantas pessoas quiseram falar com a gente no caminho que nem conseguimos chegar. Uma multidão enorme se formou e eu comecei a entrar em pânico. Rowan precisou ser muito grosseiro, tirando aos empurrões as pessoas do nosso caminho, e alguém agarrou o braço de Lister para impedi-lo de ir.

Depois disso, nunca mais saímos sem um guarda-costas.

Abro a janela e ponho o braço para fora, só para sentir um pouco a chuva. O ar fresco entra. Respiro fundo. Nem notei como estava abafado aqui dentro.

E se eu simplesmente... saísse?

Só por um minuto. De moletom com capuz, boné ou algo assim. Provavelmente não teria problema. Só quero ficar um minuto lá fora. Respirar ar fresco.

Pego um moletom com capuz e um boné, só para garantir, abro a porta do apartamento, ando pelo corredor e espero o elevador. Sinto um friozinho no estômago enquanto o elevador desce, como se eu estivesse em uma montanha-russa. É libertador.

Assim que a porta do elevador se abre, eu corro. Corro para fora do prédio, atravesso o portão, desço os degraus e... pronto. Ar fresco. Eu me sinto leve. A chuva é fresca, limpa, pura. Não vai me machucar.

— Sr. Kaga-Ricci?

A voz faz meu coração martelar no peito. Eu me viro. É só Ernest, um dos porteiros do prédio. Ele desce os degraus correndo para vir atrás de mim, o mais rápido que consegue, o que não é muito, porque ele tem oitenta e dois anos.

— Deveria estar saindo sozinho, sr. Kaga-Ricci?

Pisco bem devagar enquanto ele se aproxima.

— Como?

Ernest abre um guarda-chuva e o segura sobre a minha cabeça.

— É melhor voltar para dentro, senhor, está chovendo. E não deveria sair sozinho.

Odeio quando Ernest nos chama de "senhor". Ele tem o quádruplo da nossa idade. Testemunhou a Segunda Guerra Mundial.

— O senhor está bem? — Ernest franze a testa. — Por que seu short está manchado de sangue?

Olho para baixo. Ah. Merda. Ainda tem sangue no meu short.

— Eu... er... cortei a mão. Com uma caneca.

Movimento de leve a mão enfaixada.

— Bom, parece que o senhor teve um dia turbulento, se me permite dizer. — Ernest ri. — Não andou brigando com seus amigos, né?

— Não — digo, o que é muito mais fácil do que tentar explicar a verdade.

Ernest solta um suspiro pesado. Ele lembra muito meu avô. E

David Attenborough também, um pouco. O que explica porque me aproximei dele.

— O que está fazendo aqui fora?

— Eu só queria dar uma volta.

— Na chuva?

— É...

— Não sei se é uma boa ideia fazer isso sem um guarda-costas, senhor.

— Eu sei... — Olho para ele, que parece ter pena de mim. Queria poder lhe dar um abraço. — Pode vir comigo?

Ernest ri.

— Não posso deixar o prédio, infelizmente.

— Ah. — Enfio as mãos nos bolsos. — Então vou sozinho mesmo.

— Senhor, não acho mesmo...

— Só vou dar uma volta no parque. Volto em dez minutos.

— Mas se alguém reconhecer o senhor...

Já saí de baixo do guarda-chuva e comecei a me afastar.

— Vou ficar bem.

Não me importo. A voz de Ernest morre na chuva.

Abro o portão do parque. Não é um parque de verdade, mas uma longa faixa de grama, árvores e flores entre as fileiras de prédios residenciais. Só os moradores locais podem entrar, vou ficar bem. Fora que está escurecendo. Não que fosse dar para ver o sol se pondo com o céu nublado desse jeito.

Não tem ninguém por perto.

Eu sento em um banco e tiro o capuz e o boné. A chuva toca minha pele, minha testa, minhas bochechas, meus joelhos. É terapêutico. Esfrego o rosto, lavando-o na chuva, despertando. Passo a mão pelo cabelo, que está ensopado e macio. Olho para minhas mãos. Este corpo parece ser meu outra vez.

Um esquilo dispara pela grama à minha frente e sobe numa árvore. Chega ao topo e desaparece. Sorrio.

Então vejo alguém se aproximar.

Merda. Não. O que faço? Corro? Vou embora? Me escondo? Será

que vai me reconhecer? Provavelmente. Eu não deveria ser visto assim. Talvez a pessoa descubra onde eu moro. Conte pros outros. Então todo mundo vai saber. Todo mundo vai...

— Viu as margaridas?

Levanto a cabeça. Devo estar em pânico há mais tempo do que pensava.

É só uma senhora com um andador. Ela parece muito, muito velha. Mais velha que Ernest. E que meu avô. Sua pele é gasta e enrugada, seu cabelo é fino e branco. Ela usa uma capa de chuva roxa e óculos tão grossos que deixam seus olhos enormes. Anda umas quatro vezes mais devagar que as outras pessoas.

Ela abre um sorriso torto para mim.

— Lindas, não? — Ela aponta um dedo trêmulo para um punhado de flores amarelas crescendo num canto do parque. — Assim que o tempo melhorar, vão atrair borboletas e abelhas.

Não digo nada.

Ela ri. Parece radiante.

— Lindas — diz. — Em que mundo vivemos!

Então a senhora se afasta.

Está totalmente escuro agora. Não trouxe o celular comigo, por isso não tenho ideia de que horas são. Os postes iluminam o parque por entre as árvores, dando ao lugar um brilho vago e amarelado. A chuva borra tudo, a água reflete as luzes. Quando abro os olhos, nada mais parece real, só escuro e derretido, tudo está derretendo, virando lama amarela, e eu levanto, com os joelhos doendo um pouco por passar tanto tempo sentado, então saio do parque com as solas sujas de terra. Agora não está mais fresco, e sim frio. Não quero mais ficar aqui. Quero ficar quentinho e seco, e não quero que ninguém fale comigo, nunca...

— Ai, meu Deus, não é...?

Merda. Não olha. Finge que não ouviu.

— Jimmy! Jimmy Kaga-Ricci!

Olho para um lado e ali estão elas. Do outro lado da rua. Meninas. Nossas meninas.

Elas correm na minha direção.

— Jimmy! Ai, meu Deus, ai, meu Deus!

É difícil registrar quem fala. Estão em quatro. Todas falando ao mesmo tempo. Uma delas está visivelmente tremendo. Outra solta uns guinchinhos.

— Oi — digo, embora mais pareça que estou coaxando.

— Te amo muito, de verdade — uma delas diz. — Você me fez aguentar, tipo, todo o ensino médio.

Elas não me amam. Não me conhecem.

— Posso tirar uma selfie? — diz outra.

— Tudo bem se…

Quero perguntar se tudo bem a gente não tirar, mas a menina já me deu as costas e tirou uma foto de si mesma ao meu lado com o celular.

— Ai, meu Deus, o que aconteceu com sua mão? — uma pergunta.

— Uma caneca quebrou e sem querer eu me cortei — respondo.

— Óóóó… — uma diz.

— Bom, tenho que ir — falo, em um tom que torço para que não seja grosseiro, mas provavelmente é. O pânico cresce no meu peito, minha respiração encurta.

— Espera, espera — diz uma. — Só quero que você saiba que, tipo, mudou minha vida. Te amo muito, de verdade. Você me ajudou a superar um monte de problemas pessoais nos últimos anos. Obrigada mesmo.

Pisco para ela. Estou morto de cansaço.

— Como pode me amar se nem me conhece? — pergunto.

De repente, todas param de falar.

— A-a gente conhece, sim — uma diz.

— A gente te ama mesmo — outra completa.

— Não de verdade — insisto.

— De verdade!

— Como podem amar alguém que não conhecem na vida real?

— Isto é a vida real — uma diz.

— Estou falando de antes. Antes de agora. Quando eu era só uma foto no computador.

Nenhuma delas sabe o que dizer.

— Fico feliz em ter ajudado — digo, então vou embora antes que possam me impedir, antes que comecem a me agarrar, antes que liguem para os amigos e todos se reúnam e me cerquem, porque "me amam".

— A gente te conhece, sim, Jimmy! E te ama! — elas gritam para mim, mas, muito embora devesse ser uma coisa boa, isso me aterroriza. Me aterroriza que elas acreditem que o que sentem por mim é *amor*. Cara, o que eu fiz? O que fiz com elas? Quando volto ao apartamento, sento no chão com as costas encostadas na porta da frente. Estou tendo uma crise de pânico de verdade. Não consigo respirar, estou tremendo e provavelmente vou morrer, algo vai me matar, alguém vai me matar, como vou me salvar? Como vou me salvar? Como vou me salvar?

— Jimmy.

Talvez fosse melhor um fã me matar durante o sono e fazer com que tudo isso pare...

— Jimmy, olha pra mim.

Deus, por favor, por favor, me ajuda, por favor, me deixa ser feliz...

— Você está tendo uma crise de pânico. Olha pra mim.

Jura? Procuro focar. Rowan está sentado na minha frente.

— Respira comigo — ele diz, então respira profundamente. — Inspira...

Tento inspirar fundo, mas acabo respirando curto e rápido três vezes, como se estivesse me afogando. Acho que vou vomitar.

— Expira...

Outras três respirações rápidas. Não consigo. Está tudo errado. Ruim. Está tudo ruim.

— Inspira...

Tento outra vez, mas ainda é rápido demais, trêmulo demais, raso demais.

— Expira...

Perco a conta de quantas vezes Rowan repete isso. Não sei quanto tempo demora até que eu consiga voltar a respirar direito. Então ele me convence a levantar e ir até o sofá, depois busca uma toalha para mim, pois estou ensopado da chuva e de suor, e um copo de água. Derramo um pouco do líquido ao segurar o copo. Minhas mãos continuam tremendo.

— Não vivemos mais no mundo real — digo.

— Quer conversar sobre isso? — ele pergunta.

— Não.

Mas, cara, como eu quero. Sempre quero.

QUINTA-FEIRA

não estou com medo; nasci pra fazer isso.
Joana d'Arc

ANGEL RAHIMI

Hoje, vou conhecer o Ark.

Eu tinha treze anos quando ouvi uma música deles pela primeira vez. Já era quase dezembro e, uma noite, eu estava na cama, mergulhando outra vez no abismo infinito do YouTube. Então encontrei o primeiro vídeo deles.

Na época, tinha só algumas milhares de visualizações.

Eles tinham mais ou menos a minha idade. Treze, catorze anos. O cabelo de Jimmy parecia um esfregão marrom. Rowan ainda usava óculos de nerd, sem aro. A calça jeans de Lister ficava sempre curta demais.

Uma explosão musical na garagem de uma casa comum.

Eles fizeram um cover de "Blue", do Eiffel 65. Seguindo seu estilo próprio, claro, mais rock, e com Jimmy tocando todo tipo de som sintetizado em dois teclados diferentes.

Algumas semanas depois, o vídeo viralizou.

Gosto de saber que estou com eles desde o início. Que sou parte de algo. Já faz cinco anos que sou parte disso. Quando abro o Twitter e vejo fotos deles tocando em Manila, Jacarta, Tóquio, Sydney — sou parte disso. Estou entre os poucos que acompanharam desde o começo todos os seus passos.

Não importa que eles não me conheçam.

Ser fã nem sempre está relacionado com aquilo de que se é fã. Bom, *meio* que está, vai, mas há muito mais nisso do que entrar na internet e gritar que ama alguma coisa. Nos últimos anos, ser fã me deu gente com quem conversar sobre as coisas que eu gosto. Ser fã me levou a fazer amigos melhores na internet que na vida real; me inseriu em uma comunidade que reúne pessoas por causa do amor, da paixão, da esperança, da alegria e do escapismo. Ser fã me deu um motivo para acordar todo dia, algo para esperar, algo com que sonhar quando estou tentando pegar no sono.

E as pessoas desdenham. Claro. Eu entendo. Principalmente os adultos. Eles veem esse bando de meninas adolescentes e acham que somos idiotas. Só enxergam a pequena porcentagem de fãs que vão longe demais — que stalkeiam — e concluem que somos todos iguais. Pensam que só amamos os meninos porque são bonitos, acham que só gostamos da música porque é fácil de se identificar. Pensam em todos nós como meninas. Pensam em todos nós como hétero.

Pensam que somos meninas idiotas que passam o tempo todo gritando porque queremos nos casar com músicos.

Não entendem nada. Nada mesmo. Como poderiam entender? Adultos não acham que adolescentes são capazes de muita coisa.

No entanto, apesar de tudo ser tão terrível no mundo, *escolhemos* apoiar o Ark. Escolhemos esperança, leveza, alegria, amizade, *fé*, mesmo quando nossa vida não é perfeita, ou empolgante, ou divertida, ou especial, como a dos meninos do Ark. Posso ser uma decepção como estudante, posso não ter muitos amigos próximos, uma vida medíocre pode estar à minha espera — me formar com notas medianas em uma faculdade mediana, conseguir um trabalho mediano e ter uma vida mediana —, mas isso ninguém tira de mim.

Em uma existência ordinária, escolhemos sentir paixão.

JIMMY KAGA-RICCI

— Lister — diz Rowan, suspirando pesado ao ver o outro saindo do quarto com uma blusa que parece feita de plástico. — Não que eu não adore o visual desalinhado, mas você está parecendo um saco de lixo.

— Ficou bom — digo. — Tipo, se alguém é capaz de se sair bem usando um saco de lixo, é você.

Rowan me olha como se dissesse "não incentiva o cara".

São dez da manhã e nosso apartamento se transformou em uma loja de roupas em meia hora. Isso sempre acontece quando temos um show. Tasha e sua equipe recebem roupas de diversos estilistas, depois escolhemos o que queremos usar. Com alguns conselhos da equipe, claro. No momento, eu, Rowan e Tasha estamos sentados no encosto do sofá, enquanto Lister roda como uma criança em um vestido de festa.

Ele leva as mãos à cintura e faz um agachamento profundo. Está usando um jeans bem apertado. Rowan estende a mão para tapar a vista.

— Isso é um sim ou um não? — Lister pergunta.

— Um não — Rowan diz.

— Um sim — eu digo, fazendo sinal de positivo com a mão boa.

— Um não, querido — Tasha diz. Seu sotaque americano faz com que ela pareça quase maternal. — Fala sério, ficou péssimo. E aquela jaqueta que separei pra você? Da Vetements? É da coleção primavera-verão deste ano.

Lister suspira.

— Eu estava pensando em usar algo *diferente*…

— É o encerramento da turnê. Você não pode estar horrível no encerramento da turnê.

Lister pisca para nós.

— Por favor, Tash... Você sabe que *nunca* fico horrível.

Tasha atira um sapato em Lister, que dá risada e volta para o quarto.

— Já escolheu sua roupa, Jimmy? — alguém da equipe pergunta.

Balanço a cabeça. Sou péssimo para escolher roupas, porque sempre tenho opções demais. Adoro tudo. Tudo mesmo. Os jeans rasgados, os moletons com frases escritas, as camisas, as botas, os tênis Vans, os brincos, as camisetas de algodão. Às vezes curto mais ficar vendo as roupas que o show em si.

— E isso aqui? — Tasha vai até uma das araras e pega um moletom preto largo com uma foto em preto e branco de Jake Gyllenhaal em *Donnie Darko*. Em uma manga, a palavra VERDADE se destaca em letras brancas bem grossas, e na outra está escrito MENTIRA.

— É legal — digo.

— Com jeans preto rasgado?

— Boa.

De repente, Rowan surge só de cueca.

— Ei, Tash, você trouxe aquele vestido que eu estava querendo usar?

— Claro, querido, dá uma olhada na arara perto da porta. Com o moletom do Metallica, né?

— Esse mesmo. Com legging preta ou jeans?

— Acho que legging.

— Irado.

Lister reaparece usando o que só pode ser descrito como uma capa. Tasha cruza os braços.

— Você *sabe* que eu não pedi o que quer que seja *isso* que você está usando.

Ele começa a correr pelo cômodo com a capa esvoaçando atrás de si, enquanto canta a música-tema do Batman.

Tasha joga outro sapato nele, e ao errar joga mais um. Lister grita e se esquiva, depois corre na nossa direção e me cobre com a capa, escondendo nós dois. Não consigo parar de rir preso debaixo da capa. Vejo de relance Lister sorrindo para mim, de um jeito relaxado, que me lembra anos atrás, quando tudo isso era novo, empolgante e divertido, quando éramos *meninos* de verdade. Então ele puxa a capa e foge.

— Quando eu abandonar vocês e começar carreira solo vou usar todas as capas que quiser — Lister diz.

— Fica à vontade — Tasha diz. — Mas não vai ser esta noite, querido.

A porta do quarto de Rowan abre e ele sai usando a roupa do show de hoje, o tal do vestido com legging por baixo. Tudo preto, claro. Ele parece um santo.

Também está segurando um bolo grande com velas e olhando para mim.

As luzes se apagam e de repente todos se viram na minha direção e começam a cantar "Parabéns pra você".

Pra mim.

Espera.

Oi?

Que dia é hoje?

Quando eles param de cantar, Rowan já atravessou o cômodo e está na minha frente. Ele sorri.

— Você esqueceu outra vez, não foi?

— Nunca sei que dia é… — murmuro, muito constrangido com a atenção repentina. Lister sorri para mim, com a capa enrolada no pescoço como uma echarpe, e bate palmas.

— Faz um pedido, Jimjam — Rowan diz.

Olho para as velas e peço o mesmo de sempre: para ser feliz. Então sopro. Todo mundo comemora e bate palmas.

— Quanto tempo temos, Tash? — Rowan pergunta enquanto leva o bolo até a bancada da cozinha.

— Uma meia hora, querido.

— Ótimo.

Uma música começa a tocar no sistema de som. Lister mexe no volume e escolhe uma faixa de uma de nossas bandas antigas preferidas,

The Killers. A gente costumava ouvir isso em salas de música e no quarto um do outro. Antigamente.

Não consigo deixar de sorrir.

Lister começa a saltar no lugar e a cantar junto, com a capa esvoaçando atrás de si. Então volta a pular pelo cômodo, tentando persuadir a equipe de Tasha a se juntar a ele, e tenta fazer isso até mesmo com Cecily (o que é claro que não consegue, porque ela está ocupada demais com o celular). Lister vem até mim, pega minhas mãos e me puxa, galopando pela sala, depois sobe no sofá comigo e começa a pular no ritmo da música, como se estivéssemos em uma cama-elástica. Rowan tinha uma no quintal da casa dele. Bom, acho que ainda deve estar lá.

— VEM, RO! — Lister grita respirando forte, porque continuamos pulando. Começo a rir da cara de Rowan, que ergue uma sobrancelha, um clássico. Apesar disso, ele atravessa a sala correndo e pula no sofá com a gente, me abraçando. Cambaleio e quase caio, voltando a rir.

Com a música no talo à nossa volta, começamos a gritar junto com o refrão. Ainda nos lembramos da letra, apesar de fazer meses, talvez anos que não a ouvimos. Esqueço nossas próprias letras em menos tempo que isso.

— Qual é a sensação de ter *dezenove* anos? — Rowan grita por cima da música.

— E de estar um pouco mais perto da morte? — acrescenta Lister.

É uma sensação feliz, aparentemente. Pelo menos neste momento.

Talvez meu desejo tenha se tornado realidade.

ANGEL RAHIMI

Ontem à noite, as coisas ficaram meio esquisitas depois que a Bliss foi embora. Voltei a me sentir distante de Juliet, e nem mesmo Mac parece conseguir se aproximar.

O que de certa forma é uma coisa boa, mas na prática implica uma porção de silêncios desconfortáveis.

E, apesar do alerta de Bliss, faz uns quinze minutos que Juliet foi com ele ao Sainsbury's enquanto eu me maquiava. Sem me avisar.

Isso meio que me faz chorar por uns cinco minutos. Só uma choradinha. O que é tolice, porque tudo o que ela fez foi ir ao supermercado sem mim. Eu não achava que era assim grudenta.

Quando paro, sento na cozinha e me atualizo sobre o que vem rolando no Tumblr desde ontem à noite.

As teorias sobre Jimmy, Rowan e Bliss estão saindo do controle. Inventaram explicações hilárias para a foto Jowan e a revelação do namoro de Rowan e Bliss. Por exemplo, que foi um golpe publicitário para que a atenção se mantenha no Ark mesmo depois que a turnê acabar; ou que tudo foi tramado por Jimmy e Rowan, em um pedido desesperado de ajuda, tentando sair do armário e contar ao mundo sobre seu caso secreto e a pressão para Rowan manter um relacionamento falso em nome das aparências.

No entanto, muitas pessoas concordam comigo. Rowan e Bliss estão juntos. Jowan não passa de uma fantasia.

Também tem muita gente devastada. Como Juliet ontem, acho. Seria de imaginar que eu ficaria devastada também, mas, embora tenha sido pega de surpresa, a notícia de que Jowan, a personificação do amor, não era real não me destruiu como achei que faria.

Talvez eu meio que soubesse o tempo todo que era uma mentira.

— Você parece estar de bom humor.

Tenho um pequeno ataque do coração enquanto estava lavando a minha tigela de cereal, então me viro.

É a avó de Juliet, de roupão e com uma caneca na mão. Ela sorri para mim, senta à mesa e toma um gole da caneca.

— Estou de *muito* bom humor — digo, o que é muito engraçado, porque estava literalmente chorando dez minutos atrás.

— Está animada com hoje à noite?

— Animada *demais*.

Dorothy toma outro gole e diz:

— Se importa se eu fizer uma pergunta?

Pego um pano de prato e digo:

— Não, imagina.

— Ju e Mac... estão juntos?

Ah.

— Er... bom... — Como posso explicar? — Talvez estejam mas acho que... porque eles acabaram de se conhecer na vida real... acho que as coisa estão um pouco... er... complicadas.

— Sei... — Dorothy assente e baixa os olhos. — Sei.

Há uma pausa. O que eu digo? O que devo dizer?

— Ela sempre falava de *alguém especial* que conheceu na internet — Dorothy prossegue. — Mas... não tenho certeza se estava falando *dele* ou de *você*. — Ela olha para mim e abre um sorriso triste. — Só estou tentando entender, sabe?

Todos estamos.

— O que ela disse sobre essa pessoa? — pergunto.

— Só que finalmente tinha encontrado alguém com quem adorava conversar. — Dorothy dá de ombros. — Ju passou por muita coisa, e não gosta de falar sobre seus problemas. Sempre teve dificuldade de fazer amigos de verdade. Então fiquei feliz em saber que tinha se aproximado tanto de alguém... mesmo que pela internet. Amizades on-line são reais também, não é?

Passou por muita coisa? O que isso significa? Parece falta de educação perguntar.

— Claro! — digo.

— Sim... — Ela balança a cabeça de repente. — Enfim, desculpe, eu não deveria ficar bisbilhotando a vida da minha neta através de uma amiga!

— Não... não tem problema...

— É só que ela não se abre muito comigo, e quero dar apoio pra Ju, agora mais do que nunca.

— Ah...

Agora mais do que nunca?

Dorothy suspira.

— E é claro que ela recebeu outra ligação desagradável dos pais ontem de manhã.

Uma ligação desagradável? Ontem de manhã? Não fiquei sabendo de nada.

— É melhor eu ir me arrumar — Dorothy diz, então levanta e sai.

Continuo parada, com o pano de prato na mão. Sei que Juliet não é tão falante quanto eu, mas *já* conversamos sobre coisas sérias. Do que Dorothy está falando? Juliet teria me dito se algo sério houvesse acontecido. Somos melhores amigas. Não somos? Acho que sim, pelo menos.

— Oi, pai — digo, sentada na cama de Juliet, com o celular na orelha. Não vou conseguir ligar hoje à noite, por causa do show, então estou ligando agora.

— É o grande dia, hein?

— É.

— Está animada?

Estou animada? Acho que sim. Só que parece mais do que isso. Estou animada, assustada e esperançosa, acho que vou chorar de novo a qualquer momento, e sinto que vou ter um troço quando Jimmy me olhar nos olhos.

— Muito — digo.

Há uma pausa.

— Do que você gosta nessa banda? — ele pergunta.

— Gosto da música.

Outra pausa.

A cerimônia de formatura deve estar sendo agora. Meus colegas de classe devem estar alinhados no salão, esperando para apertar a mão de alguém da coordenação e receber um "parabéns", uma palavra por anos de esforço.

— Tem certeza? — ele diz. — Não é só porque eles são bonitos?

— Não. — Mordo o lábio. — É mais que isso, *baba*.

— Mais?

— Só... mais.

— Não conseguimos entender, Fereshteh. Nos ajude a entender.

— Não... não tem como.

Eles não têm como entender. Algumas coisas são impossíveis de explicar.

JIMMY KAGA-RICCI

A rotina antes de um show é sempre igual — chegamos, fazemos a passagem de som, comemos, tem um meet-and-greet, um intervalo e o show. Mesmo assim, costumo arranjar motivo para me preocupar. Hoje não é tão ruim, porque já nos apresentamos na arena O2 sete vezes, então conheço o lugar e não deve ter grandes surpresas. Espero.

Não precisamos nos arrumar até o meet-and-greet, por isso ficamos de moletom. No carro, a caminho da arena, Lister pega no sono com a cabeça no meu ombro, e seus tufos de cabelo fazem cócegas no meu pescoço. Dou um peteleco na testa dele quando começa a babar em mim.

A passagem de som é rápida. Tocar nossas músicas com a plateia vazia é sempre engraçado, porque o fazemos só para nós mesmos e podemos errar e brincar. Lister gosta de tentar fazer com que percamos o ritmo, Rowan adiciona harmonias onde não tem, eu troco a letra de nossas músicas mais famosas.

Depois disso sentamos e relaxamos no camarim por um momento, com Cecily, a equipe de cabelo e maquiagem e alguns funcionários tensos da O2, que entram e saem freneticamente, nos perguntando se precisamos de algo a cada dois segundos.

O camarim é abafado. Chique, claro — estamos falando da arena O2 —, mas muito quente. Eu levanto e começo a andar de um lado para outro, passando pela mesa cheia de comidas e bebidas, dando uma olhada nos quadros, nas plantas e no espelho gigantesco. Em uma parede, tem uma pintura barroca enorme. Algo cristão, sem dúvida. Tento lembrar que trecho da Bíblia retrata, mas acho que não conheço o suficiente, porque não sei dizer, e isso faz com que me sinta mal.

Vou sentar perto de Rowan. Alex está fazendo o cabelo dele.

Rowan parece abatido. Mais cedo, ele participou das nossas bobeiras durante a passagem de som e da festinha de aniversário, mas sempre que a risada acaba a expressão de Rowan se desfaz e ele parece prestes a chorar.

— Você tá bem? — pergunto.

Ele se assusta, porque não tinha percebido que eu estava ali. Alex solta um ruído exasperado e pede que ele permaneça imóvel.

— Ah — Rowan diz. — Claro.

— Tá nada.

Ele suspira e me mostra o celular.

— Bliss não quer falar comigo. — Rowan me olha pelo espelho. — Por que ela não quer falar comigo?

Nenhum de nós viu Bliss ou falou com ela desde a manhã em que a notícia saiu. Rowan disse que ela se recusou a encontrá-lo na nossa casa e depois parou de atender as ligações dele.

— Liguei, tipo, cinquenta vezes — ele fala, com uma risada triste. — Entendo que esteja chateada, mas... não é como se a culpa fosse minha. Por que Bliss não conversa comigo? — Ele baixa os olhos para o celular. — Onde ela está?

— Talvez só queira ficar tranquila por um tempo — arrisco.

— Estamos *juntos* — Rowan diz, então baixa a voz para um sussurro. — Que tipo de relacionamento é esse se nem podemos conversar quando algo de ruim acontece?

Um relacionamento não muito bom.

Essa é a resposta.

Mas não quero dizer a ele.

— Depois que assinarmos o contrato amanhã... — Rowan começa a falar, mas se interrompe.

— Que foi?

Ele se olha no espelho, sem expressão.

— Não vamos ter nenhum tempo livre. Nunca vou conseguir ver Bliss.

— Bom... vamos ter *algum* tempo livre...

— Se for ainda menos do que agora, vai ser praticamente nada — ele diz.

Alex se concentra no cabelo de Rowan, mas não deixo de notar a cara de pena dele.

— Cadê o Lister? — Cecily pergunta, sentada com as pernas cruzadas em um sofá no meio do camarim. — Ele deveria estar fazendo o cabelo.

Ninguém responde.

— Será que ele foi ao banheiro? — pergunto.

Ninguém responde outra vez.

— Acho que sim — Cecily diz. — Pode ir atrás dele, meu bem?

— Beleza.

Abro a porta e saio.

O camarim em que estamos é um de muitos em um longo corredor cinza. Viro para a direita e sigo em direção ao banheiro, de uso exclusivo nosso. Como o camarim, é chique — com mictórios de mármore, espelhos com moldura e uma figura de proa encarando acima do secador de mãos.

— Lister, você está aqui?

Ouço um tilintar na cabine mais distante da porta — uma garrafa sendo colocada no chão. Depois um sussurro:

— *Merda.*

Lister.

Vou até a cabine. O que ele está fazendo? Por que está com uma garrafa?

— Você... está bem? — pergunto. — Já faz um tempo que saiu do camarim.

— Não posso nem mais cagar sossegado, Jimmy?

Ele ri, mas o som é terrivelmente forçado.

— É isso mesmo que você está fazendo?

Por um momento, Lister não responde.

Então começa a rir.

Outro tilintar. É mesmo uma garrafa.

O que ele está *fazendo*?

— Pode abrir a porta? — pergunto. Talvez eu devesse ir atrás de Rowan. Tem algo de errado.

Para minha surpresa, Lister obedece. Ele abre o trinco e depois a porta da cabine.

Ele está sentado na privada, com a tampa fechada e de calça, ainda bem. Tem um celular na mão e uma garrafa quase vazia de vinho tinto na outra.

— O que você quer? — Lister se inclina para a frente e aperta os olhos. — Estou em uma reunião muito importante.

De repente, me sinto muito pequeno. Ele estava aqui, no banheiro, bebendo.

— Você... você bebeu tudo isso agora? — pergunto, apontando para a garrafa.

É como se Lister tivesse se esquecido da garrafa.

— Ah. É. Só uma bebidinha antes do show... er... pra acalmar os nervos.

Ele está bêbado. Não caindo de bêbado, não perigosamente bêbado, mas bêbado o bastante.

Antes de um show.

Lister não deveria beber antes de um show.

— Você não deveria beber antes... antes de um show — gaguejo.

Ele desdenha.

— Ah, por favor, é o último show da turnê. — Lister apoia a cabeça na lateral da cabine. — Depois vou poder beber todo dia.

— Você não pode fazer o show bêbado. E o meet-and-greet. As pessoas vão perceber.

— Pff, eu estou *bem*. Olha. — Lister levanta tão depressa que recuo alguns passos. Então ajeita o cabelo e leva as mãos à cintura. — Olha. Ninguém vai desconfiar.

Para ser justo, é verdade. Ele parece perfeitamente normal, a não ser pelos olhos um pouco desfocados e o sorriso meio involuntário que tem no rosto.

— Por que você faz isso? — pergunto.

— Isso o quê?

— Fica sempre bêbado.

Lister sai da cabine, me fazendo recuar ainda mais. Seu sorriso se desfaz.

— Qual é o problema? — ele pergunta, arregalando os olhos e encarando algum ponto sobre a minha cabeça. — Qual é o problema de beber? Qual é o problema de dar festas, se divertir, *desfrutar* do que a gente tem? — Lister ri. — Somos ricos e famosos, Jimmy. Você entende como isso é bom para alguém que teve uma infância como a minha? *A gente não tinha nada.*

Fico em silêncio.

— Não — ele diz. — Você não entende. Porque você não precisava se preocupar com dinheiro mesmo antes disso tudo começar. *Eu* precisava. Eu e minha mãe chegamos bem perto de parar na rua. E agora você vem me dar sermão por *gostar* de ter dinheiro, por ficar *feliz*. Está bravo comigo.

— Não estou bravo…

— Estou cansado pra caralho de você e Rowan se achando muito mais *maduros* que eu, muito mais *sensatos* que eu. Vocês acham que têm tudo resolvido, mas não têm! São iguais a mim. Estão tão mal quanto eu. Então parem de fingir que são superiores!

Não digo nada.

Lister dá um passo à frente, o que me faz dar um passo atrás e ficar imprensado contra a pia.

— Desculpa, desculpa, não quis gritar com você. Só estou cansado. — Lister coloca a garrafa quase vazia ao meu lado na pia e me dá um tapinha na bochecha. — Ei. Jimmy. Desculpa. — Então ele envolve meus ombros e me dá um abraço apertado. — Desculpa por ser esse merda.

Continuo sem dizer nada. Não sei bem o que falar. Não consigo nem acompanhar seu raciocínio.

Dou um tapinha nas costas dele.

— Você é alcoólatra — digo, me dando conta disso de verdade pela primeira vez. Me pergunto se alguém já falou isso para ele.

Lister ri e diz:

— Né?

Acha que estou brincando.

Ele se afasta um pouco e me encara. Ficamos assim por um momento.

— Ei... — Lister pisca mais devagar que o normal. Ergue a mão e passa os dedos pela gola da minha blusa. — Você quer...?

Ele não conclui a pergunta. Só se inclina e me beija.

Meu estômago fica embrulhado. Não porque eu estou animado, mas pelo *choque*, e vem um flashback da última vez que isso aconteceu. A ideia nunca é minha, né? Eu quero, quero beijar um garoto de maneira dramática, mas também *não* quero, não quando não parece certo. Nunca é como deveria ser, como nos filmes. Aquele tipo de romance sob a luz das estrelas não existe para mim.

O gosto de Lister não é bom. Ele me puxa para si pela cintura e me segura ali. Eu congelo, tanto porque não sei o que fazer quanto porque Lister é mais alto e mais forte que eu, e muito embora esteja sendo delicado e seja alguém importante para mim, eu não... nunca pensei nele dessa maneira... pensei?

Ainda que eu pudesse beijá-lo só porque ele é bonito, ainda que eu pudesse beijá-lo só porque quero muito me sentir desejado, e desejado de um jeito bom, não como os fãs me desejam, não como as outras pessoas me desejam, ainda que eu me incline por um breve segundo, levado pela empolgação de estar com alguém que me conhece, que me conhece *de verdade*...

Eu não... eu só...

Eu não consigo.

Então endireito o corpo, recuando, e digo, assustado:

— Não, não faz isso.

— Ah... — Lister olha para mim, paralisado. — Ah, cara, desculpa. Desculpa mesmo.

Então ele me abraça. E isso é real. Apesar do álcool.

— Desculpa — ele repete, e parece estar se desculpando por toda a humanidade. — Eu... não era assim... não era assim que eu queria fazer.

— Fazer... o quê? — pergunto, com a voz um pouco mais alta que um sussurro rouco.

— Te contar.

Meu estômago se revira outra vez. Isso não pode estar acontecendo. É o momento errado. Ele nunca... Eu não fazia ideia...

— Você não precisa... gostar de mim também — Lister diz, e sua voz falha, mas não sei se porque está rindo ou tentando não chorar. — Mas, por favor, não me odeia.

— E-eu não te odeio — digo, porque não consigo botar para fora o que realmente quero dizer, que é que eu o amo, mas não *assim*, ou pelo menos não agora, e quero ajudá-lo, não quero que continue bebendo o tempo todo, mas todos temos problemas com que lidar, e não sei nada sobre o mundo, e achei que nós três íamos ser amigos para sempre. Não consigo lidar com esses sentimentos não declarados. Não quero saber deles. Não quero pensar neles.

Em determinado momento, Lister me solta e se afasta de mim, que ainda estava encurralado contra a pia. Ele me dá as costas sem dizer nada e se dirige à porta.

— Só mais um show! Depois podemos descansar em paz!

Lister soa animado, mas eu ainda estou me recuperando do que aconteceu, e "descansar em paz" ecoa no meu cérebro, sem parar, sem parar, sem parar.

ANGEL RAHIMI

— Vou morrer — digo outra vez, quando estamos saindo do metrô perto da arena O2. — Vou morrer. Vou literalmente morrer.

— Não acho uma boa — Juliet diz, como se tivesse passado duas semanas de férias na Morte e depois dado só duas estrelas na avaliação do TripAdvisor.

Tem fãs do Ark por toda parte, caminhando para a arena. Embora talvez sejamos vistos como meninas estridentes de doze anos, os fãs do Ark na verdade são bem diversos. Tem pré-adolescentes com a camiseta da banda, o rosto pintado e cartazes feitos à mão dizendo TE AMO, LISTER OU COM ROWAN, JIMMY, LISTER dentro de um coração. Tem adolescentes de cabelo colorido e roupas pretas, com botas pesadas, calça jeans skinny rasgada e jaqueta jeans. Tem jovens vestidas como se estivessem indo a uma casa noturna, bem maquiadas, de salto alto e agarradas a bolsinhas com brilho. E tem até adultos — jovens adultos, claro, mas adultos de verdade também —, que vieram porque têm um amor ardente pelo Ark, porque ainda gritam no carro quando toca a música deles no rádio, porque, como o restante de nós, não se importam com o que os outros pensam; estão aqui para curtir.

Esse é o tema comum, acho. Estamos todos aqui para curtir.

Com exceção de Juliet, talvez.

Ela passou o dia todo de mau humor, e não sei o motivo. Por que não estaria feliz hoje, o *dia* que tanto estávamos esperando?

Juliet está com Mac, não está? O amor da porcaria da vida dela? Então qual exatamente é o problema?

O meet-and-greet vai rolar em um salão enorme, com cordas demarcando a fila e uma área atrás de cortinas onde teremos dez segundos para dar oi aos meninos e tirar uma foto com eles.

Estou usando uma das minhas roupas mais ousadas: uma camisa de beisebol com "Angels" escrito (um achado incrível dos meus tios quando foram passar férias em Los Angeles, no ano passado) por cima de uma blusa de manga comprida. Embora isso não ajude a me sentir menos nervosa quanto a conhecer o Ark, pelo menos faz com que me sinta eu mesma, que é o que importa.

Já ensaiei (mentalmente) o que vou dizer a eles.

Jimmy/Lister/Rowan:	Oi, tudo bem com você?
Angel:	Tudo ótimo, obrigada! Estou muito feliz por conhecer vocês! Ouço suas músicas desde os treze anos.
Espero que Jimmy diga:	Nossa, sério?
Angel:	Sério. Por causa de vocês fiz amigos incríveis. Suas músicas moldaram toda a minha adolescência. Espero que nunca parem de tocar!
Espero que Jimmy diga:	Esse é o plano! Muito obrigado por ter vindo!

Depois vou pedir a eles uma foto com Jimmy e Rowan segurando minhas mãos e Lister fazendo o sinal da paz atrás da minha cabeça.

Aí vou poder seguir com a minha vida.

O salão já está meio cheio, apesar de faltarem mais de duas horas para o meet-and-greet começar, às quatro. Vejo algumas pessoas que conheço do Twitter e outras que foram ao encontro de terça, mas estou ansiosa demais para ir dar oi. Fico falando com Juliet e Mac, embora Juliet não diga muita coisa e a cara de Mac indique que ele preferiria estar no dentista.

Quando falta uma hora e cinquenta para o meet-and-greet, Juliet diz:

— Vou ao banheiro.

E desaparece, me deixando sozinha com Mac.

Não vou deixar que nada me desanime.

Não vou deixar Mac me irritar.

Vou ver o Ark.

— Quanto ainda temos que esperar? — ele pergunta.

— Duas horas.

Mac parece revoltado.

— *Duas horas*? Temos que esperar *duas horas*?

Tenho vontade de abrir um sorrisinho.

— Isso é um problema pra você?

Ele dá de ombros e desvia o rosto.

— Não.

— Beleza.

Ficamos em silêncio por um momento.

— Então ela ainda não sabe? — pergunto.

Ele olha para mim, assustado.

— O quê?

— Que você odeia o Ark.

— Não *odeio* o Ark.

— Que você não é fã de verdade.

Mac desdenha.

— Fã *de verdade.* Você fala como se fosse uma religião ou algo do tipo.

— O que vai dizer pra eles? — pergunto. — Oi, meu nome é Mac e nunca ouvi a música de vocês direito. Só vim porque menti pra uma garota gostar de mim...

— Pega leve, isso não é da sua conta...

— Juliet é minha *melhor amiga*, então é da minha conta, sim...

— Melhor amiga?! — Mac ri. — *Melhor amiga?* Vocês se conheceram *esta semana.*

— Faz anos que a gente conversa pela internet...

— E daí? Isso não significa *nada* na vida real.

— Como a situação de vocês é diferente da nossa? — Sinto que estou perdendo a paciência. Não quero, mas odeio esse cara. — É exatamente a mesma coisa.

— Não — ele diz. — Eu queria encontrar Juliet pra gente se conhecer melhor. Você queria encontrar Juliet porque sente uma necessidade egoísta de ter alguém com quem conversar sobre as coisas com que se importa. Por acaso você está interessada em ser *amiga* de verdade dela? Em falar sobre *qualquer* coisa que não seja a porra de uma boyband?

Ele para de falar de repente e olha para mais além de mim. Eu me viro e vejo Juliet voltando melancólica.

Tento pensar em uma resposta rápida, mas nada me vem à mente.

O salão está quase cheio agora — quase todo mundo chegou, e dá para sentir a empolgação no ar.

Queria que Juliet se animasse e curtisse o momento comigo.

Queria que Mac parasse de me olhar feio pelas costas dela.

Faltam só dez minutos para a hora em que o Ark deveria aparecer. Não consigo imaginar como vai ser, vê-los de perto pela primeira vez. Não sei como vou me sentir.

Mas vou me sentir bem. Isso eu sei.

É como se eu tivesse chegado ao fim de uma peregrinação.

— O que você vai dizer a eles? — pergunto a Juliet. Talvez só precisemos falar um pouco sobre isso. Para que ela se anime. Para que se empolgue com o que está acontecendo.

Juliet pisca devagar.

— Ah, hm, não sei. Nem pensei sobre isso.

Ah.

— Vai tirar uma selfie? — pergunto.

— Provavelmente.

Mordo o lábio.

— Você não está muito animada? — pergunto, mas me arrependo quase na mesma hora.

Ela se vira para mim, com os olhos arregalados, quase como se estivesse prestes a chorar.

— Eu só... tem... — Juliet começa a dizer, então engole em seco e desvia o rosto. — Estou, sim. Estou muito animada.

Talvez ela só esteja nervosa.

Faltam dois minutos para as quatro. Faltam só dois minutos para que vejamos os meninos de verdade, em carne e osso, vivos, respirando, em três dimensões.

Os meninos.

Nossos meninos.

Fico conversando com um grupo de meninas um pouco mais novas que estão atrás de nós na fila. São alemãs e vieram porque não conseguiram ingressos para os shows que o Ark fez lá. Até eu acho que é meio maluquice, mas imagino que algumas pessoas tenham dinheiro para fazer esse tipo de coisa, pegar um trem ou um avião e ir para outro país. Só consegui vir a Londres porque guardei todo o dinheiro do meu aniversário e do Eid.

— É legal ver um menino no grupo de vocês — uma delas comenta, em um inglês perfeito. Sou péssima com idiomas e estou morrendo de inveja. — Pena que poucos meninos sejam fãs do Ark.

A garota aponta Mac, que se vira para ela.

Olho para Mac.

— Né? — Dou um tapinha no ombro dele. — Este é o Mac. Grande fã do Ark!

Mac ri, nervoso.

— É!

Noto que Juliet começa a prestar atenção na nossa conversa.

— Por que será, né? — digo. — Por que as meninas gostam mais do Ark que os meninos?

— Acho que é porque eles são legais — uma das meninas alemãs responde. Todos olhamos para ela, que dá de ombros. — Dá pra ver que são boas pessoas, nos vídeos do YouTube e nas entrevistas. Não são como os outros músicos. É como se fossem nossos amigos, como se nos entendessem e se importassem conosco.

As amigas assentem e expressam sua concordância.

— E é disso que meninas gostam — outra delas diz. — De meninos legais e bonzinhos. Não *bonitos*.

Elas riem. Mac se força a rir também.

— Então, Mac, quem é seu preferido? — outra alemã pergunta.

— Ah... er, bom...

Há uma pausa, e eu vejo o pânico em seu rosto.

Todas olhamos para Mac.

— Provavelmente... Owen? — ele diz.

Agora a pausa é longa.

— Owen — digo, então dou risada. — Eu *adoro* o Owen do Ark.

As alemãs dão risada e voltam a conversar entre elas.

— Espera — Mac insiste. — Espera, eu quis dizer...

— Sabemos o que você quis dizer — eu falo.

Então olho para Juliet.

Se antes ela estava mal-humorada, agora está furiosa.

— Owen...? — diz.

— Eu quis dizer... — Mac tenta outra vez, mas nem consegue se lembrar do nome de Rowan.

— Sei exatamente o que você quis dizer. — Juliet assente e ri. — Sei *exatamente* o que você quis dizer.

Para alguém tão pequena, ela parece assustadora de repente.

— Você não é fã do Ark, é? — Juliet pergunta.

— Quê? Isso... eu...

— Só mentiu esse tempo todo porque gosta de mim, não é?

Mac fica muito, muito vermelho.

— Não é... assim...

— E como é então? — Juliet abre um sorriso cruel para ele. — Fala.

Mac não consegue pensar em nada.

— Bliss estava certa — ela sussurra, quase que para si mesma. — Nossa.

O silêncio que se segue é quebrado pelos gritos. Sei o que está acontecendo antes mesmo que me vire para olhar.

O Ark chegou.

JIMMY KAGA-RICCI

— Tem uma fila, né? — pergunto a quem quer que me ouça, Rowan, Lister, Cecily, funcionários aleatórios da arena, a segurança. — Tem, tipo, uma corda, uma cerca, um portão...

Estamos em um corredor do lado de fora do salão do meet-and--greet. Tem um monte de seguranças e funcionários da arena à nossa volta, repassando como vai ser. Tento falar e fazer exercícios de respiração profunda que não estão cumprindo seu papel.

Rowan aperta meu ombro.

— Jimmy... Calma, cara.

— Acha que vão perguntar pra gente... tipo... sobre o que aconteceu esta semana? A foto Jowan...?

— Você não precisa responder nada, Jimmy. Não precisa nem falar se não quiser. Tem três de nós.

— Acha que vão pensar que meu moletom é pra passar uma mensagem? — Estendo as mangas. Em uma está escrito VERDADE, e na outra, MENTIRA. Sempre analisam esse tipo de coisa.

Rowan balança a cabeça.

— É só um moletom, pelo amor de Deus.

— Vão querer que eu fale *alguma coisa*. Vão querer que eu fale alguma coisa. — Não consigo controlar a respiração. Todo mundo percebe. — Sobre a foto, Rowan, Bliss ou...

— Ei, Jimmy — Lister interrompe, se apoiando no meu ombro. Ele reluz; é como um farol da beleza contemporânea. Sinto que nem estou aqui. — Não se preocupa. Se te perguntarem sobre a foto eu mudo de assunto, começo a falar sobre meu caso com...

— Você está bêbado? — Rowan pergunta baixinho, por entre os dentes. O modo arrastado como Lister fala é inconfundível.

Lister aperta os olhos e franze a testa.

— Provavelmente — diz.

— *Caralho*, cara — Rowan retruca, balançando a cabeça.

Ele me afasta do grupo e põe as mãos nos meus ombros.

— Sei que muita coisa rolou esta semana — Rowan diz com a voz de paizão que usa quando estou surtando sem a menor necessidade. — Sei que isso te deixa mais ansioso, mas você precisa se acalmar. Nada de ruim aconteceu com você, Jimjam. Nada de ruim vai acontecer com você.

— Tudo de ruim.

— Nada de ruim vai acontecer com você.

Mas eu sinto que vai.

— "Não tenho medo" — Rowan diz, baixinho. — Lembra?

— Não tenho medo — sussurro, mas a segunda parte da citação, "nasci para fazer isso", está girando na minha mente e me faz querer sair correndo.

Ouço a chuva lá fora. Espera... não. Não é a chuva.

São as meninas.

Os gritos significam que estão muito felizes com nossa presença.

Foco no ar alguns metros à minha frente para que a multidão de fãs pareça um borrão. Estamos de um lado do salão. Os fãs estão em uma fila demarcada por cordas que serpenteia até o outro lado. Sorrio para o borrão e aceno, o que sempre faço. Registro vagamente Rowan acenando à minha direita e Lister, à minha esquerda. Lister grita, perguntando como os fãs estão, e todos gritam de volta para ele. Lister diz que mal podemos esperar para conhecê-los, que estaremos logo atrás da cortina, que espera que todos estejam curtindo o dia até agora e que estejam ansiosos para o show mais tarde. Então nos viramos e vamos para trás da cortina, e meu sorriso se desfaz. Quando já não é mais possível nos verem, Rowan aperta minha mão, mas não estou lá, já fui, estou flutuando acima de nós três, olhando para baixo, para os três corpos, me perguntando quem decidiu que esses seres humanos patéticos e falhos mereciam tanta adoração.

Então a primeira menina surge do outro lado da cortina, radiante. Estamos muito felizes em conhecer você. Está curtindo o dia? Quer uma selfie?

ANGEL RAHIMI

Eles estão muito felizes.

Parecem muito mais felizes do que nas fotos.

Jimmy está com um sorriso tão grande — um sorriso jovem, saído de um sonho — enquanto passa os olhos pela multidão que chega a parecer surpreso, surpreso e feliz por tanta gente ter vindo conhecê-lo. Ele está usando um moletom do *Donnie Darko*. Amo Jimmy. Amo Jimmy.

Rowan sorri de lábios fechados, mas seus olhos brilham e ele parece orgulhoso, muito orgulho de estar aqui, muito orgulhoso de tudo o que ele e seus dois melhores amigos conquistaram na vida juntos.

É Lister quem fala desta vez. Eu preferiria que fosse Jimmy, mas não tem problema, não quando Lister parece a personificação do Paraíso, cintilante, quente, vivo.

Eles são tão lindos.

Como três pessoas tão lindas podem existir neste mundo?

Depois que olhei para cada um separadamente, olho para o trio junto. Tem algo de inexplicável que os liga. Rowan e Lister acenam de maneira simétrica, Rowan sempre à esquerda de Jimmy, Lister sempre à direita de Jimmy. Os dois são um pouco mais altos que Jimmy, que é o coração e o centro do Ark. Rowan e Lister giram em torno dele como se os três formassem um sistema solar. Sinto um medo inexplicável de que se separem. Imaginar cada um deles sozinho é impossível.

Então os três desaparecem atrás da cortina. Está tudo bem com o mundo outra vez.

JIMMY KAGA-RICCI

Logo perco a conta de quantas pessoas conhecemos, cumprimentamos e vimos desaparecer outra vez atrás da cortina. Logo montamos um sistema, com cada um dizendo exatamente a mesma coisa sempre. Os fãs vêm até nós, Lister diz oi, como você está?, eles respondem, Rowan responde se tiverem dito algo que exige uma resposta (por exemplo, se falam o quanto nos amam, como mudamos sua vida etc.) e depois eu digo que estamos muito felizes por terem vindo nos ver. Então Rowan sugere tirar uma selfie, porque é ele que tem o braço mais comprido.

E eles vão embora.

Tudo está bem. Tudo está bem.

Rowan estava certo. Claro. Não vai acontecer nada de mais.

Quase todo mundo me dá os parabéns. E muitos me perguntam o que aconteceu com minha mão. Digo que quebrei uma caneca sem querer.

— Vi na internet — alguém diz, o que me pega tão despreparado que não consigo responder. Rowan tem que intervir com seu:

— Quer que eu tire uma selfie? Tenho o braço mais comprido!

Não faço ideia de há quanto tempo estamos fazendo isso quando nos dão cinco minutos de intervalo. Às vezes nem aceitamos os intervalos que oferecem, mas Rowan me olha e diz:

— Beleza, só cinco minutos, se não tiver problema pra vocês.

Alguém me dá uma garrafa de água e eu bebo metade em uns dez segundos.

Lister senta no chão.

— Como você está? — Rowan me pergunta.

— Bem — digo.

Quero contar a ele sobre Lister, dizer que estou morrendo de medo dos fãs, perguntar qual é o sentido de fazer parte de uma banda quando isso só está fazendo a gente sofrer.

— Sério? — Rowan pergunta.

— Sério. Estou bem.

Ele parece acreditar em mim.

ANGEL RAHIMI

Faltam três pessoas para ser a nossa vez. Um grupo grande de meninas perto do fim da fila parece estar causando problemas. Fico ouvindo gritarem "Pode *parar* de empurrar?", e o espaço entre todos está cada vez menor. Na verdade, estamos colados. O pessoal está começando a ficar inquieto.

Apesar de como a mídia nos retrata, o fandom costuma ser um lugar de apoio e respeito. Fãs defendem e cuidam uns dos outros de um jeito que desconhecidos em geral não fariam. Acho que é porque, independente de quem somos, de onde viemos e daquilo pelo que passamos, todos temos algo muito importante em comum.

É claro que sempre há um pequeno número de fãs que não são boas pessoas.

Sempre há aqueles sem nenhuma empatia.

— Por que estão empurrando? — Juliet resmunga. É a primeira coisa que ela diz em meia hora.

A próxima pessoa entra atrás da cortina. Faltam duas.

Mac parece querer morrer. Eu não disse mais nada também. Fico me distraindo, falando com os fãs por perto, pessoas que realmente se importam de estar aqui.

— Acho que vou embora — Mac diz de repente.

Juliet não fala nada.

— Seu ingresso devia ser de outra pessoa — digo a ele.

Mac me olha como se eu fosse de outro planeta.

Então há um som.

Um baque alto.

E uma voz aterrorizada rasga o ar.

— Que porra é *essa*, que porra é *essa*?

Rowan sai cambaleando de trás da cortina, com sangue escorrendo pelo rosto.

JIMMY KAGA-RICCI

Estou com minha máscara feliz de novo, tudo está bem, até que de repente não está mais.

Uma menina se aproxima e tudo está normal, até que não está.

Em vez de sorrir e pegar o celular da bolsa para tirarmos uma foto, ela pega um tijolo.

Um tijolo. Tipo aqueles que se usa para construir um muro no jardim.

Os seguranças não são super-heróis. A menina atira o tijolo em Rowan antes que eles consigam segurá-la, atingindo um lado da cabeça dele. Rowan cambaleia para trás com um grito de dor e leva as mãos ao rosto. A menina, uma menina aleatória que claro que nunca vimos antes, grita. Ela grita que o odeia, que odeia o que ele fez, por que ele precisava ter uma namorada, por que ele precisava destruir a vida dela, e os seguranças a derrubam no chão e a seguram, e eu volto a olhar para Rowan, que está com o rosto ensanguentado. Ele afasta a mão e olha. Fica encarando o sangue, como se não conseguisse acreditar que é real. Eu não consigo acreditar que é real. Então Rowan cambaleia às cegas e sai de trás da cortina, provavelmente com intenção de ir na direção da porta pela qual chegamos, mas em vez disso se aproxima da multidão. Eu continuo sem me mexer.

Tudo acontece em menos de dez segundos.

Rowan. Vou na direção dele, ignorando a tentativa de Lister de me impedir, de fazer com que eu fique onde não podemos ser vistos, mas é tarde demais, saio de trás da cortina e vejo Rowan, pouco antes de sermos ambos engolidos pela massa de corpos, gritando, gritando nossos nomes.

ANGEL RAHIMI

Sou arrancada de perto de Mac e Juliet quando as cordas que delimitavam a fila foram derrubadas pelos corpos. Quem quer chegar ao Ark empurra, enquanto aqueles de nós que sabem que devem dar espaço a eles não conseguem segurar, e a multidão de duzentos fãs se espreme em uma massa estridente. As cordas parecem se desintegrar. Rowan, que está com sangue pingando da sobrancelha de um jeito cinematográfico, desaparece do meu campo de visão conforme sou arrastada pela maré. Deixo meu ingresso do meet-and-greet, que eu queria que eles autografassem, cair. Quando sinto que estou com dificuldade de respirar por causa das pessoas imprensando meu peito, começo a entrar em pânico. Não quero mais estar aqui. Quero sair. Agora.

Deixo que os corpos me levem na direção da parede. Tento localizar Juliet — ela é pequena, poderia facilmente ser derrubada e pisoteada —, mas não consigo, tem gente demais aqui. Sou empurrada outra vez. Uma bolsa arranha meu braço. Alguém pisa no meu pé. Os gritos são altos demais.

E os gritos não parecem normais.

Gritos de medo são muito, muito diferentes.

Sei que tem gente ruim no fandom, mas eu nunca tinha visto — gente que segue os meninos até o hotel, que descobre o endereço deles, que não se importa com o conforto, o espaço pessoal e a felicidade deles. Gente sem empatia.

A maioria dos fãs não é assim. A maioria levaria um tiro pelo Ark.

A maioria defenderia os três até o último suspiro, formaria um exército para protegê-los de qualquer desconforto ou prejuízo.

Mas quando alguém faz algo assim não chega a surpreender que todo mundo nos odeie.

Vou sendo empurrada para cada vez mais longe. Assim que sinto uma maçaneta nas minhas costas, aproveito a chance, abro a porta e entro no que parece ser um banheiro acessível.

Procuro o interruptor e me olho no espelho. Meu lenço está ligeiramente torto, o que eu ajeito na mesma hora, depois limpo as manchas de delineador sob meus olhos. Fora isso, ninguém saberia que acabei de ficar presa numa multidão.

Eu sento sobre a tampa do vaso sanitário e tento me acalmar.

Se ficar um tempo esperando aqui, os seguranças vão resolver tudo, então vou poder ir embora para assistir ao show, como planejado.

Ou talvez o show seja cancelado.

Se Rowan estiver machucado.

Não pude conhecer o Ark.

Não pude dizer nada a eles.

Não pude nem agradecer.

Tudo o que tenho é a imagem do rosto de Rowan sujo de sangue.

JIMMY KAGA-RICCI

Eles estão em toda parte. Me tocando. Pegando meus braços, minhas mãos, meu rosto. Não consigo me mover. Não consigo respirar. Fecho os olhos. Levo os braços ao rosto. Não quero vê-los.

Sou puxado para a multidão.

Tento parar de ouvir, mas ouço todo mundo. Alguém grita que me tocou, rindo, que conseguiu me tocar. Outro grito à distância manda as pessoas saírem, dar espaço, que parem de empurrar. Alguém diz:

— Não se preocupa, Jimmy, vamos te ajudar, vamos te tirar daqui.

Outra voz diz:

— Ai, meu Deus, ele é tão lindo na vida real! Vamos te ajudar, Jimmy. Parem de empurrar. Deem espaço pro Jimmy. Ele é tão lindo!

Tento não fazer barulho, mas não consigo respirar, estou assustado. Vou morrer. A multidão me empurra para um lado, alguém puxa meu capuz em outra direção. Sinto rasgar. Não consigo impedir as lágrimas, não consigo fazer meu coração parar de martelar, não consigo fazer nada, não consigo fazer nada...

— ROWAN!

Um grito isolado por Rowan se sobrepõe a todo o resto, apesar do barulho. Tão alto, tão em pânico, tão dolorido, tão diferente dos outros gritos que tiro os braços do rosto e abro os olhos para ver o que é.

Cecily Wills se ergue na multidão como Poseidon emergindo do oceano.

Ela deve ter subido em cima de alguém, em uma cadeira ou coisa do tipo, porque está pelo menos dois metros acima do chão. Cecily estica o braço sobre a multidão, agora percebo que na direção de Rowan, que de alguma maneira quase conseguiu chegar à porta. Ele estende a mão na direção dela, por cima das cabeças, a mão e o braço sujos de sangue, mas não consegue alcançar, e a imagem, de um estendendo o braço na direção do outro, lembra *A Criação de Adão*, a pintura de Michelangelo em que Deus estende a mão ao homem.

Os guarda-costas conseguem vencer a multidão, pegam Rowan pela cintura e o carregam até a porta.

Enquanto isso, duas meninas parecem estar tentando impedir que outras pessoas cheguem a mim. Elas são muito menores do que eu e parecem mais novas também. Não estou mais ouvindo o que dizem, mas as duas afastam todo mundo que ou é jogado pra cima de mim, ou está tentando mesmo me alcançar. Finalmente, minhas costas tocam a parede e eu começo a me deslocar assim, sentindo o papel de parede nos dedos, sem saber muito bem aonde vou, só que preciso me afastar.

Quando minha mão encontra uma maçaneta, eu a abro e entro sem pensar duas vezes, então bato a porta e a tranco. Depois me viro, tentando encontrar um canto onde me esconder ou uma pia debaixo da qual entrar, mas em vez disso dou de cara com uma menina.

ANGEL RAHIMI

Meu coração quase sai pela boca quando a porta se abre, depois quase faz o mesmo de novo quando me dou conta de quem entrou no banheiro.

Estou de cara com ninguém menos que Jimmy Kaga-Ricci.

Jimmy Kaga-Ricci.

O coração e a alma do Ark, a banda que governou minha vida nos últimos cinco anos.

Ele está a poucos metros de mim.

Me encarando.

Não pode ser real.

Devo ter batido a cabeça.

Ou morri.

Minha cabeça não inventaria algo assim, inventaria?

Sei que costumo sonhar acordada e fantasiar, mas eu nunca imaginaria Jimmy assim. Seu moletom foi rasgado e lágrimas marcam suas bochechas. Sua mão está enfaixada — será que ele se feriu agora ou já estava machucado quando chegou?

Jimmy também está assustado. Nem parece ser ele sem o sorriso tênue que sempre estampa seu rosto nas fotos e nos vídeos. Sua testa está franzida, seus olhos estão arregalados e alertas, como os de um coelho assustado. Ele não parece estar conseguindo respirar direito — sua respiração está acelerada, de um jeito fora do comum — e seu corpo todo treme. Visivelmente.

E óbvio que ele também está muito, muito lindo.

Fico louca para abraçá-lo.

Mas Jimmy não sabe quem sou. Claro. Não tem ideia de quem sou. Sou só outro rosto sem expressão no mar de gente gritando seu nome.

Dou um passinho para a frente para dizer "Você está bem?", mas tudo o que sai é:

— Você está...

Antes que Jimmy recue até a parede e gagueje:

— *N-n-não chega perto de mim.*

JIMMY KAGA-RICCI

— *Não chega perto de mim* — eu digo, sem conseguir me segurar. Merda. Preciso ser educado. Tento encontrar dentro de mim o Jimmy que sorri, diz oi, como você está?, quer tirar uma foto?, mas não consigo. Ele se foi; morreu. Não consigo respirar direito. Por favor, Deus, por favor, me ajuda.

E se ela me machucar? E se tirar uma foto minha? E se tentar me matar? Ela não parece assustadora, mas ninguém nunca parece. Por outro lado, é alta, mais alta do que eu, então provavelmente conseguiria me matar com alguns socos. Ela está sorrindo. *Sorrindo*. É um sorriso de nervoso? Um sorriso compreensivo? Estou em pânico, então não sei dizer.

Minhas pernas cedem e vou ao chão. Ela não se move. Não se aproxima. Boa. Por favor. Olho para a porta. Lá fora está muito pior. Consigo ouvir os gritos. *Jimmy está aqui. Não entra, Jimmy está aqui.*

Volto a olhar para a menina. Ela não parece assustadora, mas eu estou assustado. Por favor, Deus, não deixa essa menina me machucar.

De repente, ela se agacha e já não está mais tão alta. Não quero mais olhar, por isso levo as mãos ao rosto e o escondo nos joelhos, ocupando o mínimo de espaço possível. Tento pensar em Rowan, que sempre me lembra de respirar quando estou tendo uma crise de pânico. Inspira. Expira. Não consigo. Não é a mesma coisa sem ele aqui. Não consigo fazer isso sozinho.

Alguém vai vir. Alguém vai vir me ajudar.

— Jimmy... você está bem? — ela pergunta. Tem uma voz alta, profunda. Ou talvez seja só meu cérebro inventando coisas.

Ela se aproxima mais um pouco. Fechando o cerco. Não consigo respirar. Ela vai me matar.

Não sei o que fazer.

Por instinto, levo a mão ao bolso de trás do jeans, pego a faca do meu avô, seguro firme e digo:

— *Por favor, não faz isso.*

ANGEL RAHIMI

— *Por favor, não faz isso* — ele diz, segurando alguma coisa, e preciso de um momento para me dar conta do que se trata.

É uma faca.

Não uma faca de manteiga ou mesmo de cozinha. É uma faca feita para matar gente. Uma adaga, para ser precisa. Tem até um cabo ornamentado.

Eu levanto mais rápido do que achava que era possível e recuo até ficar o mais longe possível de Jimmy Kaga-Ricci e sua adaga. Assim que faço isso, me dou conta do meu erro. Agora não tenho como chegar à porta. Ele está bem na frente dela.

Espera aí. Quê? Jimmy Kaga-Ricci não vai me *esfaquear*. Ou vai?

É o Jimmy. Um *raiozinho de sol*. O coração do Ark, direto do mundo dos sonhos, um pouco reservado, mas sempre sorrindo, sempre fofo. Ele passou por poucas e boas, claro, mas vive cercado pelo amor de seus dois melhores amigos e pelos fãs e toca sua música, sua paixão, para o mundo.

Esse é o Jimmy Kaga-Ricci. Não é?

Não esse de agora, quem quer que seja. Tremendo e chorando no chão à minha frente, empunhando uma adaga como se achasse que vou atacá-lo ou coisa do tipo.

Não pode ser ele. Não pode. Não pode. É um erro. Não é o cara que conheço. Está tudo errado. Não consigo entender.

Nosso encontro não deveria ser assim.

— O que está fazendo? — digo. Cara, minha voz está trêmula. Estou com medo. Por que estou com medo de Jimmy? Do meu Jimmy? Amo Jimmy. Amo Jimmy há anos.

Ele respira como se tivesse acabado de vir à tona depois de mergulhar. A mão que segura a adaga está instável. Jimmy se esconde atrás dos joelhos.

— Só... *fica longe* — ele me diz, com a voz assustadoramente baixa. Jimmy está com medo de mim.

De mim. De mim. A versão humana de uma lagarta.

— Posso... posso ir embora daqui — sugiro, apontando vagamente na direção da porta. O movimento repentino do meu braço, no entanto, o faz estremecer.

— *Não* — ele solta, levantando a cabeça. — Você vai... você vai trazer mais gente pra cá.

Seus olhos estão arregalados e assustados. A beleza que eu admirava nele se foi.

— Bom... eu... Pode me dizer como ajudar? — peço.

Será que ele está tendo algum tipo de... sei lá... surto? Talvez tenha uma condição de saúde que eu não saiba. Asma? Epilepsia? Não sei o bastante sobre nada disso para conseguir ajudar.

— Eu...

Jimmy engasga com seus soluços. Seu medo é contagioso, e já peguei.

Nunca vi ninguém tão assustado.

Ele baixa um pouco a adaga. Ouso olhar para ela um pouco mais de perto. Parece uma antiguidade de guerra ou algo do tipo, e a lâmina está desgastada e... cega? Será que isso conseguiria me cortar? Não parece ser mais afiada que uma faca de manteiga.

— O que quer que eu faça? — pergunto, não porque estou assustada, mas porque está claro que Jimmy precisa de ajuda.

Mas ele nem responde.

JIMMY KAGA-RICCI

— O que quer que eu faça? — ela pergunta, baixinho. Cara, estou sendo esquisito, assustador e me odeio muito por isso.

— D-desculpa — digo, erguendo a mão livre, tentando proteger meu rosto. Desculpa por estar assustado e ser esquisito e uma decepção enquanto ser humano. — Não vou… não vou, eu só…

As palavras não saem da minha boca e não consigo dizer o que quero. Que sei que nunca esfaquearia uma pessoa. Não consigo.

Mas isso faz com que eu sinta que estou de fato aqui. Segurar esse objeto na mão.

— P-por favor… — repito, mas ela não se move. Seu rosto passa do medo à confusão e depois à pena.

— O que está acontecendo com você? — a menina pergunta.

Preciso dizer que estou tendo uma crise de pânico, que isso é algo que acontece, mas tudo o que sai é:

— Me ajuda, por favor.

— Como posso te ajudar? — ela praticamente grita. — Me diz o que preciso fazer.

A gritaria piora as coisas, e não consigo dizer mais nada.

— Não estou entendendo — ela diz. — Cara, não estou entendendo.

Não posso deixar que ela saia. Vai trazer mais gente pra cá. Fãs. Não posso deixar que ninguém mais me veja assim.

Inspira. Expira.

ANGEL RAHIMI

Ele começa a tentar inspirar e expirar bem devagar, mas não consegue. Sua respiração falha e sai dos trilhos no meio da inspiração.

Espera. Acho que sei o que está rolando.

Acho que ele pode estar tendo uma crise de pânico.

Nunca tive uma. Nunca vi ninguém tendo uma. Nem sei muita coisa sobre esse tipo de crise além do fato de que é, bem, uma crise de pânico.

Jimmy continua segurando a adaga, mas deixou o braço cair no chão, como se fosse pesada demais para segurá-la. Ele não vai me esfaquear.

Volto a me agachar.

— Meu nome é Angel Rahimi — digo, muito devagar, me apresentando como Angel antes de perceber o que estou fazendo. Talvez seja quem sou agora.

Ele se concentra em mim, apertando os olhos.

— Como?

— Meu nome é Angel Rahimi — digo. — Sou fã do Ark. Vim para o meet-and-greet. Quero te ajudar.

— Angel? — ele diz. — Seu nome é Angel?

— Bom... — começo a dizer, mas por que tornar isso ainda mais estranho e confuso do que já é? — Isso, esse é o meu nome.

Jimmy não faz nada, só fica olhando.

— Não vou te machucar — digo.

— Quê?

— *Não vou te machucar.* Sou bem inofensiva. Não mato nem uma aranha.

Ele continua a me encarar.

Então diz:

— Tá.

— Você... você está tendo uma crise de pânico? — pergunto.

Talvez tenha usado drogas e esteja numa bad trip. Não tenho como saber.

Ele assente bem devagar.

— D-desculpa... — Jimmy gagueja, respirando curto.

Pelo que está se desculpando? Pela crise de pânico?

Quero dar um abraço nele. Quero envolvê-lo com meus braços e deixar que chore no meu ombro.

Pelo menos agora parecemos estar nos comunicando.

— Por que não tenta respirar fundo algumas vezes? — Faço uma demonstração de uma inspiração exagerada. — Inspira. — Solto o ar com um ruído alto. — Expira.

Para minha surpresa (por que não estava esperando que ele obedecesse), Jimmy tenta espelhar minha respiração, com os olhos arregalados e lacrimejantes focados em mim. Ele não consegue me acompanhar e respira três vezes enquanto eu respiro uma. Embora ainda esteja tremendo bastante, consigo sorrir para ele e dizer:

— Isso! Boa!

Como uma mãe torcendo pelo filho em uma competição esportiva.

Enquanto tenta respirar fundo, Jimmy alivia a mão que segura a adaga. Quando começa a respirar duas vezes para cada vez que eu respiro, ele consegue falar alguma coisa.

— Por que está me ajudando?

Jimmy parece mais ele mesmo quando pergunta isso do que em todo o resto de nosso encontro assustador. Conheço muito bem a voz dele. Eu a ouço todo dia, penso nela o tempo todo, às vezes *sonho* com ela. Às vezes sonho com ele, esplêndido como é, me estendendo a mão. Não me surpreenderia se fosse um sonho.

— Eu te amo — digo.

Sua expressão se desfaz. Jimmy olha para o chão.

— Você não me ama. Nem me conhece — ele fala. — Por acaso sabe o que é amar?

Não é a resposta que eu esperava. Por outro lado, não era minha intenção dizer "eu te amo" como uma confissão romântica ou algo patético assim. Não é uma confissão romântica. É muito mais profundo que isso.

Às vezes amor não parece o termo certo. O que sinto pelo Ark é o que me faz seguir em frente todo dia. É o que me tira da cama, mesmo quando a vida está uma merda e me sinto uma inútil. E a vida sempre está, e eu sempre me sinto assim. Pensando melhor, não é de admirar que Jimmy não consiga entender. Por que alguém que tem uma vida como a dele precisaria se agarrar a uma banda? A uma celebridade? Por que alguém que tem tudo, alguém que todo dia experimenta alegria e paixão, que viaja o mundo todo com seus melhores amigos, precisaria passar seu tempo pensando em qualquer outra coisa além de si mesmo?

Jimmy nunca vai saber como é.

Precisar, desesperadamente, pensar em qualquer outra coisa além de si mesmo.

— Você sabe? — pergunto a ele.

Mas Jimmy não tem tempo de responder. A fechadura é arrombada, a porta se abre com tudo e um guarda-costas enorme o pega do chão, como se ele fosse uma criança pequena fazendo birra, e o leva embora. Eu levanto e fico vendo Jimmy se afastar, enquanto outros guarda-costas tiram os fãs do caminho para levá-lo até o outro lado do salão.

Então começo a chorar.

JIMMY KAGA-RICCI

Não desmaio exatamente, mas paro de registrar o que acontece à minha volta. Não está realmente acontecendo comigo. Só está acontecendo com esse corpo que as pessoas chamam de Jimmy Kaga-Ricci. Não sou realmente o corpo que as pessoas chamam de Jimmy Kaga-Ricci. Nunca fui. As pessoas olham para Jimmy e não *me* veem. Veem Jimmy Kaga-Ricci. O músico sorridente e sonhador Jimmy Kaga-Ricci. Não o Jimmy de verdade.

Desculpa. Não estou fazendo sentido. Não adianta tentar explicar. É impossível explicar certas coisas.

Antes que eu perceba, estou de volta ao camarim, com todo mundo gritando. Cecily grita com o pessoal da O2, o pessoal da O2 grita de volta, o restante da equipe dela grita com os guarda-costas, Rowan grita comigo, com raiva, perguntando por que eu desapareci, onde estava, dizendo que é perigoso, e Lister grita com Rowan, mandando que se acalme, que pare de gritar, que não é culpa do Jimmy, ele está claramente abalado, deixa o cara em paz.

Me deixa em paz.

Rowan tem uma gaze de um lado da testa. Meio que dá para ver o sangue começando a aparecer, como ontem com o corte na minha mão.

— Está tudo bem? — pergunto, sem responder nada e apontando para a cabeça dele.

— Porra, estou bem, mas...

Rowan começa a repetir as perguntas, mas eu só vou até o sofá e me sento ao lado de Lister, que está virando uma garrafa de água.

Ele olha para mim.

— Você está bem? — pergunta.

Dou risada.

— O que aconteceu?

— Uma menina chamada Angel me ajudou.

— Uma menina chamada *Angel* te ajudou? — Lister ergue as sobrancelhas. — Nossa. Talvez eu devesse ser mais religioso.

— Vamos *fazer* o show — Rowan diz.

Todo mundo — eu, Lister, Bliss, Cecily, a equipe, o pessoal da O2 e os guarda-costas — fica em silêncio.

Então Cecily diz:

— Rowan, meu bem, acho mesmo que você deveria passar no hospital…

— É literalmente só um corte. Nem está doendo mais.

Sei que é mentira. Sua voz fica mais aguda quando ele mente.

— Não é seguro — Cecily diz, parecendo desesperada. — Foi uma falha de segurança séria. Quem sabe o que mais deixaram passar na revista?

É um excelente ponto, o que me deixa imediatamente paranoico.

Mas só parece aumentar a fúria de Rowan.

— Olha — ele diz, com os olhos arregalados —, os fãs tiraram *tudo* de mim. Minha privacidade. Minha namorada. A porra do mundo. Entende isso? Não posso nem *sair na rua*, caralho.

Cecily e a equipe só o encaram.

— A última coisa que me resta é esta banda — Rowan prossegue. — A música. Eles não vão ficar com isso também.

Cecily solta um suspiro pesado, depois se vira para o resto da equipe.

— Vamos fazer o show — ela diz.

— Quem é essa menina que te ajudou? — Lister pergunta.

Ainda estamos no sofá, e alguém faz a maquiagem dele enquanto conversamos.

— Angel — digo.

— Sim. *O anjo.*

— Ela não é um anjo de verdade.

— É, eu entendi isso.

Damos risada. É esquisito. Acho que faz um tempo que não rio de verdade.

— Era só uma fã que veio ao meet-and-greet. Tentou me ajudar a me acalmar, mas… fui todo esquisito com ela.

Não estou muito a fim de entrar em detalhes. Em como peguei a faca do meu avô (que Lister nem sabe que carrego comigo) e ela me ajudou a respirar em meio a uma crise de pânico.

Eu não deveria andar com a faca. Deveria deixá-la em casa. É idiotice. Sou um *idiota.*

Lister franze a testa.

— Ela não… pediu uma selfie nem nada?

— Não, ela não pediu nada. Parecia mesmo estar querendo ajudar.

— Nossa.

— Pois é.

Isso é raro. Fãs sempre querem algo de nós.

— Na verdade, bastante gente tentou me ajudar — admito.

— Como assim?

— Tipo, umas pessoas só queriam encostar em mim, mas um mon-te meio que tentava… me proteger.

Lister ri.

— Proteger você? Por quê?

— Sei lá. Tentavam afastar as pessoas que se aproximavam. Falavam coisas tipo: "Jimmy, não se preocupa, a gente vai te ajudar".

— Nossa.

— É. Já… aconteceu algo do tipo com você?

— Não. Em geral só querem uma selfie e pegar minha mão ou coisa assim.

— É, comigo também.

Ficamos em silêncio por um momento. Rowan está tendo uma discussão acalorada com Cecily em um canto do camarim. Ambos gesticulam bastante. Não sei do que estão falando.

— Acho que Rowan não vai acreditar se você disser isso pra ele — Lister comenta.

— Concordo.

A pessoa termina a maquiagem de Lister e vai embora, então voltamos a ficar a sós.

— Aliás — ele começa a dizer, mas precisa de um momento para continuar. Eu me viro para ele. Lister baixa os olhos, depois me encara. — Desculpa por mais cedo. Eu... não quero que pense... er... que espero algo de você...

Fico impressionado. Estava achando que íamos fingir que nada tinha acontecido.

— Está tudo bem.

— Não, espera, só me ouve — ele pede, virando o corpo todo para mim. — Não quero que nossa relação fique estranha.

— Não está estranha.

— Jimmy...

— Ninguém pode fazer mais nada que vá me surpreender — digo, e começo a rir. É engraçado porque é verdade. — Ninguém pode fazer *mais nada* que vá me surpreender.

Ele franze a testa.

— Co-como assim?

— Não estou mais aqui — digo, apontando para meu peito. — Isso tudo está acontecendo com outra pessoa.

— Você está... bem?

Volto a rir.

Alex está refazendo meu cabelo. Não está tentando puxar papo, o que acho ótimo. Estou com outro moletom preto — sem detalhes, sem nenhuma imagem ou texto.

Fico pensando na menina que me ajudou.

Angel.

Não lembro o sobrenome dela.

Mas o nome era Angel.

O que me faz pensar que foi mesmo enviada por Deus.

Isso é bobagem, claro.

Tipo, seria óbvio demais.

Será que ela vai contar pra todo mundo o que aconteceu? Provavelmente, se é uma fã. Já deve estar tudo no Twitter.

Quem se importa?

O que mais podem fazer comigo?

Pelo menos quando tudo isso acabar vou poder comprar uma casa no Lake District, longe de todo mundo, e ficar lá. Ninguém vai saber onde estou, ninguém vai falar comigo, ninguém vai me tocar. Posso ficar sentado à porta, tocando violão, sem ouvir nada além da minha música e dos pássaros. Talvez eu conheça um fazendeiro da minha idade, ou alguém que trabalha com preservação da natureza, e ele não vai fazer ideia de quem sou, porque não tem televisão e a internet não pega lá, e eu vou fazer serenatas para ele, escrever músicas só para ele, e vamos nos apaixonar e morar em uma casinha de pedra cercada por cervos, coelhos e pássaros, até envelhecermos.

— É melhor ir ver seu microfone, Jimmy. — Alex dá um tapinha no meu ombro e o aperta de leve. Percebo que já faz uns bons minutos que estou sentado nessa cadeira, perdido em pensamentos.

Eu levanto e digo:

— É.

— Vai ficar bem esta noite? Teve outra crise de pânico, não foi?

— Não importa — digo.

— Tem acontecido com frequência ultimamente.

— Eu sei.

— O que está rolando? Vocês parecem um pouco... — Alex faz um gesto. — Descompensados.

Só dou de ombros e digo:

— É.

ANGEL RAHIMI

O show ainda vai rolar. Ou, pelo menos, acho que vai. Não houve nenhum anúncio de cancelamento. Nada foi dito sobre o incidente no meet-and-greet. Mas todo mundo sabe, claro. Os fãs estão contando uns para os outros, entrou nos trending topics do Twitter. Fotos e vídeos da confusão estampam toda a internet. Uma foto de Rowan sujo de sangue, assustadíssimo, foi publicada inúmeras vezes. Vejo alguém sendo retirado da O2 de maca. Há boatos de costelas quebradas. Todo mundo está dizendo que viu Jimmy chorar.

Mas o show ainda vai rolar.

Eu me sinto doente, vazia.

Não estou mais animada.

Fico andando pela O2 por vários minutos antes de me dar conta de que deveria ligar para Juliet. Quando chego à entrada, sento no chão, pego o celular no bolso e faço isso.

Ela não atende no primeiro toque, mas atende no segundo.

— Alô?

— Oi, é a Angel — digo. — Tudo bem? Onde você está?

Há uma pausa.

— Tudo bem. Estou bem.

Ouço vozes ao fundo. Das pessoas em volta ou tem alguém falando com ela?

— Onde você está? — pergunto outra vez, porque não deve ter me ouvido.

Outra pausa.

— Acho que vou pra casa — Juliet diz.

Pra casa? Quê?

— Quê? Por quê?

— Eu... foi tudo um pouco... surreal... Não estou mais a fim. Só quero ir pra casa...

— Mas o show ainda vai acontecer! Não cancelaram!

— Eu sei, mas...

— Por que você quer ir pra casa?

— Porque sim.

Paramos de falar. Ela quer ir *pra casa*? Vai perder o Ark?

Faz um ano que esperamos por isso.

Vim ficar com ela por causa do show.

— Mac também vai — Juliet diz.

— Bom, nós duas sabemos que *Mac* não quer ver o Ark — solto, sem pensar.

Quem se importa com o que ele quer? Mac mentiu só para conhecer Juliet na vida real. Amigos de verdade não fazem isso. Ou namorados. Ou o que quer que ele seja dela. Não estou nem aí.

— É, eu sei. Eu entendi. Desculpa, tá?

De repente, me sinto meio mal.

— Não precisa pedir *desculpa*...

— Bom, você claramente acha que é culpa minha. Ficou encrencando com ele a semana toda. — Outra pausa. — E comigo.

— Quê?

— Desde que você me conheceu na vida real e eu não estava à altura das suas expectativas. Bom, desculpa se não quero falar sobre o Ark o tempo *todo*. Desculpa se eu queria que a gente se conhecesse como *pessoa*, e não só fãs do Ark.

— Achei que você fosse ficar animada em conhecer o Ark, mas acho que estava *enganada*.

— Tem coisas mais importantes que uma boyband na vida.

— Tipo o quê? — grito, e várias pessoas viram para me olhar.

— Hum, não sei, tipo amizades, relacionamentos, se conectar de verdade com pessoas reais?

— Se quer tanto isso, por que não vai se pegar com Mac? — digo, mas quero voltar atrás na mesma hora.

Por um momento, Juliet não diz nada.

— É isso que você acha que quero fazer? — ela pergunta.

Começo a gaguejar.

— N-não sei! Você me abandona pra ir pra outros bares com esse cara, passa a noite inteira com ele quando deveríamos ficar *juntas* no encontro, convida o cara sem me dizer! *E...* — Sinto as lágrimas virem. Merda. Não quero chorar. Não agora. Não hoje. — E ficou falando com sua avó esse tempo todo dele como alguém especial que conheceu na internet...

— *Você é a pessoa especial que conheci na internet.*

Não digo nada.

— Mas poderia ser qualquer outra pessoa, porque você não se importa com minha vida ou comigo — Juliet prossegue. — Não se importa com nada e com ninguém além do Ark.

Eu levanto.

— Como você pode passar a vida sem amar nada tanto quanto ama uma boyband? — Juliet pergunta.

Então desliga.

Perdi o ingresso do meet-and-greet, mas o ingresso do show continua na minha bolsa, ainda bem. Entro e nem paro onde estão vendendo os produtos oficiais. Mesmo que pudesse pagar por eles, não acho que ia querer comprar alguma coisa. Não estou no clima de pegar fila e falar com as pessoas.

Meu ingresso é para a pista, mas como passei oito horas numa fila, não estou muito na frente. Avanço o máximo que consigo (uma vantagem de estar sozinha). O espaço entre os corpos vai ficando cada vez menor. Na frente, apesar de ainda faltar uma hora e meia para o show de abertura, fãs mais jovens são jogados de um lado para o outro, movidos pelo fluxo da multidão. Acho que vai dar para enxergar a banda daqui, que é o que importa.

Eu achei que estaria pulando no lugar agora, sacudindo o ombro de Juliet, as duas rindo de empolgação. Só que não tem ninguém ao meu lado, e não sinto nada.

Tenho só doze por cento de bateria, o que significa que é melhor nem entrar no Twitter, porque não trouxe o carregador. Eu desligo o celular e o guardo na bolsa.

Está escuro aqui. Focos de luz se movimentam e uma hora me iluminam, mas logo passam, e sou jogada na escuridão outra vez. Tento não olhar para ninguém em volta. A última coisa que quero é que puxem assunto. Estão todos conversando e rindo. Esperaram um tempão por este dia. Igualzinho a mim.

Passo uma hora e meia de pé, até que o show de abertura começa, tentando me alimentar da empolgação das pessoas à minha volta. Quanto mais ouço, mais falso me parece.

Tento não pensar em nada, mas acabo pensando em tudo. Em Juliet, brava ao celular. Vou ter que voltar para casa amanhã. Jimmy surtando e chorando no chão, Rowan coberto de sangue. Os fãs os puxando, estendendo a mão para eles, se erguendo na multidão.

Tenho certeza de que quando o Ark chegar vou ficar feliz.

Sei que quando o Ark chegar vou ficar feliz.

JIMMY KAGA-RICCI

Tenho certeza de que quando começarmos a tocar vou ficar feliz. Sempre fico. Mesmo nervoso, não importa o que aconteça, sempre gosto de tocar nossas músicas.

Dos bastidores, assisto ao show de abertura. É um músico do YouTube. Ele também é trans. Eu que sugeri. Comecei a conversar com o cara no Twitter depois que ele me mandou uma mensagem pedindo conselhos sobre a mudança na voz. Recebo muitas mensagens de caras trans sobre lances assim. É uma das poucas coisas que me fazem gostar de ter perfis na internet.

Entro no Twitter enquanto esperamos e Rowan repassa o setlist com Lister pela quarta vez. Minhas notificações estão tomadas pelo que aconteceu mais cedo. A maior parte das pessoas diz que espera que eu esteja bem.

Odeio que todos tenham me visto daquele jeito.

Mas também é meio libertador.

Não quero ter que sorrir o tempo todo.

Eu me pergunto se Angel vai escrever sobre o que aconteceu.

— Tudo pronto, Jimmy? — Cecily pergunta. Ela está ao meu lado, de braços cruzados. De olho no meu celular.

— Tudo — digo, e guardo o aparelho no bolso de trás da calça.

Só então me dou conta.

A faca não está ali.

Sumiu.

Cecily nota a mudança na minha expressão na mesma hora.

— O que foi? O que você esqueceu?

— N-nada — me forço a dizer.

Não.

Não.

Deve ter caído no camarim.

Quando eu estava sentado ou...

Mas não foi isso que aconteceu, foi?

Eu não a peguei quando me tiraram do banheiro.

Preciso voltar para pegar.

Ainda deve estar lá.

Tenho que ir, agora.

Eles não podem começar sem mim.

Saio correndo.

Depois de um momento, todo mundo começa a gritar meu nome. Alguém começa a correr também, não sei quem, mas saio dos bastidores, pego o corredor, passo pelos camarins, pelas salas de conferência e tento abrir a porta, que graças a Deus está aberta, e não tem ninguém no salão cheio de garrafas quebradas, ingressos e cartazes no chão, e então eu abro a porta do banheiro acessível e me jogo no chão, mas não tem nada aqui, está vazio, não tem nada aqui.

Sumiu.

— *Jimmy* — Rowan diz, arfando e parando à porta. — Que *caralho* você está fazendo? Vamos entrar em, tipo, trinta segundos!

Eu me viro para ele e digo:

— Sumiu.

— O que sumiu? — Rowan olha em volta. — Espera, foi aqui... foi aqui que você entrou?

Não chora. Deus, por favor, não me deixa chorar. Não quero chorar de novo.

— Deve... deve estar com ela — digo. Sim, Angel deve ter pegado, ela era a única aqui. Deve ter levado de recordação. Do dia em que Jimmy Kaga-Ricci teve um colapso.

Rowan estende a mão.

— Jimmy, não temos tempo pra isso.

Pego a mão dele e levanto.

— Desculpa — digo.

— O que foi que você perdeu?

Tudo, quero responder.

ANGEL RAHIMI

Eles surgem no palco como se estivessem aqui para nos levar ao paraíso.

Tornam-se imediatamente tudo. O centro do mundo. Dissipam o ar e a luz, e os fãs acorrem, com os braços estendidos, implorando.

O Ark está aqui.

Jimmy e Rowan descem com um pulo da plataforma em que se encontram, deixando Lister ali sozinho. Ele senta no banquinho da bateria e ergue as duas baquetas no ar, apontando para o alto. Olho para cima, mas não tem nada lá. As luzes ficam brancas, depois laranja, iluminando o gelo seco que envolve o trio em uma névoa cintilante. Uma nota de baixo longa, baixa, eletrônica vibra por toda a arena.

Rowan anda para cima e para baixo na frente do palco. Jimmy pula e sorri, mas agora que vi sua outra versão esta não parece mais real. Rowan assente e olha para a multidão. Eles sabem que são os donos do mundo.

A nota de baixo se prolonga.

As penas pretas das asas de Jimmy estão costuradas no moletom. Rowan tem um curativo pequeno, mas visível, na testa, porém ainda assim está lindo, usando um vestido. Eu o amo, eu o amo. Lister levanta do banquinho e se mantém imóvel, só observando. Um foco ilumina seu cabelo. Formando um halo.

Os dois voltam à plataforma em que os instrumentos estão. Lister pega Jimmy pelas coxas e o segura sob a luz. Jimmy estende as asas. Os fãs ao meu redor choram, gritam, imploram.

Sinto o peso do que sei.

Como posso seguir em frente depois do que aconteceu hoje?

Qual é o Ark de verdade? Este ou aquele que vi no banheiro?

Quero acreditar neste, mas acho que pode ser mentira.

Tem uma tela de LED ao fundo. Uma imagem de Joana d'Arc empunhando uma espada que pisca como luzes estroboscópicas.

— *Londres* — Lister diz, com sua voz grave, que ecoa. Londres grita de volta para ele, sem a mesma magia.

O baixo continua, e então entra a voz que sempre começa os shows deles.

Não tenho medo, disse Noé

As luzes e os holofotes que vinham se movendo pela multidão de repente param de uma vez. Um deles está em cima de mim. Levanto a mão para proteger os olhos.

Eu nasci pra isso

Os integrantes do Ark assumiram suas posições e pegaram seus instrumentos. Estão todos imóveis, como um sonho na névoa laranja. Tento ver a expressão de Jimmy, mas ele é só uma mancha alada sob a luz.

Eu nasci pra sobreviver à tempestade
Eu nasci pra sobreviver à inundação

Tenho vontade de chorar outra vez.

Por que me sinto como se Jimmy tivesse morrido quando ele está bem aqui, na minha frente?

Acredite em mim
Disse Noé aos animais

Embora seja quase impossível ver os três agora, também é quase impossível não ver Rowan erguer a mão e dar um tapinha no ombro de Jimmy, que não se move. Os dois se amam. Pelo menos essa minha crença era real... não? Por favor, Deus, por favor, eu quero acreditar. Quero que seja real mais do que quero estar viva.

De alguma maneira, agora parece que a maior parte das minhas crenças eram fantasias.

E dois a dois eles entraram
Na arca.

Eu me viro e olho para a arena. Os celulares são pontos de luz na escuridão, como estrelas. Não consigo ver nenhum rosto.

Eles começam a tocar os acordes iniciais de "Joan of Arc". Não sinto nada. Me viro de novo para a frente e fico olhando para eles, esperando, torcendo para que algo de bom aconteça, para que algo faça com que eu me sinta bem outra vez, como sempre aconteceu, até hoje.

Mas não sinto nada.

JIMMY KAGA-RICCI

Achei que haveria algo de diferente, mas o show está normal, sou perfeitamente capaz de sorrir e é claro, é claro, que nada muda. Não esqueço as letras, os acordes, nada. Lister nem esquece a ordem das músicas. É assim mesmo, né? Tudo prossegue normalmente.

Estamos no meio de "Joan of Arc" quando eu a vejo.

Angel.

Estou na parte mais baixa do palco. O mais perto que posso chegar dos fãs. Os borrões se tornam rostos reais, de pessoas reais, alguns sorrindo, outros chorando, outros ainda cantando comigo. Por um segundo, esqueço tudo outra vez e sorrio com eles.

Então eu a vejo.

Um ponto de luz com o lenço brilhando.

Ela não está cantando. Não está cantando, não está chorando, não está nem mesmo sorrindo.

Quase paro de cantar. Quase.

Eu poderia ir atrás dela agora mesmo. Poderia pular para a plateia, pegá-la pelos braços e implorar que devolva minha faca, dizer que sinto muito, sinto muito que tenha visto quem de fato sou. Eu poderia chamá-la na frente de vinte mil pessoas.

Fico olhando para Angel. Ela fica olhando para mim. De repente, sinto que me compreende mais que qualquer outra pessoa que já conheci.

Agora ela sabe. Que os sorrisos, o romance, o sonho reluzente da boyband não passam de fantasia. Fantasia e mentiras.

Mas não posso fazer nada.

A mão no meu ombro me aterra. Rowan, tocando sua guitarra sem nem mesmo precisar pensar no que faz, se juntou a mim lá embaixo. Ele arregala os olhos para mim, o que quase não vejo, por causa das luzes refletidas nas lentes dos óculos, e me pergunta em silêncio: *Você está bem?*

Sorrio para ele.

Isso faz o público gritar.

Abro a boca para começar a cantar o refrão pela última vez.

SEXTA-FEIRA

é verdade que quis escapar; ainda quero;
isso não é válido para todos os prisioneiros?
Joana d'Arc

ANGEL RAHIMI

Acho que vou encontrar com Juliet quando acordar, o que não acontece. Ela dormiu no outro quarto ontem à noite. Não sei nem se Mac continua aqui.

Talvez ele tenha fugido, talvez tenha voltado para sua outra vida.

Não tenho pena dele.

Penso em Bliss e me pergunto onde ela está. Será que também voltou para sua outra vida? Será que está com Rowan? Será que atravessou o vazio dimensional e adentrou a terra das celebridades?

Sinto que estou flutuando no vazio — a terra de ninguém entre fãs e celebridades — e agora não sei como sair.

Olho o celular. São quase sete e meia. Perdi a oração da alvorada e não tenho vontade de levantar para fazer agora. É assim que sei que estou de mau humor. Mal me lembro de ter vindo para cá depois do show. Saí antes que o Ark voltasse para o bis. Não queria mais assistir. Só estava fazendo com que eu me sentisse entorpecida.

Como se visse uma apresentação de marionetes em que as mãos ficam claramente visíveis.

Sei lá.

Devo estar exagerando.

Talvez amanhã eu me sinta um pouco mais normal em relação a tudo isso.

Ou quando a semana terminar.

— Você não parece estar de bom humor hoje, Angel.

A avó de Juliet entra na cozinha, pronta para aproveitar o dia. Por que os idosos sempre parecem estar sempre no controle? Sempre acordando cedo, sempre fazendo o que precisam em casa e ligando para as pessoas, em geral parecem levar uma vida produtiva e positiva. Talvez depois dos setenta anos a gente pegue o jeito das coisas.

Estou sentada à mesa, com uma xícara de chá à minha frente e os olhos perdidos na porta da geladeira. Abro um sorriso fraco para ela.

— Ah, não. Desculpa.

Dorothy senta à minha frente.

— Como foi o show? Você se divertiu?

Não sei nem o que dizer.

Consigo forçar um "sim" agudo e torço para que seja convincente.

— Quando eu tinha sua idade, adorava os Beatles. Eles eram *tudo* nos anos sessenta. As meninas passavam horas na fila só pra ver os quatro, depois mandavam cartas de amor pelo correio, atiravam a calcinha no palco, gritavam que nem loucas nos shows. Chamavam isso de "beatlemania". — Dorothy apoia os braços na mesa. — Nunca vou esquecer o que o bom e velho John Lennon disse: "Somos mais populares que Jesus agora". Ele foi atacado por isso, claro. Mas estava certo. Era uma religião.

Fico ouvindo, em silêncio.

— É muito fácil ver por que aquilo aconteceu. Aqueles meninos não ameaçavam ninguém. Sua música era boa e divertida, claro, mas eles pareciam bonzinhos. Eram bonitos, mas não daquele jeito masculino e assustador que às vezes intimida as meninas. Eram cabeludos e magrelos, esse tipo de coisa. O que hoje é comum, mas naquela época não era. Eles ofereciam às meninas algo seguro para amar. Algo que nunca as ameaçaria. Nos anos sessenta, tudo era uma ameaça para as meninas.

Me pergunto se é por isso que amo o Ark. Porque eles são seguros.

Mas eles não são seguros, né?

Conseguiram me morder quando cheguei perto demais.

— Era uma verdadeira loucura, e ninguém sabia o que fazer a respeito. Nem mesmo os pobres Beatles. Sabia que eles pararam de fazer turnê em 1966? Simplesmente pararam, porque era demais. A fama, a imprensa, as meninas. Era tudo demais.

Dorothy suspira.

— Mas botavam a culpa só nas meninas. A imprensa, digo. Chamavam as meninas de histéricas e diziam que era porque o resto da vida delas era um fracasso, porque eram solteiras, não tinham filhos, não tinham emprego. A imprensa não conseguia esquecer os gritos. Minha nossa, aqueles homens não *suportavam* os gritos delas. — Dorothy ri. — O que é engraçado, na verdade. Eles ficavam tentando colocar as meninas pra baixo, dizendo que eram patéticas, mas na verdade elas tinham mais poder que todo mundo.

Não me sinto poderosa. Sinto que sou a pessoa mais triste e patética do mundo.

— Um dos motivos pelos quais eles pararam de fazer turnê — Dorothy prossegue — foi porque as meninas gritavam tanto que ninguém mais ouvia a banda tocar e cantar. Os gritos sufocavam tudo.

— Você fazia parte da beatlemania? — eu pergunto.

Dorothy ri e baixa os olhos.

— Bom, faz muito tempo.

JIMMY KAGA-RICCI

Eu provavelmente teria conseguido dormir bastante tempo — talvez até oito horas — se não tivesse ficado acordado até as quatro da manhã por causa da festa de fim de turnê enquanto precisava acordar às oito para gravar um programa de TV.

Não estou no apartamento. Estou sozinho em um quarto de hotel. Algum lugar perto da O2. Fico deitado um minuto, encarando o teto desconhecido, tentando recordar o pesadelo que eu estava tendo, então me ocorre que nele eu perdia a faca do meu avô, o que tinha acontecido na vida real, e concluo que deveria voltar a dormir para nunca mais acordar.

Meu celular vibra na mesa de cabeceira. É uma mensagem de Cecily, para me acordar.

Hoje vamos assinar o novo contrato.

Fico feliz por não estar no meu apartamento. Lá não é seguro. Qualquer um poderia entrar e tirar uma foto minha.

No entanto, aqui não é muito melhor.

Deus.

Não quero mais fazer esse tipo de coisa.

Por favor.

Só quero ficar na cama.

Quando nos hospedamos em hotéis, nunca tomamos o café da manhã deles. Às vezes alguém vai buscar alguma coisa para a gente, porque não podemos comer em lugares públicos. Às vezes isso só significa que não comemos.

Às nove horas, estamos todos no carro, indo para o estúdio de TV, que nem fica longe, mas o trânsito de Londres é sempre um pesadelo. Lister segura uma garrafa de água, que leva à testa de tempos em tempos. Rowan fica pescando de sono, com a bochecha encostada na janela. Está chovendo lá fora.

Sempre que penso na faca do meu avô tenho vontade de pegar a garrafa de vidro de Lister e tacá-la no chão. Em vez disso, enfio as unhas na palma das mãos, o que é uma péssima ideia, porque tenho um corte grande no meio de uma delas.

Quando Lister e Rowan começam a dormir, subo a divisória entre a parte de trás do carro e o motorista. Pego o celular e ligo para meu avô.

— Alô?

— Oi, vovô. É o Jimmy.

— Jim-Bob! Não achei que fosse me ligar hoje. O que está fazendo?

— Estamos no carro, a caminho de um lance na TV... Depois vamos assinar o novo contrato.

Ele dá risada.

— Ah, sim, o novo contrato. Está animado?

Adoraria estar.

— Estou — digo.

— Seu aniversário foi bom? — meu avô pergunta. — Fez algo de especial? Vamos ter que comemorar da próxima vez que vier me visitar!

— É... — Ah, é. Foi meu aniversário ontem. — É, eles... Lister e Rowan compraram um bolo e... todo mundo cantou parabéns.

Quando vou visitar meu avô? Vai saber quando terei um dia de folga. E se ele morrer antes? E se eu já o tiver visto pela última vez?

— Que bom. Eu sabia que podia contar com os meninos para comemorar com você, mesmo estando tão ocupados — meu avô diz. — Seu presente já está embrulhado na mesa da cozinha, só esperando você vir para abrir.

Se eu não estivesse em um carro, iria correndo para lá agora mesmo.

— Mal posso esperar — sussurro.

— De resto tudo bem? Não está se sentindo para baixo como na terça-feira?

— Vô, eu...

Começo a falar com a intenção de contar sobre a faca. Mas não consigo. Não consigo admitir para ele. Admitir a porra de neto inútil, péssimo e patético que sou. Perdi a única coisa de valor que meu avô já me deu, a única coisa que eu deveria guardar a vida toda, como ele próprio guardou. Era especial. Importante. E eu perdi.

— Estou bem — digo, tentando impedir que minha voz falhe. — Mas agora tenho que ir.

— Ah, você deve estar ocupado! Não se preocupe, filho. Ligue no fim de semana, está bem?

— Eu ligo. Te amo.

— Também te amo. Tchau!

— Tchau.

Desligo e enxugo as bochechas com a manga.

ANGEL RAHIMI

Eu me visto, junto minhas coisas e vou embora sem me despedir.

Tá, deixo um bilhete para Dorothy, agradecendo, mas não digo nada a Juliet.

Não é como se morássemos perto. Não é como se ela fosse voltar a conversar comigo pela internet. Não tem sentido ficar mais e deixar tudo desconfortável.

Não sou muito fã de encarar esse tipo de coisa com a cabeça erguida.

Prefiro mil vezes ignorar e me concentrar em outro assunto.

Amigos vêm e vão. Certo? Já passei por isso muitas vezes. É bom por um tempo, mas uma hora as pessoas seguem em frente. O conceito de "amigos para sempre" é só isso, um conceito imaginário. Nenhuma amizade dura para sempre.

Ou pelo menos não no meu caso.

Não importa.

Está tudo bem.

Ainda tenho o Ark.

Quando chegar em casa posso ver os vídeos que as pessoas fizeram do show.

É.

Boa.

Estou animada.

Feliz.

Tenho algo pelo que esperar.

Ao entrar no metrô, boto Ark pra tocar no iPod. Ouço Jimmy pertinho de mim, cantando no meu ouvido. Mas as letras parecem diferentes agora. Como um pedido de ajuda.

— Alô?

— Oi, pai, sou eu.

— Fereshteh! Ah, que bom, estava esperando você ligar mesmo. Sua mãe achou que você ia mandar uma mensagem ontem à noite, e como isso não aconteceu ela mal dormiu e acordou *muito* rabugenta...

— Estou voltando.

Silêncio.

— Voltando? É mesmo? Achei que fosse ficar até domingo.

— É... mas não vou.

— Fereshteh... Aconteceu alguma coisa, filha?

Suspiro.

— Er... é, meio que aconteceu.

— Ah, não. O quê...

— Está tudo bem, pai. Não foi nada de mais. Só quero voltar.

— Claro, claro. Estou trabalhando de casa hoje, então posso te buscar na estação.

— Ainda não sei que trem vou pegar. Ligo pra avisar.

— Está bem. Tem certeza de que não quer falar a respeito?

A maneira como ele diz isso faz meus olhos lacrimejarem um pouco.

— Agora não — digo.

— Você aproveitou o show, pelo menos?

Nossa, não. Não aproveitei. Parece que foi tudo um grande desperdício.

— Sim — digo.

— Você... — Ele faz uma pausa. — Quer falar com sua mãe?

Minha mãe. Será que ela ainda está brava? Será que vai ficar satisfeita quando descobrir que a semana foi péssima? *Eu sabia que não ia acabar bem*, ela vai dizer. *Isso vai te ensinar a não se importar tanto com uma banda.*

— Ela quer falar comigo? — pergunto.

Meu pai suspira.

— Claro que sim.

— Bom, falo com ela quando chegar em casa.

Meu pai suspira outra vez.

— Está bem.

O trem só sai em meia hora, então tenho algum tempo para matar. Compro um chá no Starbucks e sento em um banco com vista para a estação. Ark ainda está tocando nos fones de ouvido. O terceiro álbum deles, *Joan of Arc*. Não é meu preferido, mas talvez eu só não o tenha ouvido o bastante.

Estou na metade do chá quando vejo alguém familiar na multidão. Aperto os olhos para a figura do outro lado da vitrine. Cabelo armado, jeans skinny, camisa. Ele está vindo na direção do Starbucks, então para e me encara, com os olhos arregalados.

Ah.

Mac.

Nossa.

Não consigo lidar com isso agora.

Fingindo que não o vi, saio do Starbucks e vou para o outro lado, passando por vários cafés e lojinhas. Dou uma olhada para trás — ah, não, ele me viu. Ando um pouco mais rápido, entro em uma whsmith e vou direto para os fundos. Estou fingindo examinar os doces (que seria algo que eu faria mesmo) quando ouço:

— Angel!

Eu me viro. Mac está entrando na loja, acenando para mim. Retribuo o aceno com cautela, e ele começa a vir na minha direção, desviando dos clientes ao percorrer os corredores.

— Oi — digo.

— Oi.

Mac parece um pouco sem fôlego, como se tivesse andado bem rápido.

Um silêncio desconfortável se segue.

— Por que está aqui? — pergunto.

— Bom... Queria te encontrar antes que fosse embora, na verdade — ele diz.

— Juliet te mandou aqui?

— Não.

Ah. Que esquisito.

Ele percebe minha confusão e abre um sorriso tímido.

— Bom, quando acordamos e descobrimos pelo seu bilhete que você tinha ido embora, Juliet ficou bem chateada, então eu quis...

— Você quis vir me encontrar e me levar de volta pra ver se fazemos as pazes — completo.

Mac ri.

— É tão ruim assim querer fazer algo de bom pra alguém de quem você gosta?

Dou de ombros.

Juliet ficou chateada? Mesmo depois da briga?

Achei que fosse o fim da nossa amizade.

Merda. Será que estraguei tudo?

— É tipo aquela cena de filme em que alguém precisa correr para o aeroporto para impedir a pessoa por quem se está apaixonado de ir embora — comento.

Mac sorri.

— Só que não estou apaixonado por você.

— Nossa, jura?

Ele ri e baixa os olhos. Algumas pessoas passam por nós.

— Vamos... vamos encontrar um banco ou algo do tipo — digo.

Saímos da loja e caminhamos em silêncio até uns bancos, onde nos sentamos um ao lado do outro. Fico olhando para o painel de partidas, muito consciente da multidão de viajantes à nossa volta que vai dos cafés para as escadas rolantes e plataformas. Tudo está em movimento. Nada fica parado por mais de um segundo.

— Por quê, hein? — pergunto.

— O quê?

— Por que mentiu?

Mac desvia o rosto.

— Queria não ter mentido — ele diz.

— Mas mentiu.

— Eu sei.

— Foi só pra conquistar a menina por quem você tem uma quedinha ou...?

— A menina por quem eu tenho uma *quedinha*? — Ele ri. — Não tenho doze anos.

Ergo uma sobrancelha.

— Então tá.

— Desculpa, é que não ouço ninguém falar assim desde, sei lá, o sétimo ano.

— Tá. A menina por quem você está *completamente apaixonado*. Melhor assim?

Mac solta uma risada estranha.

— São as duas únicas opções?

Ah, cara, ele já está começando a me irritar.

— Por que não explica seus sentimentos, então? — sugiro, recostando no banco e cruzando os braços. — Cara, relaxa aí. Vamos deixar um ao outro bem desconfortáveis.

Mac reflete por um momento.

— Bom, tá. Eu gosto dela.

— Você gosta ou *gosta*?

— Afe, você parece a minha mãe. Eu estava interessado nela, beleza?

— Tá, tá. Só queria deixar claro.

— A gente vinha se falando bastante pelo Tumblr. E claro que dava para ver que o maior interesse dela era o Ark. Então eu... meio que... *sugeri* que gostava também, o que não era uma mentira *completa*, porque eu gostei de algumas músicas que ouvi no rádio! Mas... a mentira meio que não parou ali. Foi aumentando e aumentando, até que eu me vi pagando cem libras pelo ingresso do show e vindo para Londres só para ver Juliet.

— E achou que valeu a pena? — pergunto.

— Olha, eu adoraria ter gastado essa grana em outra coisa. — Mac ri.

O ingresso dele poderia ter ficado com alguém que merecesse ir ao show.

— Achei que a gente estava se dando muito bem na vida real — ele continua —, isso até sairmos depois do encontro de fãs na terça.

— Aconteceu alguma coisa?

— Não. Nada específico. — Ele esfrega a testa, depois olha para mim. — Só ficou muito claro que Juliet preferiria estar passando o tempo dela com *você*.

Pisco.

— É mesmo?

— Bom, em primeiro lugar, ela fala sobre você o tempo *todo*. — Mac cruza os braços. — A gente começava a falar sobre alguma coisa e ela sempre dava um jeito de te mencionar. Você era, tipo... uma presença constante nas nossas conversas.

Não digo nada.

— Fora que Juliet começou a perceber que eu não gostava tanto do Ark quanto ela — ele segue. — E não é como se ela quisesse falar da banda o tempo todo, como *você*, mas quando falávamos sobre isso... ela notava que eu não estava muito interessado.

— Que bom — digo. Que bom mesmo. Fico feliz que Juliet conseguia notar. Que ela não seja tonta.

Mac olha para mim.

— Sinceramente, achei que fosse só... uma banda que ela gostava.

Só uma banda que ela gostava.

Imagine só se o Ark fosse só uma banda que a gente gostava.

— Às vezes a gente tem que mentir. — Mac passa a mão pelo cabelo. — Você nunca sentiu que ninguém conhece seu *verdadeiro eu*?

Quando não respondo, ele solta uma risada fungada e desvia o rosto.

— É assim que me sinto — Mac diz. — Em casa, no mundo real. Eu... não sou eu mesmo. Só digo e faço coisas para que as pessoas gostem de mim. Nem mesmo meus amigos mais próximos sabem alguma coisa de importante a meu respeito. — Ele balança a cabeça. — Não sei por que não consigo ser eu mesmo com os outros... quem quer que eu *seja*.

Fico olhando para ele.

— Então comecei a falar com Juliet na internet. — Seus olhos parecem vidrados. — E ela gostava de falar comigo. Ficava animada de falar comigo. E eu podia ser *eu mesmo*. Podia falar com ela sobre todo tipo de assunto, tínhamos coisas em *comum*. Eu só pensei... que se pudesse me aproximar dela, se a gente pudesse se conhecer na vida real... talvez eu chegasse a ter alguém na minha vida que me conhece e gosta de quem *realmente sou*.

Ele solta o ar com força e desvia o rosto outra vez.

— Mas cometi um erro — Mac diz. — Entendi isso. A mentira. Deixei passar uma mentirinha, essa coisinha a respeito da qual precisei mentir para que ela gostasse de verdade de mim. Como sempre fiz com todo mundo que conheço. Minto pra fazer com que gostem de mim. Mas eu entendo. Não dá pra fazer amigos ou... ou ter um relacionamento com base em mentiras. E no fim a coisa toda era uma mentira. Nosso relacionamento. Era uma ideia que eu tinha. Algo que eu meio que... fabriquei. Para me sentir um pouco melhor comigo mesmo. Para ter algo em que... acreditar.

Abro a boca para fazer algum comentário sarcástico, mas volto a fechá-la.

— Mas não importa — ele diz. — Não vou começar a implorar perdão ou coisa do tipo.

Eu me debruço para a frente e levo a cabeça às mãos.

Merda.

Por que nada nunca é simples?

Depois de um momento, Mac diz:

— Er, você está bem?

Eu levanto.

— Eu entendo.

— O quê?

— Entendo por que você mentiu. — Abro um sorriso fraco. — Também faço esse tipo de coisa. Em casa, com meus amigos da escola. Digo coisas só pra gostarem de mim e... fico em silêncio sobre aquilo com que realmente me importo. Porque sinto que ninguém liga pra quem "realmente sou". Mas com Juliet eu me sentia um pouco mais eu mesma.

— Ah.

— Somos os dois meio cagados, né?

Mac dá risada.

— Ou pelo menos Juliet é a melhor de todos nós.

— É.

— Bom, vim aqui dizer pra você voltar — ele explica.

— Não posso. Já fodi com a nossa amizade.

— *Não.* — Ele bate a mão no joelho, fazendo barulho. — Não. Juliet precisa de uma amiga como você.

— Uma amiga que não para de falar sobre uma boyband?

— *Não,* uma amiga com quem ela se dá bem de verdade e com quem se diverte. — Mac balança a cabeça. — Tipo, considerando a situação familiar dela, Juliet precisa muito mesmo de você. Agora mais do que nunca.

Espera aí. Do que ele está falando?

Situação familiar? Agora mais do que nunca?

— Quê? — digo. — O que isso quer dizer?

— Você sabe. Com os pais dela.

Eu me endireito, sentindo um vago pânico surgir no estômago.

— Do que você está falando?

Mac franze a testa.

— Você está brincando?

— *Não, não estou brincando, Cormac, caralho!* — digo, quase gritando agora. — Por favor, me explica que porra é essa.

Então ele diz algo que me tira o chão.

— Os pais de Juliet a botaram pra fora de casa. Faz anos que ela tem um relacionamento péssimo com eles, mas essa história de se recusar a estudar direito foi, tipo, a gota d'água. Você sabe que os pais dela são advogados importantes, né? E os irmãos mais velhos? Os pais simplesmente a expulsaram, disseram pra se virar sozinha. Ela está morando com a avó em definitivo. — Mac balança a cabeça. — Isso mexeu com ela. Você não sabia mesmo?

Não.

Eu não sabia.

— Juliet está, tipo, sozinha no mundo.

Trechos de conversas passam pela minha cabeça. Eu reclamando da minha mãe no metrô. A cara de Juliet quando desliguei o celular depois de falar com meu pai. Ela tentando me dizer alguma coisa, várias vezes, e eu mudando de assunto, voltando ao Ark; sempre, sempre falando do Ark em vez de algo importante de verdade.

— Por quê... por que eu não sabia disso? — pergunto, com a voz rouca.

— Talvez nunca tenha perguntado — Mac sugere, mas já estou levantando, abrindo a mochila e a revirando em busca do celular, porque preciso ligar para Juliet. Preciso ligar para Juliet e dizer a ela que não precisamos mais falar sobre o Ark, que podemos falar sobre isso, que ela pode me contar tudo, que eu sinto muito e...

Mas minha mão se fecha em outra coisa.

A faca de Jimmy.

JIMMY KAGA-RICCI

— Você pode recuar um pouco, Jimmy, por favor? Isso. Só mais um pouquinho. Aí. Preciso garantir que você continue aparecendo nas imagens aéreas.

Estúdios são sempre muito, muito menores do que parecem na TV. E superquentes, por causa das luzes.

Passamos nossas músicas algumas vezes enquanto a equipe de som ajustava microfones, instrumentos, aparelhos e outras coisas cujo nome não sei. Vamos tocar "Joan of Arc", claro, e um cover de "All The Things She Said", da dupla t.A.T.u, uma das nossas músicas preferidas, mas na primeira passagem de som esqueci a letra da segunda estrofe, e na segunda errei toda a sequência de acordes de "Joan of Arc". Quando terminamos, Rowan pergunta "Tudo bem?" sem produzir som. Não costumo me atrapalhar com as músicas.

Só vamos gravar às onze, então temos um intervalo curto depois da passagem de som, quando conhecemos o apresentador. Chegamos ao camarim e Lister vai imediatamente ver que bebidas providenciaram para a gente. Assim que vê que não tem nada alcoólico, ele senta em uma cadeira e não se move mais.

Rowan e eu ficamos em silêncio, mas pela expressão dele acho que sabe o mesmo que eu. Que Lister provavelmente é alcoólatra.

Vamos ter que lidar com isso em algum momento.

Quando tivermos tempo.

Meia hora depois, somos chamados de volta ao estúdio. Aparentemente, teve algum problema com os microfones durante a passagem de som e vamos precisar repetir tudo.

Tocamos "All The Things She Said" uma vez, depois esperamos enquanto os técnicos mexiam em botões e fios. Olho para Rowan. Ele está viajando, olhando para o nada. Segurando a guitarra como um soldado com a arma contra o peito.

Ele parece estar ainda pior do que estava ao longo da semana.

Às vezes, olho para ele e não consigo me lembrar de como era antes. Nos conhecemos no começo do ensino fundamental. A classe foi dividida em duplas para que cada um aprendesse cinco fatos sobre o outro. Tudo o que me lembro é de que a banda preferida de Rowan era Duran Duran. Tudo de que ele se lembra é que eu nunca tinha quebrado um osso.

Rowan usava óculos sem aro e mantinha o cabelo enrolado curto. A blusa era grande demais para ele. Nos tornamos melhores amigos assim que ficamos sabendo que o outro queria tocar em uma banda.

O cara ao meu lado agora não parece em nada com aquele menino. Seus olhos não brilham quando me conta todo animado sobre a guitarra que ganhou de aniversário. Ele não me arrasta para me mostrar que sabe tocar o baixo de uma música do Vaccines. Não ri. Não se maravilha.

Mas conseguimos o que queríamos. Não?

Queríamos ter uma banda.

— Cadê a Bliss? — Rowan pergunta depois de alguns minutos de silêncio. Sabe que nenhum de nós sabe, mas pergunta mesmo assim.

Lister começa a produzir uma batida de jazz tranquila na bateria.

— Rowan — ele diz, o que é estranho, porque sempre o chama de "Ro". — Você quer mesmo ficar com a Bliss?

Rowan olha para ele na mesma hora, imediatamente agitado.

— Do que você tá falando?

— Vocês dois só brigam. O tempo todo.

Rowan congela. Depois volta a se virar.

Começo a apertar os botões do Launchpad no ritmo da batida de

Lister. Não está ligado, por isso não produz nenhum som além dos cliques ritmados.

— Eu amo a Bliss — Rowan diz.

— E? — Lister insiste.

— Eu só... queria que houvesse um jeito de ficarmos juntos que nem pessoas normais — Rowan comenta. — Sem... vocês sabem. Tudo isso. — Ele aponta para o estúdio em volta. — E o novo contrato.

— Você sabe que temos um pouco de margem no novo contrato. Podemos negociar... — Lister começa a falar, mas Rowan o interrompe.

— Eu sei, mas *quero* o novo contrato. Vai levar nossa música pro mundo todo. Só que a Bliss... nosso relacionamento... é o preço da fama.

Lister dá risada e abaixa a cabeça.

— Tão dramático...

Rowan começa a tirar algumas notas no ritmo do meu Launchpad e da bateria.

— Um dia, vamos poder fazer o que quisermos — Rowan afirma.

— E quando vai ser isso? — pergunto.

— Um dia.

Lister começa a cantar baixinho:

— *E quando ele morrer e for para o céu...*

Não conheço essa letra, mas a melodia casa perfeitamente com os acordes que Rowan está inventando na hora.

— *... são Pedro vai ouvir: Mais um soldado se apresentando, senhor. O serviço no inferno eu já cumpri.*

— Podemos tocar "Joan of Arc" de novo, pessoal? — alguém do som grita.

Paramos de brincar e eu ligo o Launchpad.

— É hora de assinar o contrato — diz Cecily, botando várias cópias em cima da mesa no meio do camarim. — Quem precisa de caneta?

— Espera aí, achei que a gente fosse assinar depois da gravação — Rowan comenta, confuso.

— Não, meu bem. A Fort Records cancelou a reunião de hoje e quer que enviemos os contratos o quanto antes. Então é melhor já tirarmos isso do caminho.

Pego uma cópia que estava sobre a mesa e o folheio. Parece tão absurdo e extremo quanto da última vez. As piores partes ficam chamando minha atenção, que envolvem turnês mais longas e mais publicidade. Tudo *mais*. A coisa cresceu tanto que nem temos mais como controlar.

É como se o Ark nem fosse mais nosso. Como se fosse apenas uma marca. Algo irreal.

Olho para Rowan, que já está com a caneta na mão e assina sua cópia sobre a linha pontilhada. Sem expressão.

— Jimmy?

Eu me viro e deparo com Cecily me oferecendo uma caneta. Olho para o objeto.

— Tudo certo, meu bem? — ela pergunta, olhando nos meus olhos. Não consigo me lembrar da última vez em que olhei nos olhos dela. Cecily pode ser a mãe da banda, mas às vezes sinto que mal a conheço.

— Er...

A caneta. Preciso pegar a caneta, assinar e entregar minha vida.

— O que foi? — ela pergunta.

Olho para Rowan. Ele se livrou do contrato, voltou a recostar na cadeira e fechou os olhos.

— Er...

Lister folheia sua cópia, franzindo a testa e balançando a cabeça enquanto bate a caneta na testa.

Mais. Tudo mais. Tanto que não consigo mais cumprir. Tanto que nem é mais nosso. E o que vamos ganhar em troca? Mentiras. Mais mentiras. Mais sorrisos falsos, entrevistas forçadas, fãs que vão engolir as mentiras, tirar fotos nossas, nos perseguir, nos odiar e...

— Preciso ir ao banheiro — digo.

Cecily guarda a caneta. De repente, parece preocupada. Não me lembro de tê-la visto com essa expressão antes.

— Tá. Não demora muito.

Jogo água fria no rosto antes de me dar conta de que minha maquiagem já estava feita. Opa.

Acho que estou perdendo o controle.

Cedendo à pressão.

É por isso que celebridades acabam viciadas? Porque tudo acaba parecendo um pouco demais?

Às vezes eu penso em usar drogas. Às vezes acho que pode ajudar.

Quando vejo Lister fumar e beber, sei que é ruim, mas compreendo por que ele faz isso. Para não ter que pensar.

Odeio pensar.

A porta do banheiro se abre e Lister entra. Ele parece um pouco surpreso ao deparar comigo parado ali, com o rosto molhado, mas sorri e diz:

— Então a moda agora é a gente se encontrar no banheiro, é?

Dou risada.

— Parece que sim.

— Juro que não vou te atacar dessa vez.

— Você não me atacou. Só entendeu errado. Parou assim que eu disse não.

— Tá, mas também não cheguei a pedir permissão, né?

Ele solta uma risada triste. Será que ainda está chateado com o que aconteceu ontem? Mal pensei a respeito.

Lister vai até um mictório, baixa o zíper do jeans e começa a fazer xixi.

— Fico surpreso que não esteja bravo comigo por conta daquilo — ele fala, enquanto mija.

— Não estou bravo — digo. — Sei que foi um erro.

Depois de um momento, ele faz:

— Hum.

Lister sobe o zíper e vai lavar as mãos, olhando para mim de soslaio. Está todo arrumado para a gravação — seu cabelo está liso e com spray, ele usa uma jaqueta jeans cara e de perto dá para ver que tem pó no rosto. Mas eu o conheço bem. Ele está cansado. Dá para notar suas olheiras, apesar da maquiagem. E seus olhos estão um pouco vermelhos.

Ele fecha a torneira e vira para mim.

— Qual é o problema? — pergunta. Ele sabe.

— O contrato — digo. — É... Não estou gostando.

Lister assente.

— É, tem umas partes bem estranhas.

— Será que a gente... Será que a gente precisa mesmo... assinar? — ouso perguntar.

Lister ergue as sobrancelhas.

— Hum... Acho que nunca pensei nisso.

— Deixa pra lá — digo, me virando para sair. — Deixa pra lá.

— Não, espera. — Ele me segura pelo braço. — Você está bem? Digo... — Lister balança um pouco a cabeça. — Você parece... meio... — Ele faz um gesto estranho acima da cabeça. — Distraído.

— Estou bem — digo na mesma hora.

— Você ainda... está pensando na sua foto com Rowan?

— Está tudo bem.

— Mas então... o que estava fazendo aqui?

— Aqui... no banheiro?

— É.

— Só estava... mijando.

Ele assente e recua um pouco.

— Desculpa. Eu estou só... sendo estranho.

Então ele amassa uma toalha de papel e a joga em mim. Eu me esquivo, rindo.

— Seu rosto está molhado — Lister comenta, então se aproxima e começa a secá-lo com outra toalha de papel. — Você não estava chorando, né?

— Eu só... vim jogar uma água no rosto.

— Por quê?

— Porque... eu estava... não sei. — Começo a rir. — Não sei.

Lister termina de secar meu rosto, joga a toalha de papel no lixo e, antes que eu perceba o que está acontecendo, me envolve em um abraço caloroso. Aperta meus ombros com seus braços e pressiona a têmpora contra minha testa.

— Você sabe que eu te amo, né? — ele diz, e agora sua voz soa diferente, baixa, bem próxima da minha orelha. — Sei que você e Rowan sempre foram uma dupla, mas... também te amo... tá?

— T-tá...

— Não me odeia, por favor.

Passo as mãos nas costas dele.

— Por que eu odiaria...

Mas Lister se afasta antes que eu possa concluir. Tem um sorriso no rosto, que não consigo ler. Não consigo lê-lo nem um pouco.

Ele pode ser complicado, mas é gente fina. Como alguém tão bom como Lister pode gostar de alguém tão ruim como eu?

— Do que estamos falando mesmo? — ele pergunta, com uma risada, então se apoia na beirada da pia. Do que *estamos* falando? Será que ele está bêbado outra vez? Mas não tinha bebida alcoólica no camarim.

Apoio as costas na parede, perto do secador de mãos. Tem uma janela grande do outro lado, entreaberta. Está chovendo outra vez, mas também faz sol. Talvez tenha um arco-íris lá fora, mas tem gelo no vidro, então não dá para ver o céu.

— Você às vezes se pergunta o que aconteceria se a gente simplesmente... sumisse? — Lister pergunta de repente. Olho para ele, que também está olhando para a janela.

— Como assim, "sumisse"? — pergunto.

Lister aponta para a janela.

— Tipo, e se a gente saísse por aquela janela agora mesmo? Pegasse um táxi até a estação de trem e desaparecesse?

Todo mundo piraria. A polícia provavelmente iria atrás de nós.

E acabaríamos sendo identificados. Por transeuntes, caixas, motoristas de táxi, guardas da estação. Todo mundo sabe quem somos.

Celebridades não têm como desaparecer.

— Penso nisso o tempo todo — digo.

Cara, eu quero tentar.

— Sério?

— É.

Só quero ir.

— Eu devia tentar — digo, pensando em concluir a frase com "um dia", mas sem fazer isso.

Lister dá risada. Acha que estou brincando.

— Cecily ia te caçar e te matar.

— Acha que essa janela abre o suficiente?

Vou até ela. Tem duas molduras, uma acima da outra, e acho que tirando os ferrolhos a parte de baixo sobe. Faço isso, e a chuva começa a entrar no banheiro, tamborilando no ladrilho do piso.

Lister fica em silêncio. Olho para ele.

— Bom... definitivamente daria pra passar — ele comenta, cauteloso.

Eu poderia ir atrás do meu avô. Poderia comemorar meu aniversário com ele, e ele faria um chocolate quente para mim. Poderíamos jogar *Scrabble*.

— Talvez eu vá — digo.

Lister solta outra risada, agora mais curta, menor.

— Nem brinca.

Enfio a cabeça para fora. Estamos no térreo. A janela dá para a calçada e, um pouco adiante, há um estacionamento grande, com poucos carros. Não vejo ninguém.

— Jimmy...

Volto para dentro.

Lister se afastou da pia. Parece preocupado.

— Você... você se molhou todo de novo!

— Tudo bem — digo.

Então passo uma perna pela janela e piso do outro lado. Passo o tronco e saio para a chuva. Por fim, passo a outra perna.

Até que estou todo do lado de fora.

Lister caminha até a janela.

Está sorrindo, mas assustado também. Eu o conheço. Consigo ver.

— Jimmy, não... Tash não vai gostar que você molhe o moletom...

Dou um passo, me afastando dele, me afastando da janela.

— Acho que eu vou mesmo — digo.

O sorriso dele se desfaz.

— Jimmy... você está brincando?

Recuo mais um pouco, descendo pela calçada. Meu coração bate acelerado. A sensação é boa pra caralho.

— Não — digo.

Lister põe as mãos na moldura da janela e enfia a cabeça para fora.

— Jimmy, não! Eu só estava brincando! Agora estou falando sério! Não tem mais graça...

Eu poderia ir atrás de Angel. Recuperar a faca do meu avô.

— E quanto ao contrato?! E quanto à gravação?! — Ele precisa gritar para que eu o ouça agora. — Precisamos voltar!

Eu me viro e olho para o estacionamento quase vazio. O único som que se ouve é o da chuva.

— Aonde você vai?! — Lister grita para mim.

Ah, meu Deus, posso ir a qualquer lugar.

ANGEL RAHIMI

Em situações assim, algo estranho me vem à cabeça:

O que Jimmy faria?

É claro que rezo e tal, tipo, para Deus mesmo, mas muitas vezes pensar em Jimmy é mais útil, porque posso visualizar a personalidade dele e imaginar exatamente como lidaria com a situação em questão. É sempre bom pedir ajuda a Alá e em geral faz com que eu me sinta bem, mas não costuma ser muito útil para tomar uma decisão rápida.

O que Jimmy faria nesta situação?

Ele voltaria, pediria desculpas e ajudaria uma amiga que claramente está atravessando dificuldades?

Ou se concentraria na tarefa em mãos: devolver a faca que está comigo?

Só que... o Jimmy da minha cabeça não é o Jimmy, né?

Não sei o que Jimmy faria, porque não sei nada sobre ele.

Nossa.

Isso não está ajudando em nada.

Fico pensando que talvez tenha imaginado o que aconteceu ontem.

Não chegaria a ser surpresa.

Talvez eu tenha pirado um pouco.

Talvez minha vida monótona esteja começando a mexer comigo.

— Então... você vai voltar? — Mac pergunta, depois que fico parada por alguns minutos, considerando minhas opções.

Juliet ou Jimmy.

Minha melhor amiga ou o Ark.

— Eu... não sei — digo, com a voz rouca. Não sei. Não sei o que fazer.

Mac suspira. Considera que é um "não".

— Vou deixar você se decidir sozinha, então — ele diz. — Vou voltar para a casa de Juliet.

Então ele levanta e se afasta.

Assim que Mac vai embora, aponto a lanterna do celular para a mochila para conseguir ver direito a faca de Jimmy.

Foi até bom que a peguei. Ela acabaria se perdendo para sempre se eu a tivesse deixado lá. Alguém a teria encontrado e jogado fora, ou vendido, ou sei lá. E a faca parece preciosa. Deve ser importante para ele. Tem "Angelo L. Ricci" gravado.

Angelo. Quase Angel. Engraçado, né?

A faca deve ter pertencido ao avô ou ao bisavô dele, algo assim. Jimmy é descendente de italianos por parte da mãe, então a faca não poderia ser do pai. Além do mais, parece velha. Uma antiguidade mesmo.

Eu me pergunto quanto vale. Provavelmente muito, se é velha.

Preciso devolvê-la. Vou mandar uma mensagem. Dizer que está comigo.

Olho para o painel de partidas. Tenho doze minutos antes que o trem saia.

Juliet ou Jimmy?

A escolha é óbvia, né?

Preciso falar com Juliet.

Jimmy vai ter que esperar. Posso escrever pra ele no Twitter depois. O cara provavelmente nem vai ler.

Hoje, Juliet é a prioridade.

Preciso falar com ela.

Preciso consertar a confusão que criei.

Eu levanto, coloco a mochila nas costas, pego a mala e me viro para seguir para a entrada.

Então meu celular vibra no bolso.

Eu o pego e vejo que recebi uma mensagem no Twitter.

Jimmy Kaga-Ricci @jimmykagaricci
quero minha faca. onde podemos nos encontrar?

JIMMY KAGA-RICCI

Jimmy Kaga-Ricci @jimmykagaricci
quero minha faca. onde podemos nos encontrar?

Não foi difícil encontrar Angel no Twitter.

Escrevi "Angel Ark" na pesquisa, depois fui vendo os resultados até chegar no perfil certo, com vários tuítes sobre o show que estava por vir e uma selfie dela com algumas meninas em um pub alguns dias atrás. A foto de perfil dela é minha. Por que as pessoas fazem isso? Por que não usam o próprio rosto na foto de perfil?

Até o nome de usuário dela é "jimmysangels". Nem faz sentido.

Com os dedos trêmulos, mando uma mensagem.

Não tenho energia para ficar constrangido. Tipo, deveria. Por escrever para uma fã pedindo minha faca de volta. O que está acontecendo comigo?

Cara, eu poderia estar fazendo qualquer outra coisa agora.

Atravessei o estacionamento e estou seguindo por outra calçada. Mais adiante tem vários hotéis, a maioria voltada para quem vem trabalhar no estúdio, além de vários restaurantes. Em frente ao Nandos tem um ponto de táxi, com vários carros esperando.

Ah, meu Deus, vou mesmo fazer isso.

Meu celular começa a tocar. Rowan.

Recuso a ligação.

Começo a correr em direção ao ponto. Tem só algumas pessoas andando por ali. Ninguém vai me notar. Está tudo bem.

Cubro a cabeça com o capuz.

Vou mesmo fazer isso.

Meu Deus.

Corro e sorrio ao mesmo tempo. Será que isso é felicidade?

— Pra onde vai? — o taxista pergunta quando abro a porta e entro. É um cara mais velho, grisalho e grande, com um sotaque forte do Norte do país.

— Er...

Merda. Em que parte de Londres será que Angel mora? Se é que ela é de Londres. Verifico o celular outra vez. Ela ainda não me respondeu.

— Para... King's Cross.

É um lugar seguro. Vai ter mais táxis lá.

O motorista nem responde, então eu levanto o rosto para ver se não me ouviu. Ele está me olhando pelo retrovisor, curioso, apertando os olhos.

— Você é aquele garoto da boyband, né? Que ficou famoso na internet.

— Hum... Sou.

— Você não tem um carro pra te levar nos lugares?

— Hum... No momento, não.

O taxista me olha por mais um segundo. Sinto um medo repentino. Ele é grande, eu sou pequeno. Ele é um homem branco, mais velho, rústico, do Norte do país, enquanto eu sou um garoto trans, rico e mestiço com uma calça bastante apertada. Então o cara dá de ombros e diz:

— Está bem. Gostei de você naquela apresentação no *X-Factor* no ano passado. Tem uma voz bonita, preciso dizer. Ou pelo menos melhor que a dos trouxas que entram naquele programa.

— Obrigado...

Ele sai com o táxi.

— Minha esposa é fanática por *X-Factor*, mas na minha opinião se Simon Cowell e seu pessoal quisesse mesmo encontrar pessoas de talento procuraria na internet, não acha? É onde a nova geração está, né?

O taxista continua falando, sem me dar espaço para responder. Olho o celular. Já são catorze ligações perdidas. Agora Rowan começou a me mandar mensagens também. Não vou aguentar ler.

Entro de novo no Twitter. E ali está.

Angel Rahimi.

angel @jimmysangels
Está comigo! Consegue ir pra st pancras?
Só peguei porque achei que alguém ia roubar se eu deixasse
Parece valiosa
Bom, estou na st pancras!! Vou ficar feliz em devolver se conseguir chegar aqui! Ou posso ir até aí!
Como quiser!!!

ANGEL RAHIMI

angel @jimmysangels
Como quiser!!!

Estou morrendo. Morri. Passei dessa pra melhor. Descanse em paz, Angel.

Jimmy me mandou uma mensagem. O que significa que lembrava meu nome e *me procurou* no Twitter. Pensou a respeito, decidiu me escrever, digitou meu nome e clicou no meu perfil.

Tipo, entendo as circunstâncias.

E sei que o garoto de quem sou fã há cinco anos não é o Jimmy Kaga-Ricci real.

Ainda assim...

Não consigo parar de sorrir.

Não vai demorar muito, vai? Só vou entregar a faca a ele e me despedir, depois posso ir atrás de Juliet e acertar as coisas.

Não preciso escolher entre um e outro. Posso ficar com ambos.

Vou até o Starbucks mais próximo e compro outro chá. Quase pego um bolo também, mas decido que não quero correr o risco de estar com os dentes sujos quando Jimmy aparecer.

Afe, não estou nem usando minhas roupas boas hoje. Estou vestida pra viajar. Calça e blusa de moletom.

Merda.

Tá. Calma. Não importa o que estou vestindo. Jimmy não vai se importar. Ele só quer a faca de volta.

Eu sento em uma mesa e volto a abrir a mochila para olhar para a faca lá dentro. Embrulhei a lâmina em uma blusa. Agora que tenho tempo de olhar direito, noto que está mesmo cega. Ainda assim, é uma antiguidade, e não quero arranhar nem quebrar. Não quero fazer nada que possa chatear Jimmy.

Tomo um gole de chá e olho meu celular outra vez. Tem um tique do lado da minha mensagem, o que significa que Jimmy a leu.

Sei que eu não deveria ficar feliz com isso, mas fico. Ainda que esse cara claramente não seja o Jimmy que amei por anos, anos e anos, apesar de tudo, fico muito, muito feliz.

O que na verdade é meio triste.

Jimmy Kaga-Ricci @jimmykagaricci
Tá, chego em mais ou menos meia hora

JIMMY KAGA-RICCI

Jimmy Kaga-Ricci @jimmykagaricci
Tá, chego em mais ou menos meia hora

angel @jimmysangels
Tá!!! Vou esperar no Starbucks!! Manda uma mensagem dizendo quando/ onde quer me encontrar!!!

Por algum motivo, Angel está muito entusiasmada. Achei que ela ficaria irritada por ter que me esperar para devolver a faca.

Não achei que fosse continuar sendo minha fã depois de ver meu colapso de ontem.

Eles não gostam de ver a gente triste.

Quando estou perto da estação St. Pancras, Gary, o taxista, já me contou a história de vida dele. Na verdade, foi bastante interessante. Ele cresceu na periferia de Durham, teve uma primeira esposa que o traiu com o cara que havia ido consertar o aquecedor da casa deles, suas filhas gêmeas estudam astrofísica e sem dúvida nenhuma vão para o espaço um dia. Às vezes, eu esqueço que existe gente que leva uma vida boa, pura, normal, que não envolve mentiras complexas todos os dias.

Tem bastante gente na rua. Eu me abaixo um pouco quando começamos a entrar nas áreas com mais pedestres e puxo o capuz para cobrir o rosto. Se uma pessoa olhar de relance para o táxi, me vir e tuitar minha localização, é o fim.

Se eu pudesse ter um superpoder, escolheria ser invisível.

— Tem certeza de que quer parar aqui? — Gary pergunta. — Está um pouco cheio, não? Será que não vão te reconhecer?

Ele tem razão. Não estou disfarçado nem nada. Na verdade, pareço demais comigo mesmo, já que vim direto da gravação — com jeans skinny, cabelo arrumado, corretivo nas olheiras, o moletom com capuz que sempre uso.

Mas eu vou de qualquer maneira.

Vou recuperar minha faca.

— Vou ficar bem — digo.

Jimmy Kaga-Ricci @jimmykagaricci
Cheguei. Indo encontrar vc

angel @jimmysangels
Tá!! Estou no starbucks!! Ou te encontro em outro lugar!!

— Quer que eu te espere? — Gary pergunta.

— Não… não, acho que daqui eu me viro.

Posso pegar outro táxi quando estiver com a faca. Pra ser sincero, não quero que Gary comece a me fazer perguntas.

Pago o que lhe devo e saio do carro.

Antes que eu feche a porta, ele diz:

— O que quer que esteja te incomodando, vai passar.

Olho para ele.

— Como?

Gary tamborila no volante.

— Sei que não deve ser fácil ser você. Tem amigos? Pessoas com quem pode contar?

Murmuro alguma coisa sobre estar bem e fecho a porta. Chega.

Saio andando num ritmo normal, com o capuz puxado o máximo possível, o celular firme na mão. Mas não funciona.

Tem gente em toda parte. Entrando e saindo da estação, de carros e táxis, atravessando a rua, parada por ali.

Um enxame.

Não me lembro da última vez em que estive cercado por tanta gente normal ao mesmo tempo.

Primeiro recebo alguns olhares. Algumas pessoas me encaram e percebem. Depois de andar uns dez metros, alguém atrás de mim murmura:

— Esse cara não parece o Jimmy Kaga-Ricci?

Quando estou quase nos degraus de entrada, alguém à minha frente aponta e diz:

— Ai, meu Deus! É o Jimmy do Ark!

Tento não olhar e acelero o passo.

Entro na estação.

Alguém vindo de trás puxa meu braço e sou forçado a parar. Eu me viro, muito embora não devesse. É uma menina pedindo uma selfie.

— Não posso, desculpa — eu digo, e me solto, então dou de cara com outras *cinco* meninas com o celular na mão. Alguém transmite tudo por vídeo. Elas pedem selfies. Falam comigo. Preciso fugir.

Outro grupo aparece, de meninos e meninas. Uma mulher com a filha. Um grupo de homens de vinte e poucos anos.

Começo a posar para as selfies, como se fosse a porra de um reflexo.

Não posso simplesmente ir embora. Não posso simplesmente dizer não.

O cerco em volta de mim começa a se fechar. Alguém passa a mão no meu braço. Eu me encolho, mas torço para que ninguém note.

Estou tremendo.

Começando a entrar em pânico.

Respira fundo.

Não dá nenhum sinal.

Não deixa começar.

— Posso tirar uma selfie, Jimmy?

— Sua música me ajudou a sobreviver à escola.

— O que está fazendo aqui?

— Eu te amo.

ANGEL RAHIMI

Levanto os olhos do jogo muito intenso de *Rolling Sky* no meu celular e noto uma multidão no meio da estação.

Só pode ser Jimmy.

Ele não trouxe um guarda-costas? No que estava *pensando* para vir sozinho? Pelo amor de Deus, ele deve ser uma das pessoas mais famosas do país.

O que eu faço?

Tento ajudar?

Vou atrás dos guardas da estação? De seguranças?

Isso. Eles vão poder ajudar.

Pego minhas coisas e saio correndo do Starbucks, olho em volta furiosamente. Passageiros, mas nada de guardas. Ou policiais. Merda. Tenho tempo de ir atrás de alguém?

Volto a olhar para a multidão. Agora está *enorme*. Um tornado humano, com Jimmy no centro. Nem consigo vê-lo, por isso não tenho *certeza* de que se encontra ali, mas uns pré-adolescentes se afastam olhando para o celular e gritando, então imagino que seja um bom palpite.

Respiro fundo e cubro minha cabeça com o capuz.

Então adentro o tornado humano.

Ouço comentários grosseiros e irritados ao passar pelas pessoas, mas ser alta e ossuda tem lá suas vantagens. Meus cotovelos são minha maior arma. Deixei meu irmão com o olho roxo sem querer com uma cotovelada quando tinha oito anos.

Preciso de um minuto inteiro, depois de ter caído uma vez, para chegar ao miolo do grupo. Jimmy olha para o outro lado, enquanto alguém tira uma selfie. Cutuco o ombro dele com educação e digo:

— Hum, Jimmy?

Ele se vira. O pânico em seu rosto é inconfundível, embora ele pareça estar se saindo um pouco melhor em contê-lo do que ontem no banheiro. Seus olhos estão arregalados e ele morde a bochecha por dentro.

Será que vai me reconhecer?

— Angel — Jimmy responde.

Acho que vai.

Então ele diz:

— Me ajuda.

Ajudá-lo.

Passo o braço por cima de seus ombros e grito:

— MUITO BEM, AGORA JIMMY TEM UM TREM PARA PEGAR!

Começo a afastá-lo da multidão, mas as pessoas me seguem, tiram fotos na cara dele, gritam para nós dois. Alguém diz:

— Quem é *você*, porra?

— Sou... a *guarda-costas* dele — respondo.

Provavelmente ninguém acredita em mim, já que meu corpo se assemelha a um graveto e eu aparento ser uns três anos mais nova do que sou. Devia pelo menos ter dito "empresária", mas agora é tarde.

Enquanto forçamos passagem em meio à multidão, Jimmy agarra meu moletom, como uma criança assustada. Isso é esquisito? Deve ser. Eu o amo pra caralho agora.

Então estamos seguros.

É a segunda vez esta semana que salvei alguém do assédio dos fãs.

Que vida é essa?

JIMMY KAGA-RICCI

Ela surge na multidão como se eu a tivesse conjurado.

Angel Rahimi.

É esguia, com um rosto fino e ossudo. Um tufo pequeno de cabelo preto aparece por baixo do lenço.

Estou ocupado demais tentando me lembrar de como respirar para prestar atenção no que ela está fazendo, mas de repente nos livramos e atravessamos a estação a passos largos. Angel passou um braço por cima dos meus ombros, mas não de um jeito opressivo. Na verdade, é estranhamente *reconfortante*. Como se ela fosse minha mãe ou minha irmã mais velha.

— Só... vamos continuar andando até um lugar mais tranquilo — Angel diz, mas não acho que saiba mais sobre para onde vamos do que eu. As pessoas continuam nos olhando, algumas tiram fotos. Não posso impedir. Não posso fazer nada.

Ela nos conduz pela estação até que entra em uma loja e me puxa até os fundos.

— Acho que os despistamos — Angel diz, olhando para trás. Então dá risada. — Nossa, eu sempre quis dizer isso. "Acho que os despistamos" —, ela repete, com um sotaque americano.

Por que estou agarrado ao moletom dela? Baixo a mão na mesma hora.

— Valeu — digo, mas com a voz meio rouca e esquisita.

— Você está bem? — Angel pergunta. Há uma preocupação genuína em seus olhos. — Foi bem intenso.

— Estou bem — digo, mas na verdade não estou. Meu coração continua acelerado, minhas mãos estão suando e tremendo. Típico. Por que sou assim? — Você... está bem?

— Cara, *estou*. — Ela balança a cabeça, espantada, então começa a pular no lugar. — Mas isso foi ridículo. Por que veio sem guarda-costas?

— Eu...

Que porra eu fiz?

O contrato. A gravação. Rowan. Lister. Simplesmente *fui embora*.

Angel ergue as mãos.

— Não se preocupa, foi mal, você não precisa se explicar. Tipo, quem sou eu pra falar? Sou a pessoa mais ridícula que existe.

Ela não me dá tempo de responder. Tira a mochila dos ombros e a abre, então pega uma blusa.

Está ali.

Ah, graças a Deus. Está com ela. Angel não estava mentindo.

Não perdi a faca.

— Acho que é melhor não... expor esse troço no meio da estação de trem — ela diz, sorrindo. — Parece que eu estou falando de outra coisa. — Angel me estende o embrulho. — Pode... ficar com a blusa. É velha. Não preciso dela.

Com cuidado, pego a blusa dela. Sinto a faca dentro. Sinto o formato exato da lâmina.

Graças a Deus.

— Tá... agora... agora vou te deixar em paz — Angel diz, ainda sorrindo, então recua um pouco e volta a colocar a mochila nas costas. — Foi... — Ela respira fundo. — Sei que deve ter sido muito desconfortável, mas... estou muito feliz por ter te conhecido e falado com você.

A sinceridade em sua voz é diferente da dos fãs normais. Não é do jeito estridente que dizem nosso nome, da maneira forçada que acham que mudamos sua vida.

— Fico muito feliz em ter podido ajudar — Angel diz. — Depois de tudo o que você fez para me ajudar.

— Eu... não fiz nada — murmuro.

— Fez, sim — ela diz, sorrindo. — Garanto que fez.

Então Angel assente e me dá as costas.

Mas eu a seguro pela manga do moletom.

— Espera — digo.

Ela se vira outra vez, confusa.

— O-oi?

— Pode... ficar comigo um pouquinho?

— Posso... claro que posso...

Angel fica imóvel. Deixo a mão cair do lado do corpo.

— Eu... não quero ficar sozinho — explico.

— Tudo bem — ela diz. — Também odeio ficar sozinha.

Ficamos ali por um momento.

— Tem certeza de que você está bem? — Angel pergunta.

Seguro a blusa dela junto ao peito.

— Não — digo.

— Você tem... tem alguém pra quem ligar?

— Não — digo.

— O que quer fazer?

O que quero fazer?

Então percebo.

Meu avô.

— Quero ir pra casa — digo.

— Casa?

— Quero ir pra casa.

— Tipo... pro seu apartamento?

— Não — digo. — *Pra casa*. Minha casa de verdade. Onde eu cresci.

— *Ah* — ela diz, surpresa. Então assente, como se fosse a melhor coisa que eu já disse. — Boa. Claro. Faz isso.

— Você vem comigo?

Eu a convido antes de pensar direito a respeito.

Simplesmente sai, como um reflexo.

Quero que Angel venha comigo. Não sei por quê, mas quero. Será que é porque sei que não vou conseguir sair daqui sozinho? Talvez. Ou sinto que tem algo que nos conecta? Não sei. Não sei mais por que sinto o que quer que seja. Talvez seja só porque ela é a única fã no mundo que sabe realmente quem sou.

Não quero me despedir para nunca mais vê-la.

— Claro — Angel diz, com os olhos arregalados e sem piscar, como se não fosse fazer diferença se eu quisesse ir para a Austrália. Para Plutão. Para o céu. — Beleza.

— Você não está ocupada?

— *Ocupada?* — ela repete, como se a ideia fosse ridícula. Então sua expressão volta a ficar séria. — Alguém... alguém sabe onde você está?

— Além das cem pessoas que acabaram de me cercar? — pergunto, com uma risada amarga.

— Não, digo... alguém tipo Rowan e Lister. Ou sua empresária?

— Não. Ninguém sabe.

Não quero pensar neles agora. Não quero pensar em nada disso.

— Podemos ir? — pergunto.

Ela ajeita o moletom e assente.

— Podemos. Vamos.

ANGEL RAHIMI

De algum jeito, acabei em um trem para Kent com meu filho, Jimmy Kaga-Ricci.

Me refiro a ele como "meu filho" na internet o tempo todo, brincando, mas, quanto mais tempo passamos juntos, mais tenho a sensação de que sou mesmo sua mãe. Sugiro que use meus óculos escuros, que ficam enormes nele, para se disfarçar. Tenho que comprar as passagens com o cartão dele, porque Jimmy está nervoso demais para falar com quem quer que seja.

Fora que ele parece estar tendo uma espécie de colapso emocional.

E talvez eu também esteja.

Só me lembro de mandar uma mensagem para meu pai dizendo que no fim não vou para casa quando já estamos no trem há dez minutos.

Está tudo bem?, ele responde.

Mando um sinal de positivo como resposta.

Jimmy não fala muito. Quase nada, na verdade. A persona tranquila e sorridente dos vídeos e das fotos parece ser imaginária.

Apesar de tudo, ele ainda é Jimmy Kaga-Ricci.

Antes de partirmos, ele disse:

— Você não precisa vir comigo.

Mas eu iria aonde quer que fosse com ele.

Eu o amo. Não sei de que outra maneira descrever meus sentimentos por Jimmy Kaga-Ricci. Não é atração. Não é paixão. Quando digo que o amo quero dizer "vou pensar em você todos os dias da minha vida". Amor, como a necessidade desesperada de se segurar a algo inútil, embora você saiba que se largasse mão nada mudaria.

Como isso foi acontecer comigo?

JIMMY KAGA-RICCI

— Cara, quão longe fica a sua casa? — Angel me pergunta no táxi, enquanto atravessamos Kent. Faz tempo que saímos da estação de Rochester, e estamos no carro há pelo menos meia hora. Meu avô mora no interior.

Ela olha pela janela, embora mal dê para ver o que quer que seja com essa chuva.

— Longe — digo.

Angel me olha de um jeito engraçado.

— Quanto *mistério*...

— Não vou te dar o endereço. Desculpa. Não é seguro.

— Quer colocar uma venda em mim também? Como nos filmes? Tornaria tudo ainda mais esquisito do que já é.

Não respondo.

— Vocês escolheram o dia errado para vir — a taxista diz, uma senhora com um sotaque diferente, mas tão forte quanto o de Gary. — Dizem que vai inundar tudo.

Não falo nada, por isso Angel, que parece literalmente incapaz de deixar uma conversa morrer, comenta:

— Sério? Está chovendo tanto assim?

Ela usa uma voz meio falsa. É fácil diferenciar as coisas que Angel realmente pensa das que diz só para ser educada, para fazer com que as pessoas gostem dela, ou para dar continuidade à conversa.

As duas falam um pouco sobre o tempo, enquanto deixo meus pensamentos viajarem. Meu celular está sem bateria.

— Onde querem ficar, meninos? — a taxista pergunta quando chegamos ao vilarejo. É bem pequeno, cercado por uma floresta densa e campos irregulares. As casas são todas diferentes entre si. A do meu avô fica do outro lado do povoado, a dez minutos de caminhada. Quero dizer, a minha casa.

Angel olha para mim, esperando que eu responda, já que não faz ideia de para onde estamos indo.

— Aqui está bom — digo. Não quero que ela saiba onde exatamente fica minha casa. Só pra garantir.

Pago a corrida e descemos do táxi. Angel parece quase animada. Talvez seja fingimento.

Talvez tudo o que ela faça seja fingimento.

Ainda não escureceu, mas está tão nublado que as luzes da rua estão acesas. A calçada e o asfalto estão cheios de poças. Depois de alguns minutos, ficamos encharcados. Ninguém tem guarda-chuva ou um casaco que seja. Minha calça jeans está gelada e colando na pele. Angel fica tentando ajustar o hijab. Eu me ofereço para carregar sua mala, mas ela recusa a oferta.

Angel não para de falar enquanto andamos.

A maior parte do tempo, ela não parece esperar que eu responda. Fala sobre muitas coisas diferentes, e muito depressa, passando de férias em família para viagens escolares, então para velhos amigos e vídeos na internet. Será uma espécie de tique nervoso? Será que ela só adora atenção? Não acho que eu conheça alguém que fale tanto quanto ela.

Acho que é até reconfortante. Prefiro isso ao silêncio e aos meus pensamentos.

— Então sua família mora aqui? — Angel pergunta, depois de cobrir uns vinte assuntos diferentes.

— Só meu avô — murmuro.

— Onde os outros moram? — ela pergunta.

Demoro um pouco para responder.

— Longe daqui.

Angel se dá conta de que tocou em um tema que não deveria, por isso segue-se um raro silêncio enquanto ela tenta pensar em outro assunto. É meio engraçado, na verdade. Ela parece morrer de medo de me irritar.

— Minha família mora em uma cidade grande, então é legal conhecer um lugar assim...

— Minha avó morreu — digo.

Ela para de falar.

— Meus pais sempre trabalharam muito. Eles se divorciaram e os dois têm carreiras que os levam pra toda parte do mundo, por isso moro com meus avós desde pequeno. Então nunca fui muito próximo deles. Eles não se importam muito comigo, então não nos falamos com frequência.

Ela fica quieta. Nossos sapatos fazem barulho contra o asfalto molhado.

— Minha irmã mais velha faz faculdade nos Estados Unidos. A gente não se fala. Ela não gosta que as pessoas saibam que somos parentes.

— Não sabia que você tinha uma irmã — Angel comenta.

— Pois é.

Passamos pelo único ponto de ônibus do vilarejo, aquele em que eu costumava esperar toda manhã para ir para a escola. Parece uma realidade alternativa.

— Então você só tem seu avô? — ela pergunta.

— É.

Isso faz com que ela fique em silêncio por um minuto inteiro.

— Eu... queria parar num lugar, se não tiver problema — digo, quando passamos pelo pub e viramos uma esquina.

— Você não vai me matar, né? — Angel pergunta.

Olho para ela. Angel ri ao mesmo tempo que dá a impressão de ser uma pergunta séria.

— Não — digo.

— Tá — ela responde e ri outra vez.

— Por que veio comigo se acha que posso te matar? — pergunto.

— Não acho isso *de verdade*.

Olho para Angel. Ela olha para mim e ri quando vê minha expressão.

— Sei lá. Tipo, não acho que morrer seria tão ruim se fosse você o assassino. — Ela parece se dar conta de que disse algo esquisito assim que as palavras deixam sua boca. — Er, digo... eu...

— Vocês são todas assim?

— Vocês quem? E assim como?

— Fãs. São todas, tipo... Fariam qualquer coisa que eu dissesse?

Ela pensa a respeito.

— Não, acho que nem todo mundo — Angel responde, e para por aí. — Por onde você quer passar?

— Ah... Só queria ir à igreja.

Aponto para o prédio mais adiante, parcialmente escondido atrás dos salgueiros. É uma construção pequena e ruindo do século x, a única que temos aqui.

Angel parece só notá-la agora.

— Ah, sim, claro. Legal.

— Não vou demorar muito. Você não precisa entrar, se não quiser.

— Não, eu entro. Ninguém vai se importar, né?

— Não.

— Beleza. Nunca entrei numa igreja.

— Nem na escola?

— Não, nunca estudei em escola religiosa.

— Você vai... tipo... a uma mesquita?

Ela ri, o que me faz perceber que é uma pergunta idiota.

— É, às vezes vou à mesquita.

— Nunca entrei numa mesquita.

— É bem legal. Eu recomendo.

— Você vai bastante?

Angel fica olhando para a rua.

— Não, não muito. Só em ocasiões especiais, na verdade. Você vai bastante à igreja?

— Não.

— Ah.

Ficamos em silêncio outra vez, e agora ela não tenta preenchê-lo. Só andamos e ouvimos a chuva cair.

A igreja é exatamente como eu lembrava. Uma porta de madeira enorme dá para uma construção de pedra fria com vigas de madeira e um único vitral ao fundo. Se os horários não tiverem mudado, tem missa às sete da noite, mas ainda faltam algumas horas, e o lugar está completamente vazio.

— Eles não a deixam trancada? — Angel pergunta.

— A criminalidade não é exatamente um problema aqui.

— Hum. — Ela fica um pouco para trás, olhando em volta. — Interessante.

Vejo seus olhos passarem das almofadas desbotadas atrás dos bancos para a placa dos vigários, datada do século XIV, e para a pequena estátua de Jesus crucificado ao fundo, no altar.

— Não é tão imponente quanto eu esperava — Angel diz, com as sobrancelhas erguidas. — Sem querer ofender.

— Igrejas católicas costumam ser mais ornamentadas. Mas esta é anglicana.

— Ah. — Angel passa por mim, então senta em um banco e fica de frente para a igreja. — Legal. Meio sinistro, mas legal.

— Sinistro?

— Parece um bom lugar para matar alguém.

Solto uma risada e me sento no banco ao lado.

— Não vou te matar.

— Isso é exatamente o que um assassino diria.

Nós nos encaramos nos olhos e rimos ao mesmo tempo. O som ecoa pela igreja vazia.

— Eu costumava vir bastante com meu avô. Tipo, antes de todo o lance com a banda.

Angel cruza as pernas.

— É?

— É. Tudo meio que parece estar bem enquanto estou aqui. Tipo, eu consigo parar de pensar em todas as coisas por um momento. Nada mais importa.

Angel assente e desvia o rosto.

— Entendo.

Como ela não diz mais nada, pergunto:

— Você se importa se eu... for sentar um pouco lá na frente?

— Imagina, vai nessa.

Vou até os bancos da frente e me sento. Pela primeira vez em semanas, meses, nem sei quanto tempo, falo com Deus. Ele está à espera. Sempre está. Não importa quanto tempo eu passe longe, não importa as merdas que aconteçam, pelo menos sempre tenho uma ou duas coisas esperando por mim. Deus não se importa se tenho uma libra ou cem milhões. Não se importa se cometo um erro, se estrago tudo de repente. Deus me pergunta: "Como você está?", e eu começo a chorar. Tento não fazer barulho, mas minhas fungadas ecoam pelas paredes de pedra. Deus pede: "Diga alguma coisa". Eu confesso que não sei o que dizer, e ele fala: "Tudo o que acontece o torna mais forte", e eu quero acreditar, mas não consigo. "Amo você mesmo assim", Deus garante. Pelo menos alguém ama.

Saímos da igreja e atravessamos a grama molhada do cemitério. Decido fazer uma visita ao túmulo da minha avó. Apesar de já fazer mais de cinco anos, a lápide ainda parece relativamente nova em comparação com as que têm em volta, enormes e antigas. Minha avó não acompanhou a explosão da banda. Por algum motivo, isso me deixa feliz.

Mais além do cemitério e dos campos, o sol finalmente está se pondo, embora seja quase impossível enxergar por causa da chuva.

— Nossa, alguns túmulos são do século XVII! — Angel comenta. Ela está andando em volta, iluminando as lápides com o celular para lê-las. — Que demais. Algumas não dá nem pra ler.

Olho para o túmulo da minha avó. Tem algumas flores, um pouco caídas por causa da chuva, sem dúvida colocadas pelo meu avô. Eu queria ter flores para colocar também. Tudo o que tenho comigo é um celular morto, meu cartão e uma faca.

Aqui jaz
Joan Valerie Ricci,
esposa, mãe e avó amada.
1938-2012
"Busquei ao Senhor, e ele me respondeu e me livrou de todos os meus temores."

— Em que você pensa quando reza? — pergunto a Angel.

Ela se aproxima e olha para o túmulo da minha avó. De repente se dá conta do que está vendo e para de se mexer.

— Um monte de coisa — Angel diz, com os olhos fixos no túmulo. — Às vezes nada. São mais sensações do que pensamentos. Pra mim, pelo menos.

Acho que eu diria o mesmo. Mas não falo nada.

— Joan — ela diz de repente. Então aponta para o túmulo. — Sua avó chamava Joan?

Confirmo com a cabeça.

— Sim.

— "Joan of Arc" é sobre ela?

Assinto outra vez.

— Sim.

— Todo mundo pensa que é sobre você e Rowan.

Dou risada. Quero chorar.

— Pois é.

ANGEL RAHIMI

Estou quase chorando, mas é claro que me seguro. Fico sorrindo para ele e tentando manter o clima leve. Acho que só quero chorar porque é muita coisa. Ou talvez ver Jimmy mal esteja me fazendo pensar na minha própria vida.

Afe. Não quero pensar sobre *isso*.

Estou começando a ficar com fome. Quando chegamos à casa do avô de Jimmy — uma construção com tijolinhos aparentes bem fofa, com um jardim enorme na frente —, estou rezando para que ele seja o tipo de pessoa mais velha que só deixa alguém mais novo em paz depois de alimentá-lo.

Jimmy bate na porta tão alto que fico quase com medo de que quebre o vidro.

— Meu avô é meio surdo — ele explica. — E deixa o rádio ligado o tempo todo.

A porta se abre, revelando um senhor muito alto e magro. Ele me lembra na mesma hora um diretor de escola de filme antigo ou um acadêmico — usa camisa e calça formais, o que resta do seu cabelo está penteado para trás e seus óculos são grossos e redondos.

O senhor olha para Jimmy parecendo nem me notar, e o rosto dele se ilumina com o sorriso mais incrível e inesperado que já presenciei.

— Jim-Bob! — ele diz, e puxa o neto imediatamente em um abraço caloroso. — Ah, Jim-Bob, eu não estava esperando te ver esta noite!

— M-meu celular está sem bateria — Jimmy murmura no ombro do avô.

— Tudo bem, não tem problema nenhum. Você pode vir me ver quando quiser. Não precisa ligar avisando.

Jimmy se afasta, mas o avô mantém as mãos em seus ombros.

— Então... vim com minha... minha amiga Angel.

Minha amiga Angel. Meu coração quase para.

Jimmy aponta para mim, e eu sinto um breve pânico, sem ter certeza se devo estender a mão para cumprimentá-lo. Ele não estende a mão, mas abre um sorriso caloroso para mim.

— Uma amiga! Jimmy não traz amigos desde que tinha catorze anos.

Penso em Jimmy como um menino de catorze anos normal que traz um amigo depois da escola para jogar videogame. Parece outra dimensão.

— Oi, sou Angel Rahimi — digo, e fico pensando por que acrescentei o sobrenome. — Er, desculpa por ter vindo sem avisar... hum...

Olho para Jimmy. O que exatamente eu deveria dizer? Nem sei por que estou aqui.

— Não tem problema nenhum. Adoro receber visitas, principalmente amigos do meu neto. Sou Piero Ricci. — Ele dá um passo para trás e abre bem a porta. — Mas veja só vocês dois, ensopados! Vamos entrar e comer alguma coisa.

Piero vai me emprestar algumas roupas de sua falecida esposa para que eu possa colocar as minhas para secar. Tudo na mochila e na mala também está ensopado.

— Só guardei as melhores roupas — ele diz, com uma piscadela, e me passa uma camisa de bolinhas. — Ela adorava essa. Dizia que a fazia se sentir como o céu noturno. Teria um ataque se tivesse sido doada.

Então Piero me passa uma calça cinza. Joan devia ter cerca de um metro e sessenta, porque só chega até a metade da minha canela. Puxo as meias o máximo possível para tentar compensar.

Saio do quarto para me reunir com Jimmy e Piero na cozinha, mas paro antes de chegar à porta quando ouço que estão conversando.

— Encontrei em um brechó beneficente — Piero diz. Ouço uma página sendo virada e um dedo batendo no papel. — Veja, essa é boa.

— É. Gosto de como todas pegam bem a expressão da pessoa — Jimmy diz, animado de um jeito que eu não o havia visto ainda na vida real.

— Eu estava guardando para o seu aniversário. Acho que vai gostar bastante.

— Sim, obrigado!

Entro na cozinha e noto o livro de um artista desconhecido sobre a mesa. Jimmy o fecha, como se fosse tão precioso que eu não poderia vê-lo, então olha para mim.

— Você é bem alta, não é? — Piero comenta, rindo de como a calça ficou em mim. — Vai ter que tomar cuidado para não bater a cabeça ao entrar no quarto.

Também estou usando um lenço florido de Joan Valerie Ricci como hijab. Na verdade, acho que é um look bem legal. Boa, Joan.

Jimmy está usando roupas que lhe caem perfeitamente bem, então concluo que devem ser suas. Mas também parecem ser de cinco anos atrás — calça chino bege e polo, ambas meio largas. Considerando que ele é um ícone fashion internacional, que aparece em revistas e blogs de moda e de fofoca quase todo dia, é estranho vê-lo vestido como se fosse um menino de catorze anos tentando parecer descolado.

— Do que você gosta, querida? — Piero pergunta, levantando da mesa da cozinha, o que parece exigir muito esforço de sua parte. — Ovos? Feijão? Torrada? Uma bebida quentinha?

Eu sento à mesa, de frente para Jimmy.

— Ah, nossa, parece tudo ótimo…

— Posso fazer isso, vô — Jimmy diz, levantando na mesma hora, o que é tão fofo que sinto que levei um tiro no coração.

— Ah, não, pode sentar. Não vou deixar a comida sob sua responsabilidade. — Piero liga a chaleira e começa a revirar o armário. — Olhe só pra você. Cada vez mais magro.

Jimmy volta a sentar, resignado.

— Eu como — ele resmunga.

— Não o bastante. Meninos em fase de crescimento precisam comer bastante. Vou precisar ter uma conversinha com Rowan da próxima vez que o vir. Ele precisa ficar de olho em você.

Estou na metade da refeição quando a pergunta que eu vinha temendo surge.

— Como conheceu meu neto, Angel? — Piero pergunta, esquentando as mãos na caneca de chá.

Olho para Jimmy. Ele dá de ombros e continua mordiscando um pedaço de torrada sem nada, fazendo sinal para que eu invente alguma coisa. Por sorte, sou ótima nisso.

— Bom, eu era uma fã normal da banda... então Jimmy e eu nos conhecemos e começamos a conversar em um... em um... depois de um show. A gente se deu superbem, então... ficamos em contato e... agora somos amigos.

É uma história fraca, mas não muito distante da verdade.

— Entendi — Piero diz. — Que bom. Jimmy não tem a oportunidade de fazer muitos amigos hoje em dia.

O comentário me parece estranho. Jimmy deve ter uma *porrada* de amigos famosos, ricos e bem-sucedidos.

— E por que você decidiu vir visitar seu velho avô, hein, Jim-Bob? — Piero pergunta, batendo no ombro do neto no caminho até o armário.

Todo esse tempo que Piero ficou puxando papo, Jimmy se manteve em silêncio.

Ele abre a boca para dizer alguma coisa, então volta a fechá-la.

E começa a chorar.

Piero só nota depois de um momento, porque está ocupado com o chá. É só quando ele se vira com um "Hein?" que seus olhos ficam arregalados.

— Ah... Jimmy, está tudo bem — ele diz, gentil, então volta para a mesa da cozinha e senta ao lado do neto. Jimmy leva o rosto às mãos. Piero o abraça. — Vamos, filho, está tudo bem. Agora está tudo bem.

Piero diz algumas palavras de conforto, nada muito substancioso. Não sei muito bem o que fazer, por isso em algum momento acabo saindo da cozinha e vou sentar na sala. Não parece certo ficar ali, e ver Jimmy chorar me deixa mais desconfortável do que eu poderia imaginar. Li fanfics em que ele chora centenas de vezes, mas na vida real é diferente. Na vida real, chorar não é romântico nem dramático. É só triste.

Tem um rádio ligado na sala. Outras coisas que têm aqui: vários vasos de plantas e cactos, uma TV grande, um iPad, uma luminária, estantes lotadas, um relógio de chão e fotografias de familiares nas paredes. Eu me aproximo para dar uma olhada. Jimmy aparece várias vezes. Sentado no colo de uma mulher, ainda bebê. Correndo no jardim quando pequeno, com o cabelo castanho comprido esvoaçando, segurando uma margarida. Uma foto na escola primária, de blusa vermelho-vivo. Aos doze anos, com cabelo espetado e calça cargo preta, cantando e tocando guitarra em um pub. Tem até uma foto de dois adultos que imagino que sejam os pais dele — um homem baixinho e sério do Sul da Ásia usando terno e uma mulher alta de rosto fino com o cabelo penteado para trás. Jimmy não é muito parecido com nenhum dos dois.

Tem uma moldura com a capa da *GQ* do ano passado com o Ark — "A REINVENÇÃO DA BOYBAND" —, com Jimmy no meio, em destaque. Em outra moldura, tem um poema que parece ter sido escrito na escola primária e que chama minha atenção, porque o título é "O anjo". Começo a ler.

Quando tudo andava mal na Jimmylândia
Ele torcia por alguém que o resgatasse
O convidasse para entrar em uma banda
E tudo de sombrio e triste afastasse

— Jimmy já foi para a cama.

A voz de Piero faz com que eu me vire num pulo.

Ele dá risada.

— Desculpe, querida, assustei você?

— Tudo bem — digo, sorrindo. — Eu só estava xeretando.

— Vendo todas essas lembranças?

— É.

— Ele escreveu essa pérola quando tinha sete anos, acho. — Piero senta pesadamente em uma poltrona e empurra os óculos no nariz. — Sempre levou jeito para as palavras.

Eu sento no sofá.

— Jimmy... está bem?

Piero solta uma risada.

— Bom. Não. Não, não está.

Silêncio. O que devo dizer? Ficou claro que Jimmy está em meio a um colapso nervoso.

— Faz anos que ele tem um transtorno de ansiedade muito sério — Piero diz, com um suspiro pesado. — Com crises de pânico. E muita paranoia. Começou logo depois que a avó morreu e piorou conforme a loucura da banda foi ficando mais intensa. Vi muito disso quando eu era pequeno. Meu pai teve depois da guerra.

Acho que eu sabia que ele tinha algum tipo de transtorno mental desde a crise de pânico que presenciei. Mas Piero faz tudo parecer bem mais sério.

— É coisa de família, imagino — Piero prossegue. — Minha filha tem um pouco. E esse transtorno acabou matando meu pai. Ele não falava com ninguém a respeito. Se recusava. Nunca chorava. Quando morreu, disseram que foi por causas naturais, mas era cedo demais para isso, na minha opinião. Eu via. Foi a ansiedade. Depois de deixar seu país na infância ... depois da maldita guerra... era demais. Para ele, viver era terrivelmente doloroso. — Piero acena com a cabeça para uma fotografia em sépia de um homem de terno. — O nome dele era Angelo Ricci. Quase como o seu, né?

Ele ri.

— É — digo.

— Então é bom ver Jimmy chorando — Piero comenta, quase animado. — Ele pensa em tudo. Pensa demais, na verdade. Tem uma imaginação muito forte. Imagina coisas que não vão acontecer e se convence de que vão. Faz tempo que ele não fica ruim assim. — O avô de Jimmy olha para mim. — Mas pelo menos ele extravasa. É dez vezes pior guardar tudo.

Parece até que Piero está querendo me dizer alguma coisa, mas ele volta a falar antes que eu consiga pensar de verdade sobre o assunto.

— Você sabe se teve um gatilho?

Claro. Os rumores sobre Jowan, o vazamento de Rowan e Bliss, a multidão no meet-and-greet, o colapso no banheiro.

— O Ark está num momento meio maluco — digo, sem saber ao certo o quanto posso revelar a Piero.

Ele assente.

— Entendo.

Silêncio outra vez. Piero fica olhando para a lareira, até que diz de repente:

— E por que você está aqui, querida?

— Eu... como assim?

Piero dá risada.

— Não precisa ser muito inteligente para saber que você e Jimmy não são amigos.

Reprimo uma risada nervosa.

— Ah, er... bom...

Desvio o rosto. Merda. O que eu digo? A verdade é estranha demais. Talvez Jimmy não queira que o avô saiba sobre a faca.

— Não sei por que estou aqui — digo. — Ninguém sabe que estou aqui.

— É mesmo? — Piero cruza as pernas. — Você só quis vir, foi?

— É. — Baixo a voz. — Eu só... quis ajudar. Ajudar Jimmy, digo. Ele precisa de ajuda e... bom... eu amo Jimmy, então...

— Você ama Jimmy?

Piero ergue as sobrancelhas.

— Não tipo… não estou *apaixonada* por ele. Eu só… ele só…
Não consigo explicar.

— Achei que vocês não fossem amigos.

— E não somos. Sou só… sou só uma fã.

— Ah. — Piero assente. — E você quis ajudar Jimmy.

— Ele precisa de ajuda e… eu era a única que podia ajudar.

— Que nobre.

— Talvez não tenha sido a coisa certa a fazer — sussurro.
Piero dá de ombros.

— Não acho que seja um caso de certo ou errado. Raramente é,
na minha opinião. — De súbito, ele se inclina para a frente, entrelaçan-
do os dedos sobre os joelhos. — Sabe o que eu acho, querida?

— O quê?

— Acho que Jimmy precisa resolver seus próprios problemas. E
que você precisa resolver os seus.

Ele não fala isso com maldade, porque quer que eu vá embora ou
coisa do tipo. É gentil, como se tivesse *pena* de mim.

— Sei bastante coisa sobre os fãs da banda de Jimmy — Piero prossegue. — Posso ter oitenta e quatro anos, mas me mantenho informado
quanto ao que acontece no mundo.

Há uma pausa.

— E a coisa mais triste nos fãs é que eles não se importam consigo
mesmos.

Fico olhando para ele.

— Vocês dariam a vida pelos meninos. Se agarram a eles como se
fossem deuses. Eles são praticamente o que mantêm vocês vivos. Mas,
no fundo, se tirarem isso da frente, vocês não valorizam a si mesmos. — Piero suspira. — Vocês dão todo o seu amor. Não resta nada
para vocês.

— E-eu não acho que somos assim — gaguejo.

— Eu acho que são — Piero insiste, olhando diretamente para mim.

— O senhor… não me conhece de verdade.

— Sei que você veio de Londres até um vilarejo em Kent com um menino que mal conhece na vida real, sem avisar seus amigos ou sua família, só porque ele parecia chateado.

De repente, não gosto de Piero Ricci.

— Sei que ele pediu sua ajuda — Piero diz —, mas a questão é que, embora pedir ajuda seja sempre bom, não podemos ficar contando que os outros vão resolver nossos problemas. Chega um momento em que precisamos ajudar a nós mesmos. *Acreditar* em nós mesmos.

— Está falando sobre Jimmy ou sobre mim? — pergunto.

Ele sorri e fala:

— Você me diz.

JIMMY KAGA-RICCI

Meu avô meio que estava certo. Eu não achei que estava comendo pouco, mas minhas roupas antigas continuam me servindo, embora eu devesse ter crescido e alargado. Como posso continuar tão magro e pequeno quanto aos catorze anos? Mas não estou passando fome. Ou estou?

Meu quarto parece menor. Isso acontece toda vez que venho aqui, como se encolhesse aos poucos, até o dia em que vai me esmagar. Quase não mudei nada aqui desde que fui embora. Tem pôsteres de bandas nas paredes. Adesivos no guarda-roupa. Bichos de pelúcia na cama. Uma guitarra velha num canto. Lençóis pretos com listras brancas. Coloco o livro de arte que meu avô me deu na estante, mas mudo de ideia e o deixo na mesa de cabeceira.

Tiro a roupa, pegando a faca do bolso do jeans. Sinto seu peso nas mãos. É estranho o conforto que sinto só de segurá-la. É estranho sentir tanto por um simples objeto. Ainda que eu me desfizesse dela, nada mudaria.

Eu a deixo na mesa de cabeceira também e deito na cama só de cueca. Ainda estou meio úmido, principalmente o cabelo, mas o edredom grosso é quente e confortável. Parece que estou afundando, e poderia continuar assim até desaparecer na cama e sair em outro universo.

Foi idiotice vir aqui. Só para chorar no ombro do meu avô. Para ficar com peninha de mim mesmo.

E foi uma idiotice ainda maior chamar uma fã para vir comigo, só porque estava com medo das pessoas no trem e ela me pareceu uma pessoa legal.

Mas tenho certeza de uma coisa. Sei qual é a decisão certa agora. Não seria idiotice. Não seria triste. Não seria digno de pena.

Vou me libertar.

Vou sair do Ark.

SÁBADO

segure o crucifixo diante dos meus olhos para que eu possa vê-lo
até o momento em que morrer.
Joana d'Arc

ANGEL RAHIMI

Assim que acordo em um colchão de ar no escritório de Piero Ricci, cercada por pilhas de livros de arte e sendo encarada por uma grande pintura de Jesus, mergulho no caos.

Nem preciso entrar no Twitter para ver as notícias. Recebo uma notificação do aplicativo da BBC News, que raramente uso.

Jimmy Kaga-Ricci, líder do Ark, some
durante gravação de programa

Meio dramático. Mas meio verdade.

Acho que ninguém sabe onde ele está.

Parece que eu também estou sumida, a julgar pelo número de ligações, SMS e pela mensagem que recebi de Juliet no Facebook.

Juliet Schwartz

Angel, você está bem?? Beleza, você quis ir pra casa, mas está tudo certo?? Chegou bem em casa? Estou preocupada, porque você não escreveu no Twitter, no Tumblr, nada. chegou bem? Por favor, manda mensagem ou liga. Você desapareceu e eu estou preocupada.

Tem também uma mensagem do meu pai.

Pai

Ouvi no rádio que um dos meninos da sua banda desapareceu.
Parece sério. Espero que você esteja bem. Me manda uma
mensagem quando puder. Bjs

Ainda bem que ele não sabe onde estou. Respondo para ele. Não se preocupa, estou bem. A mídia deve estar exagerando.

Vejo mais mensagens, todas meio que dizendo a mesma coisa. Até que chego a uma das últimas de Juliet.

Juliet Schwartz

ANGEL. Acabei de ver uma foto de Jimmy num trem...
E VOCÊ ESTAVA LÁ? Você está com ele??? É uma foto borrada,
mas tenho certeza de que é você, reconheci o seu moletom...
Que PORRA é essa? por favor, me diz o que está acontecendo.
Estão falando na internet que ele foi pra Kent, então imagino
que você tenha ido também? Por quê??? Caralho, Angel!!
Que porra você está fazendo??

Dou uma olhada nas fotos que tiraram de Jimmy durante a fuga dele; apareço em poucas. E estão todas borradas. Dá para ver que estamos juntos, mas não quem sou eu. Isso é bom.

Cara, não é fácil se esconder quando você é uma celebridade internacionalmente famosa, né?

Sinto uma pontada de culpa. Juliet ficou preocupada comigo. Claro que sim. Ela é minha amiga. Merda, eu devia ter voltado para a casa dela.

Respondo com uma mensagem pouco inspirada, porque não sei o que mais dizer.

Angel Rahimi

Oi, estou bem, está tudo bem

Jimmy continua na cama e eu estou tomando uma xícara de chá na cozinha quando alguém bate várias vezes e muito alto na porta de entrada da casa.

Piero, que já está acordado e vestido, suspira e levanta da mesa.

— Devem ser os meninos — ele diz, e o modo como fala "meninos" me lembra como os fãs sempre os chamam de "nossos meninos". Os meninos. Nossos meninos.

Então a ficha cai.

Rowan Omondi e Lister Bird estão aqui.

Ouço Piero abrir a porta da frente e dizer "olá", mas alguém o interrompe na mesma hora.

— Tá, onde é que ele está, caralho? Vou matar esse puto. Ele está bem? Chegou bem?

A voz passa de severa a profundamente preocupada tão rápido que fica difícil identificar quem está falando, mas quando a figura passa pela porta da cozinha para atravessar o corredor me dou conta de que é Rowan, claro.

Ele recua um pouco e me encara do outro lado da porta, com a testa franzida.

— Tenho uma caralhada de coisa pra te dizer logo mais — ele fala, apontando para mim, então segue em frente.

É absolutamente fascinante. Nunca vi Rowan *bravo*.

Lister Bird passa em seguida, usando apenas uma camiseta branca e calça. Parece estar morrendo de frio e ensopado. Ele me lança um olhar culpado ao passar, mas não diz nada.

Não era nem um pouco assim que eu queria conhecer o Ark — sem maquiagem, com as roupas de uma senhora, quando eles devem achar que sou algum tipo de sequestradora —, mas melhor isso do que nada.

JIMMY KAGA-RICCI

Acordo com todo meu corpo pulando, e me dou conta de que estou sendo violentamente sacudido. Descolo as pálpebras e tento focar a visão. Um "*Q-quê?*" deixa meus lábios, e eu noto que quem está me sacudindo é ninguém menos que Rowan Omondi.

— Seu *cabeça-oca do caralho*! — ele grita, alto demais. Ai, meu Deus, o que eu fiz? — Seu completo *cabeça-oca do caralho*, não consigo *acreditar* que você fez essa *porra* com a gente. *Por que* não respondeu às minhas mensagens, *cacete*? Não consigo acreditar que tivemos que vir *de carro* até a porra de *Kent* só pra te pegar. Por que você *nunca me fala nada...*

Lister está bem ao lado. Ele dá um tapinha gentil nas costas de Rowan.

— Tá bom, Ro, agora você pode parar de sacudir o cara como se fosse um globo de neve.

Rowan abre a boca para voltar a gritar, então a fecha de novo e para de me sacudir. Depois senta na cama ao meu lado e me puxa para um abraço.

— Puta que o pariu, achei que você tivesse sido sequestrado. Graças a Deus ainda lembro da porra do seu número de casa. Cara, olha só pra você, dormindo nessa cama minúscula com uma *faca* na mesa de cabeceira. Como se pudesse fazer alguma coisa contra si mesmo. *Caralho.*

Ele se afasta, mas mantém as mãos nos meus ombros e me olha de alto a baixo. Consigo me ver em seus olhos, piscando e desorientado.

— Você está bem? Aconteceu alguma coisa? Tem algo que não está me contando?

Pigarreio, ainda não totalmente acordado e muito confuso.

— Hum… São três perguntas diferentes.

Rowan balança a cabeça.

— Por que você veio pra cá, Jimmy?

Por quê?

— Não quero mais fazer parte do Ark. — Minha voz sai só um pouco mais alta que um sussurro.

Rowan e Lister olham para mim.

— Tá, cadê a menina? — Rowan pergunta. — Ela tem muito a explicar.

Ele sai do quarto, mas Lister fica. Mexe no meu guarda-roupa e joga uma camiseta para mim. Fico imóvel, sem saber muito bem o que deveria estar fazendo.

— Você está pelado aí embaixo, não? — Lister diz, erguendo uma sobrancelha e recostando no guarda-roupa.

— Que horas são?

— Quase uma da tarde.

Quase *uma*. Não durmo até a uma desde os dezesseis anos.

Visto a camiseta e saio da cama.

— Talvez uma calça também? — ele sugere.

— Ah.

Pego minha chino velha do chão e a visto. Lister espera e me observa, passivamente.

— Desculpa ter feito vocês virem até aqui — digo.

— É.

Olho para ele. Parece frio, alguém diferente. Não sorri.

— Desculpa mesmo — digo, mas sai como um sussurro rouco e sonolento. — Eu… me odeio. Queria…

Lister me encara com um medo súbito.

— Não diz o que eu acho que vai dizer — ele pede.

— Desculpa — respondo, mas ele já sabe o que é. Eu queria morrer.

— Primeiro: quem *é* você, caralho? Não quero ofender, mas quem *é* você, caralho?

Rowan aponta para Angel de maneira agressiva. Os dois estão de lados opostos da mesa. Ela parece não ter certeza se está encantada ou prestes a chorar.

— Podemos baixar o tom, Rowan, por favor? — meu avô murmura de um canto da cozinha.

— Tá, desculpa, mas *essa menina*... — Ele aponta para Angel como se fosse uma das cadeiras da cozinha. — Ela passou *a semana toda* rodeando o Ark. Na terça, passou a noite inteira do encontro de fãs com Bliss.

Eu me pergunto se ainda estou sonhando. Bliss? Como Angel conheceria Bliss?

Olho para ela, que está virada para Rowan, congelada na cadeira e com os olhos arregalados.

Rowan assente para ela.

— Pois é. Já sei de tudo. Achou que minha namorada não ia me contar? Ela é minha *namorada*. E me contou. Seu nome é *Angel*, não é?

Lister na mesma hora se vira para Rowan.

— Espera aí. *Angel?* — Então olha para mim. — Essa é a Angel? A Angel do banheiro?

Rowan confirma com a cabeça.

— É.

Todo mundo a encara.

Ela solta uma risadinha forçada.

— "Angel do banheiro"... A irmã mais nova e um pouco mais esquisita da Loira do Banheiro?

Ninguém ri junto.

— Aí o Jimmy desaparece e vejo fotos dele com Angel na internet. Bliss me manda uma mensagem do nada dizendo: "Rowan, eu conheço essa menina". Aliás, foi a primeira vez que tive notícias de Bliss desde a noite de terça. E aí Jimmy pega um trem com essa desconhecida para *Kent?* Acho que mereço uma explicação, não é?

Ele olha em volta, esperando que alguém concorde. Ninguém faz nada.

— A decisão foi minha... — começo a dizer, mas Rowan me interrompe.

— Metade do tempo, você não sabe que porra está *fazendo*, Jimmy. Aposto que se ela não tivesse incentivado você teria ficado bem. Tem noção de que tivemos que cancelar o programa, né? E a porra da assinatura do *contrato*. Cecily está *surtando*. — Ele me oferece o celular. — Está me mandando mensagem o tempo todo, exigindo que eu te leve de volta...

— Angel não fez nada. A decisão de vir aqui foi minha. A decisão de sair do Ark é minha...

— Você não pode tomar esse tipo de decisão sozinho...

— Você quer sair do Ark? — Angel sussurra, mas ninguém responde.

— Para de me tratar como se eu fosse mais novo e mais burro que você! — digo a Rowan, e percebo que estou gritando.

Ele estranha e franze as sobrancelhas.

— Não estou fazendo isso! É só que... você é mais frágil que... que...

— Que o quê? Você e Lister?

Estou no batente da porta, e Rowan vem na minha direção.

— Bom, é!

— Não sou frágil! Por que você sempre me trata como um bebê?!

— Porque você faz esse tipo de merda! Simplesmente foge da gente antes da gravação de um programa da porra do horário nobre!

Meu avô dá um passo à frente.

— *Agora chega*. Essa discussão não vai resolver nada.

Olho para Angel. Ela não está chorando, ainda bem. Achei que fosse chorar. Tipo, eu choraria se um ídolo meu começasse a gritar comigo.

— Está tudo bem se você precisa de um tempo — Rowan diz. — Está tudo bem querer ver seu avô. Poderia ter escolhido uma hora melhor, mas tudo bem. — Ele se vira e volta a apontar para Angel. — Mas não quero que essa *fã* maluca chegue perto da gente. Não sei que porra você quer, mas está me assustando pra caralho, e a culpa é toda sua.

Angel abre a boca e começa a gaguejar:

— P-posso ir embora... tudo bem...

— Ela não precisa ir embora — digo. — Não é o que você pensa. Eu queria vir pra cá e Angel me ajudou...

— São todas *iguais*, Jimmy — Rowan cospe, revirando os olhos. — Só querem tirar fotos da gente, trepar com a gente ou ver a gente trepando um com o outro. É tudo o que querem.

— Não vou mais tolerar isso — meu avô diz, sem paciência, e pega com firmeza no ombro de Rowan. — Vocês vão para a sala. Angel pode ficar aqui. Não quero mais ouvir gritos ou palavrões. Vamos ter uma conversa adulta sobre o que Jimmy quer e como devemos agir. Entendido?

Todo mundo fica em silêncio.

Então Rowan murmura:

— Entendido.

Ele sai da cozinha e me olha sério ao passar.

— Entendido, Jimmy?

Olho para meu avô. Essa bronca me lembra aquelas que ele me dava quando eu voltava tarde da escola pra ensaiar com a banda.

— Entendido — digo.

Lister está tamborilando a mão depressa na lateral da perna. Nossos olhares se cruzam, ele se vira e segue Rowan e meu avô para a sala.

Olho para Angel.

— Desculpa — digo, esperando que seja o suficiente.

Ela solta uma risadinha e senta na cadeira.

— Não é culpa sua — Angel diz, e tenho a impressão de que está culpando a si mesma.

ANGEL RAHIMI

Bom. Rowan odeia os próprios fãs. Por essa eu não esperava, de verdade.

Com certeza a culpa de tudo o que está acontecendo é minha. Eu deveria ter dito não quando Jimmy me pediu para vir junto. Então talvez ele não tivesse vindo, talvez não estivesse querendo sair do Ark, talvez seu relacionamento com Rowan não estivesse ruindo diante dos meus olhos.

A pior parte não foi Rowan gritar comigo. Ver ele e Jimmy discutindo foi como assistir ao mundo se dividir em dois. O que posso fazer? Nada. Não posso fazer nada. E se eles pararem de se falar por minha causa? E se deixarem de se amar por minha causa? E se passarem a se odiar por minha causa?

Meu Deus.

O que eu fiz?

A culpa é toda minha.

Por que estou aqui?

O que é a minha vida?

Eu levanto da mesa da cozinha, empurrando a cadeira para trás. Estão todos na sala. Ninguém me vê correr até o escritório, enfiar minhas roupas ainda não exatamente secas na mala e vestir uma blusa de frio. Ninguém me vê colocar a mochila nas costas e atravessar o corredor com a mala. Ninguém me vê abrir a porta e ir embora sem dizer nada.

Continua chovendo. Tanto que não consigo ver muito à frente. Parece um pesadelo.

Talvez seja tudo um pesadelo. Ou um sonho? Não consigo mais diferenciar.

Puxo a mala da garagem de Piero Ricci até a rua vazia. Então os respingos encharcam minhas meias. Quando olho para baixo, percebo que a rua não é mais que uma poça gigantesca. Talvez a taxista estivesse certa quanto à inundação. Do outro lado da rua tem mais algumas casinhas, mas depois disso só se vê o campo borrado. O mundo parece deserto, dissolvido pela chuva.

Paro de andar.

O que estou fazendo?

Aonde estou indo?

Quem sou eu sem o Ark?

Pego o celular no bolso e ligo para casa. Alguém atende depois de chamar duas vezes.

— Alô?

Enxugo a chuva dos olhos. É minha mãe.

Eu não tinha me dado conta de como estava com saudade de sua voz.

— Oi, mãe, sou eu.

Será que ela continua brava? Será que vai gritar comigo? Achei que meu pai fosse atender.

— Fereshteh. — Minha mãe espera que eu fale, o que não acontece. — Seu pai disse que você só vai voltar amanhã, no fim das contas.

De repente, meus joelhos fraquejam. Sinto que preciso sentar.

— Não sei o que estou fazendo, mãe — digo.

— O que foi, Fereshteh? Conte. Conte pra mamãe. Estou aqui, filha. Estou aqui.

— Você ainda está brava comigo?

— Nunca estive brava com você, querida. Só tive medo.

— Por quê?

Há uma pausa antes que ela responda.

— Porque senti que de repente não te conhecia. — Sua voz sai muito baixa, ou talvez a ligação esteja ruim por causa da chuva. — Ver você tão brava, tão determinada a ir ao show... sem se importar com suas próprias conquistas. Me perguntei se você não estava se transformando em uma menina que não valoriza nada em si mesma. Que só valoriza uma banda.

Percebo que estou chorando.

Estou parada no meio da rua, chorando.

— Conheci o Ark — digo, engasgando com minha própria respiração.

— A banda? Sua banda?

— É...

— E... não foi bom?

O barulho da chuva torna difícil ouvi-la.

— Não foi... c-como eu esperava... achei... que ficaria feliz de ver a banda, conhecer os meninos... mas só percebi... que... não tem nada de feliz ou bom no mundo... nada que seja bom de verdade ou feliz de verdade...

Não consigo mais falar, só choro. Nem mesmo estou falando coisa com coisa. Eu me agacho na rua.

— E-eu não... n-não sei quem sou sem eles. — Minha mão se fecha em punho, e eu a levo ao rosto. Quero me socar. — Minha vida inteira é... é o Ark... m-mas... não acredito mais na banda... e agora não tem mais n-nada de bom no mundo...

— Filha... — minha mãe sussurra, e como eu queria que ela estivesse aqui, como eu queria que pudesse me abraçar, como costumava fazer na minha infância quando eu caía e ralava o joelho.

— Você me acha uma tonta? — pergunto, com a voz rouca. — Acha que sou uma adolescente idiota?

Ela acha. Deve achar.

— Não, Fereshteh — minha mãe diz. — Não. Acho que você é a garota com o coração mais puro do mundo.

Levo as mãos aos olhos.

— Não tenho mais nada em que acreditar — digo.

— Alá está com você — ela diz. — Eu estou com você.

Quero explicar que, ainda que saiba que isso é verdade, ou pelo menos espero que seja, não é a mesma coisa, eles não podem preencher o buraco infinito que o Ark deixou em mim.

— E você tem a si mesma — ela continua. — Fereshteh. Minha...

A ligação cai de repente. Tiro o celular da orelha e olho para a tela. Sem sinal.

— Oi, Angel.

Uma voz me faz tirar os olhos do chão.

A metros de distância se encontra ninguém menos que Bliss Lai. Ela está com o mesmo jeans de quarta, com o cabelo liso quase seco, e segura um guarda-chuva aberto.

— Está tendo um surto na chuva? — Bliss pergunta, e sorri para mim. — Te entendo total.

— Como... por quê... o quê...?

— Eu sei — ela diz. — Costumo causar esse efeito nas pessoas.

Bliss senta no chão ao meu lado, segurando o guarda-chuva sobre nossas cabeças.

— E aí, o que está rolando? — ela pergunta.

— Estou no meio de uma crise — digo.

— Eu também.

— Por onde andou?

— Em casa. Não saio desde quarta. Os paparazzi não me deixam em paz.

— E por que está aqui?

— Achei que era hora de sair do esconderijo — ela diz. — E resolver a porra da confusão que é a minha vida. Rowan me mandou uma mensagem dizendo que vocês estavam aqui. — Bliss ri. — Não que eu tenha respondido.

— Ah.

— E por que você está aqui? Meio aleatório, né? Você não está perseguindo o Jimmy, está? Porque seria esquisito, e achei que você fosse legal.

Abro a boca para tentar explicar, mas volto a fechar. Impossível. Só balanço a cabeça para ela.

— Beleza — Bliss diz. Ficamos sentadas ali sob o guarda-chuva, enquanto termino de chorar.

JIMMY KAGA-RICCI

Meu avô liga a TV, como se assistir a um homem de meia-idade falar sobre os preços das casas de alguma maneira pudesse nos acalmar. Não ficamos nem um pouco calmos. Lister anda de um lado para o outro da sala, encarando o chão. Rowan se sentou em uma poltrona e cruzou os braços. Eu me sento no sofá e começo a mexer na minha correntinha.

Como vou explicar o que tenho na cabeça?

— Muito bem — meu avô diz. — Vou fazer um chá para nós. Não comecem a falar sobre o que aconteceu até eu voltar. Entendido? Acho que os três precisam de alguns minutos sentados, *refletindo*.

Rowan começa a protestar, mas meu avô sai antes mesmo que a frase termine. Ele recosta na poltrona e fica batendo o pé no chão.

Vejo as perguntas ardendo em seus olhos. Por que eu fiz isso? Por que quero sair do Ark? Eu odeio os dois? Como posso fazer isso com eles? Qual é o meu problema? Não gosto de fama e dinheiro? Não posso aguentar mais um pouquinho?

Já me fiz todas essas perguntas.

— Pode, *por favor*, parar quieto? — Rowan diz para Lister depois de alguns minutos.

Lister nem discute. Só para e fica imóvel.

Então diz:

— Lembra a festa de catorze anos do Jimmy?

Rowan e eu nos viramos para ele.

Lister assente, olhando para o teto.

— Só nós três aqui. Joan fez aquele bolo enorme e tinha um monte de garrafinhas daquela bebida de vodca azul, que ela achou que era suco. Não que alguém tenha ficado bêbado. Só fingimos, mas ninguém ficou bêbado de verdade.

Rowan e eu ficamos quietos.

— A gente tinha planejado ver os filmes do Senhor dos Anéis em sequência — Lister prossegue —, mas passamos quatro horas na garagem criando uma versão electro de "Parabéns pra você". Joan e Piero desceram para ver e no final aplaudiram. — De repente, ele abre um sorriso maníaco. — Ah, cara. Jimmy, Piero ainda tem aquela bateria velha na garagem?

Ele não espera que eu responda: segue para a porta, entra na cozinha e pergunta:

— Ei, Piero, por acaso você ainda tem minha antiga bateria?

Rowan levanta e o segue, resmungando qualquer coisa.

Eu levanto e vou atrás deles também. Deparo com meu avô perplexo na cozinha, com um saquinho de chá na mão.

— Tenho — ele diz. — Bom, não sabia o que fazer com ela, então ficou lá.

— *Maravilha!*

Lister atravessa o corredor quase que aos pulos e abre a porta da garagem. Rowan e eu o seguimos em silêncio, desconcertados. Ele se vira para nós e aponta para o cômodo.

— Vamos. A turnê de reunião da banda começa aqui, no Vilarejo Qualquer ao Norte do pântano de Kent.

Rowan suspira, mas a agitação em sua voz se dissipou.

— Lister... que porra é essa?

Não há resposta, e o acompanhamos até a garagem. Lister acende a luz e ali está, nosso palco original, o lugar onde compusemos, ensaiamos e gravamos nossos primeiros vídeos para o YouTube. Tem uma bateria enferrujada nos fundos, o banquinho rasgado e desbotado, dois teclados de plástico de um lado, e até nosso antigo violão, com os adesivos do My Chemical Romance e o desenho (de Lister) de uma mão mostrando o dedo do meio.

Lister vai direto para a bateria e senta, então procura em volta até encontrar as baquetas. Ele testa o instrumento, hesitante, e sinto que voltei no tempo. Eu me lembro do som. Tenho catorze anos de novo.

— Vem! — Lister diz para nós. — Vamos tocar.

Rowan olha para seu antigo violão. Comparado ao baixo de primeira linha que toca agora, parece algo que alguém abandonaria em um beco. Ainda assim, ele o pega, senta em uma cadeira e começa a dedilhar. Todos nos encolhemos ao ver como está desafinado. Sem dizer nada, Rowan começa a afiná-lo, murmurando as notas certas para si mesmo até que fique igual.

— Jim — Lister diz, olhando para mim. Ele aponta para os teclados. — Liga!

Hesito por um momento, então vou até lá. Um está ligeiramente mais alto que o outro. Eu costumava configurá-los de maneira diferente, então tocava os dois durante as músicas. Criava um efeito legal, numa época em que eu ainda não sabia nada sobre Launchpads, controladores Midi, sequenciadores ou qualquer software, na verdade. Isso veio depois.

Ligo os teclados. Fico surpreso por ainda funcionarem depois de cinco anos parados aqui na garagem.

Lister começa com uma batida simples e movimenta a cabeça no ritmo. Logo me dou conta de que está tocando a versão de "Parabéns pra você" que criamos anos atrás. Rowan ergue as sobrancelhas, mas logo acompanha e começa a tocar os acordes. Não fica tão legal no violão quanto na guitarra, mas não chega a ficar ruim.

Eu me viro para os teclados. Escolho meus dois sons preferidos, "guitarra suave" e "sintetizador de baixo". As notas me vêm do nada. Não sabia que tinha guardado no cérebro essa música boba que fizemos.

— *Jimmy faz aniversário* — começo a cantar antes de perceber o que estou fazendo. Levanto a cabeça, constrangido.

Lister tem um grande sorriso no rosto. Rowan continua com as sobrancelhas erguidas, mas sorri para mim de canto de boca, enquanto toca a sequência de acordes.

— Hum... Vou ter que cantar parabéns pra mim mesmo?

— Não, claro que *não*, Jimmy Kaga-Ricci — Lister diz. Ele faz uma virada na bateria e grita: — CINCO, SEIS, SETE, OITO!

A música explode. Começamos a cantar todos juntos, lembrando a versão ridícula de "Parabéns pra você" que inventamos.

Jimmy faz aniversário
Hoje é o dia dele
Já faz catorze anos
Que vive nessa pele

E logo percebo que Lister está inventando um monte de detalhes na batida, coisas que não era capaz de fazer antes. Ele aponta para Rowan, e Rowan cria um solo de violão na hora, o som acústico meio deslocado, mas fica estranhamente *bom*, e Lister aponta para mim com uma baqueta, e eu toco os teclados, e Lister grita a plenos pulmões:

Parabéns, meu rapaz
Parabéns, Jim
Todo amor de Lister e Ro
Melhores amigos até o fim

Todos rimos da letra que não encaixa direito, e eu esqueço o que está acontecendo. Só tocamos juntos, como crianças na garagem em uma festa de aniversário.

Quando voltamos para a sala, só Deus sabe quanto tempo depois, meu avô está sentado na sala, tomando seu chá.

Na frente dele, no sofá, está Angel. Por algum motivo, ela está ensopada, com uma toalha enrolada em volta do corpo.

E ao lado dela está Bliss Lai.

ANGEL RAHIMI

Rowan, que antes estava calorosamente sorridente, fica chocado ao entrar e ver a namorada.

— O que está fazendo aqui? — ele pergunta, engasgando com as próprias palavras. — Digo, o quê... por quê...

— Você avisou que estavam todos aqui — Bliss fala, dando de ombros. — Então pensei em me juntar ao grupo. Aliás, dá um toque pra Cecily notificar a imprensa de que Jimmy está bem. Estão todos achando que ele teve um surto tipo Britney.

Um silêncio horrível se segue.

— Por que você não...

A frase de Rowan para no meio, e ele engole em seco.

Piero suspira.

— Certo. Meninos, por que não damos alguns minutinhos a Rowan e Bliss?

Lister sai correndo da sala, antes mesmo que Piero termine de falar. Jimmy parece hesitante e nervoso, e só vai embora depois que Rowan assente para ele. Olho para Bliss. O sorriso simpático e brincalhão que conheci há poucos dias se foi. Ela parece ter acabado de chegar a um funeral.

Eu levanto e saio também.

Todo mundo está na cozinha, exceto Jimmy. Ele ficou recostado à parede do corredor, com a expressão vazia, sozinho. Mas levanta os olhos quando apareço.

— Oi — ele diz.

— Oi.

— Você chorou?

— Quem não chorou, né? — retruco.

— Justo.

— Hum.

Eu recosto na parede oposta.

— Você sabe que pode ir embora quando quiser, né? — ele fala, tentando sorrir para mim. — Não estou... digo... não quero que sinta que precisa ficar comigo.

Jimmy tem razão. É melhor eu ir logo mais.

— É. Daqui a pouco eu vou.

— Por que está aqui? — Escutamos a voz de Rowan. Dá para ouvir os dois claramente através das paredes finas da casa e da porta aberta.

— Precisamos conversar, não acha? — retruca Bliss, parecendo resignada.

— Mas por que agora? Por que me evitar a semana toda e aparecer agora?

— Eu precisava de tempo pra pensar.

— Bom, obrigado por me deixar lidando com tudo sozinho — Rowan solta.

— Eu também estava lidando com tudo sozinha.

— Não precisava. Podíamos ter lidado com isso juntos.

— Não podíamos, não — Bliss diz, então faz uma pausa. — Não podíamos, não. Não fazemos mais nada de bom juntos, Rowan.

Observo a expressão de Jimmy. As palavras de Bliss fazem seus olhos se arregalarem. Ele começa a puxar a gola da camiseta.

— Tem razão — Rowan diz após um momento. — Rá. Você está certa. Brigamos o tempo todo.

O silêncio é mais longo agora.

— Você sabe que eu te amo — Bliss diz. — Sabe que me importo com você.

— Eu sei.

— Só que... não mais de um jeito romântico.

— Ah.

— E... acho que... você no Ark... com a fama, os fãs, os paparazzi... não é a vida que eu quero.

— Tá.

— Era tudo o que eu queria dizer.

Ouço alguém fungando. Alguém chorando. Não sei dizer quem.

— Você é a única pessoa, além de Jimmy e Lister, que me vê como alguém normal — Rowan fala. Ah. Então é ele. — Quero fazer dar certo.

— Você sabe que isso não é um bom motivo para um relacionamento. E sabe que não vai dar certo.

— É. É, eu sei. — Rowan funga outra vez. — Desculpa. Desculpa por tudo.

— Você não precisa pedir desculpa — Bliss fala. — Foi bom pra caralho.

— É?

— É. Pude ficar com você e participar dessa sua vida maluca todo esse tempo, né? Mas não posso fazer isso pra sempre. Quero ser mais do que isso. Sou mais do que isso.

— Você é. Sempre foi.

Pouco mais é dito. Depois de um momento, Jimmy assente como que para si mesmo e entra na cozinha, me deixando sozinha no corredor.

Estou prestes a me juntar a ele quando meu celular toca. Eu me apresso a atender, sem ver quem está ligando. Deve ser minha mãe.

— Alô?

— Angel? É a Juliet. Estou na estação de Rochester.

JIMMY KAGA-RICCI

— O quê... por que você está aqui? — ouço Angel dizer no corredor, o que me parece estranho. Com quem ela está falando?

Volto e vejo que ela está ao celular, com uma expressão levemente temerosa. Será um parente? Seus pais devem estar se perguntando onde ela está.

Há uma longa pausa enquanto a pessoa do outro lado da linha fala.

— Estou bem, eu... ainda estou com o Jimmy — Angel gagueja.

Outra pausa longa.

— Não... não acho que seja boa ideia... já tem um monte de gente aqui, está tudo meio... está tudo meio caótico...

Uma pausa curta.

— Não, não faz isso.

Com quem ela está falando? Não parece ser um adulto.

— Não, espera, espera, eu... — Angel engole em seco. — Tá. Tá. Vou pedir o endereço. Mando por mensagem.

A pessoa com quem ela fala parece desligar bem rápido, porque Angel ouve por um momento, afasta o celular da orelha e fica olhando para o aparelho, confusa.

— Quem era? — pergunto, curioso de verdade.

— Er... Minha amiga Juliet. — Depois de um momento, ela conta mais. — Eu estava com ela em Londres quando... quando encontrei você. Juliet veio para Rochester atrás de mim. — Angel levanta o rosto. — Tudo bem se ela vier?

Juliet. Não sei nada sobre essa Juliet. Nunca ouvi falar dela. É fã do Ark? Se eu dou o endereço, ela vai sair espalhando? Será que Juliet só quer nos ver? Tirar fotos?

— Se não — ela prossegue, nervosa — eu… vou encontrar com ela na estação. Juliet está esperando. Em Rochester.

Não quero que Angel vá embora. Não com as coisas desse jeito. Ela é literalmente a única que entende o meu lado da coisa.

— Juro que ela nunca… nunca divulgaria o endereço. Juliet não é esquisita. Só quer me ver. Nem sabe que Rowan e Lister estão aqui.

O mais estranho é que eu acredito em Angel.

Acredito em tudo o que ela diz.

— Tá — digo, depois passo o endereço.

ANGEL RAHIMI

São quase duas horas quando Juliet chega. Eu só a deixei vir porque ela ameaçou ligar para a polícia acusando Jimmy de sequestro. Não sei como isso se sustentaria depois, mas ela pareceu estar falando sério, por isso passei o endereço.

Abro a porta para ela, depois de ficar esperando e olhando pela janela da sala. Juliet abre o guarda-chuva ao sair do táxi, embora já esteja um pouco desgrenhada — o cabelo está molhado e ela veste moletom e calça jeans.

Se tivesse vindo por causa de Jimmy, teria se arrumado. Não? Sei lá. Será que conheço Juliet tão bem assim?

— Oi — digo.

— Oi. — Ela se aproxima da porta, e há um leve momento de desconforto enquanto me pergunto se vamos nos abraçar, mas nenhuma de nós duas faz este movimento, então só recuo e a deixo entrar. Ela chacoalha o guarda-chuva antes de fechar a porta atrás de si. — Você está bem mesmo?

— Sim, continuo viva. Não fui assassinada.

Dou risada, tentando manter as coisas leves. Juliet sorri para mim, mas não chega a rir.

Piero vem da cozinha, onde assumiu a função de encarregado do chá. Eu disse a ele que uma amiga estava vindo logo depois de pedir o endereço a Jimmy. Piero não pareceu se importar nem um pouco. Na verdade, pareceu feliz com a perspectiva de mais convidados.

— Você deve ser a Juliet! — ele diz. — Sou Piero Ricci, avô do Jimmy. Quer um chá, querida?

— Sim, por favor.

Juliet é muito boa em manter a compostura, mas vejo certo assombro em seus olhos.

Piero desaparece outra vez, então Jimmy sai da sala. Parece dez vezes mais nervoso que Juliet.

— Oi, você deve ser a Juliet — ele diz, as mesmas palavras que o avô, mas em um tom completamente diferente.

— Isso, oi — ela responde no tom mais controlado, eloquente e adulto que já vi sair da boca de alguém da minha idade. — Obrigada por me deixar vir conferir se Angel estava bem.

Jimmy parece tão surpreso quanto eu com o absoluto autocontrole dela.

— Sem problemas.

— E... espero que esteja se sentindo bem? — ela diz.

— Obrigado — Jimmy diz, mas não responde. Ele assente e depois de um tempo volta para a sala.

Juliet fica imóvel por um momento, ainda segurando com firmeza o guarda-chuva.

Então diz:

— Ele é um cara bem normal, né?

Bliss vem da cozinha. Prendeu o cabelo em um coque bagunçado e acho que está usando um cardigã de Piero.

Juliet parece não acreditar em seus olhos. Chega a ser cômico.

— V-você também está aqui?

Bliss abre um sorriso.

— Pois é, oi, estou aqui e acabei de terminar com meu namorado. Estou solteira e de volta à pista.

— Ainda é cedo demais pra isso — Rowan grita da cozinha.

Acho que eles estão bem, no fim das contas.

Nós três — eu, Juliet e Bliss — decidimos sair um pouquinho da casa. Rowan e Lister aparecem antes de sairmos, e Juliet os cumprimenta como se estivesse fazendo contatos em um evento de negócios. A reação deles é parecida com a de Jimmy. Acho que, para quem está acostumado a ter meninas gritando todo dia, deve ser surpreendente conhecer alguém que se comporta de maneira normal e educada.

Vamos até o pub no fim da rua para conversar. Acho que devo dar espaço a Jimmy e aos meninos, mesmo que ele não queira que eu vá embora de vez.

Não dizemos nada durante a caminhada, embora estejamos as três debaixo do guarda-chuva de Juliet. Andamos em uma fileira na calçada, evitando a água que corre no meio da rua.

O pub parece um chalé pitoresco com poucas pessoas dentro, meio escuro e vazio. Pedimos bebidas — um copo de leite para Bliss, uma limonada para Juliet e J$_2$O para mim —, depois sentamos num canto. A chuva lá fora cobre a voz das outras pessoas. Juliet fica prendendo o cabelo atrás da orelha e depois soltando.

Temos muito para conversar.

Ainda ouço a voz dela falando na noite de quinta-feira:

"Como você pode passar a vida sem amar nada tanto quanto ama uma boyband?"

Ela estava certa quanto a isso, claro.

Não amo nada tanto quanto o Ark. Nem a mim mesma.

E acho que Juliet não sente a mesma coisa. Acho que ela sempre teve coisas mais importantes em sua vida. Talvez o Ark fosse uma fuga para ela, como era para mim. Mas talvez, no fim, ela fosse forte o bastante para que eles não ocupassem todos os espaços.

— Então... — Bliss fala. — Cara. Nossa. Quem diria? Né?

Isso meio que me faz rir. Até Juliet sorri.

— O que está rolando com vocês duas? — Bliss pergunta, e aponta para nós. — Estou sentindo uma tensão no ar.

Quando ninguém responde, ela aponta para Juliet:

— Menina rica. Você deu um pé no boy lixo?

Juliet ri.

— Er, sim. — Ela olha para mim. — Mac foi embora logo depois de voltar da estação de trem. Talvez a gente continue se falando, mas... nada além disso, acho.

— Boa, boa. Excelente. — Bliss aponta para mim. — Menina descolada. Como conheceu o Jimmy?

É uma longa história, mas Juliet também não sabe, por isso conto a elas. Sobre a multidão no meet-and-greet, ficar presa no banheiro com Jimmy, guardar a faca dele, devolvê-la na St. Pancras, ele me implorando para ajudá-lo a voltar para casa.

Parece que tudo aconteceu com outra pessoa. Não com meu velho eu entediante.

— Minha nossa — Bliss comenta quando termino. Juliet fica em silêncio, com a boca entreaberta. — Vou precisar de outro copo de leite.

Ela levanta e vai até o bar, deixando nós duas a sós.

— Como uma pessoa razoável pode beber leite *puro*? — pergunto, horrorizada.

— Eu *sei* — Juliet comenta. — É quase masoquismo.

Damos risada, então ficamos em silêncio por um instante, antes de tentarmos falar as duas ao mesmo tempo.

— Eu... — começo a dizer.

— A gente... — ela começa a dizer.

— Você primeiro.

— Não, não, você primeiro.

Suspiro.

— É... Desculpa. Por ter sido uma cretina a semana toda. Você queria passar o tempo comigo e me conhecer, mas... eu só me importava com o Ark. — Faço uma pausa. — E... Mac me contou sobre o lance com seus pais. Sobre terem te botado pra fora.

Ela arregala os olhos.

— Mac te contou isso?

— Desculpa *mesmo* por não... sei lá. Por não ter notado, por não ter te dado a chance de me contar. Fiquei a semana toda falando sobre o Ark e... sobre meus pais serem péssimos quando os seus são totalmente maus e... — Balanço a cabeça e baixo os olhos. Sinto o peso de todas as coisas terríveis que fiz nas minhas costas outra vez. — Fui a pior amiga do mundo.

Juliet morde o lábio.

— Bom... Desculpa por ter convidado o Mac. Deveria ser a nossa semana, mas fiquei toda empolgada com a ideia de ter um namorado e... acabei colocando Mac em primeiro lugar.

Espera, ela está pedindo desculpas? Mas a culpa foi minha, não?

— Você é a pessoa especial que conheci na internet, Angel — Juliet diz, com um sorriso fraco. — Sabe mais sobre mim que qualquer outra pessoa. Sinto que pelo menos... pelo menos *tento* ser eu mesma quando estou com você. Mesmo que a princípio não me saia muito bem nisso. Sempre gostei de conversar com você. Você me escuta. — Sai tudo em uma corrente de elogios para a qual não estou preparada. Quase engasgo com o gelo do meu refri. — Eu queria muito te contar sobre o lance com meus pais, mas... parecia que nunca era o momento certo. E você só queria mesmo falar sobre o Ark, e não tem problema, tipo, eu também estava empolgada, mas... sei lá. É mais difícil contar esse tipo de coisa pra alguém ao vivo.

Fico olhando para ela.

— Você é a pessoa especial que *eu* conheci na internet — digo.

Ela dá risada e ajeita o cabelo, desconfortável.

— Que bom!

— E você pode me contar coisas sérias assim. Prometo. Pode me mandar calar a boca sempre que eu estiver falando do Ark. Não vou ficar ofendida.

Nós duas rimos, depois voltamos a ficar em silêncio. Juliet fica brincando com o canudinho.

— Conhecer o Ark me mudou — digo.

Ela levanta os olhos e franze a testa.

— Como assim?

— Eles... — Como posso explicar? Como posso explicar para outra pessoa? — Eles eram meu único propósito na vida. Parecia que eu
tinha nascido pra... amá-los. — Balanço a cabeça. — Mas não dá pra
amar de verdade alguém que não conheço. E não conheço os três. Não
conheço nem um pouco.

Juliet apoia o queixo na mão.

— Eu também tenho sentido isso — ela comenta. — Quer dizer,
não da mesma maneira. Já venho sentindo há um tempo.

— Sério?

— Sério. Às vezes passo dias sem olhar o @ArkUpdates. Às vezes
fico ressentida por me importar tanto. — Juliet dá de ombros. — Às vezes sinto uma vontade de... de me libertar, ter minha própria vida, me
importar mais com outras coisas. Foi por isso que me apeguei tanto à
ideia de um relacionamento com Mac. — Ela suspira. — A gente fala de
outras coisas. Eu me sentia um pouco mais eu mesma, pra variar. No fim
eu não gostava dele tanto assim, pra ser sincera, mas quando falava com
ele, quando passava um tempo com ele, me sentia bem porque não precisava pensar no Ark pra... pra lidar com as outras coisas.

Faço que sim com a cabeça.

— É. Eu entendo.

Ela sorri.

— Precisamos nos preocupar mais com nós mesmas.

Sorrio também.

— Combinado, minha amiga.

Bliss volta com outro copo de leite e diz:

— Sem brincadeira, acredita que riram na minha cara quando
pedi isso?

Nós três rimos. Imagino que ter amigas de verdade seja assim.

JIMMY KAGA-RICCI

Já estamos no meio da tarde quando Rowan diz que quer sentar para conversar comigo e com Lister sobre a banda. Bliss, Angel e Juliet (a amiga dela que é surpreendentemente tranquila) já voltaram do pub, depois de terem passado mais ou menos uma hora lá. Meu avô está ouvindo um audiobook na cozinha enquanto faz alguma coisa no notebook.

Nós três vamos para o quarto. Estamos velhos e tristes demais para ficar aqui. Parece que estamos traindo nossas antigas versões — os três garotos que costumavam tocar aqui com instrumentos de segunda mão e anotar nossas letras nos livros de exercício da escola.

Lister e eu sentamos na cama, enquanto Rowan senta na cadeira da escrivaninha.

Ele inspira fundo e pergunta:

— Por que você quer sair do Ark?

Meus pensamentos saem, emaranhados uns aos outros, sem fazer nenhum sentido.

— É tudo uma grande mentira. É tudo falso. A magia da fama não me parece mais real. Não curto nada. Sinto que estou mentindo todo santo dia. Não posso fazer as coisas que quero. Não me sinto seguro no meu próprio apartamento e não posso sair de lá. Sinto isso faz um tempão, mas depois da foto Jowan desta semana eu só... eu só... estou ficando louco. — O volume da minha voz vai aumentando conforme falo. — Eu só... estou ficando louco.

Lister encontrou álcool na casa, aliás. Está com uma taça cheia de vinho na mão.

Rowan olha para mim.

— Tá.

Ficamos sentados sem silêncio por um minuto. Lister deixa a taça de lado, pega minha guitarra antiga e começa a dedilhar.

— Vocês conseguem ver que as coisas mudaram… né? — pergunto, desesperado. Ecos de nossos eus do passado dançam à nossa volta. Lister pulando na minha cama, batendo com as baquetas na parede. Rowan resmungando por não conseguir instalar o microfone no meu computador. — Vocês conseguem ver… que as coisas mudaram?

— Por que as coisas precisam ficar iguais? — Rowan pergunta.

— Bom… talvez não precisem, mas o caso é que estão piorando. O contrato, os fãs, os rumores… tudo está *piorando*.

— Como assim? Ficar mais rico e mais famoso, ter milhões de pessoas adorando nossa música, isso é pior?

— É isso que você quer? — pergunto. — Dinheiro e fama?

— *Não*, mas… — Rowan balança a cabeça. — Só não consigo entender o que te incomoda.

— Me incomoda que eu não possa sair e dar uma volta quando quero — digo. — Me incomoda não poder ver meu avô quando quero.

Rowan me observa.

— Me incomoda não estar mais curtindo ser parte da banda — concluo.

Lister ergue o rosto e para de dedilhar.

— Tá. Tá. Eu entendo. — Rowan suspira. Ele esfrega a testa com a mão. — Olha… Jimmy, não estou dizendo que nada disso é justo. Mas… esse é o acordo que fizemos. Temos que tolerar isso em troca de sermos, vamos encarar, algumas das pessoas mais privilegiadas do planeta. Sei que você quer que seja tudo perfeito, mas nada é assim. Você só precisa aguentar a parte ruim e esperar um pouco mais até que compense. Daqui a um ano vamos ser famosos nos Estados Unidos e olhar para trás e nos perguntar com que porra estávamos preocupados!

— E se eu ficar esperando e nunca melhorar? — pergunto.

— *Vai melhorar.*

— Você não tem como saber, Rowan. — Levanto a voz. — Não vou mais ficar sentado esperando que as coisas mudem. Vou mudar as coisas. Uma vez na vida, vou fazer o que *eu* quero.

— E você não dá a mínima pro que *a gente* quer? Não dá a mínima pra tudo o que fizemos juntos nos últimos seis anos? — Rowan solta.

— Nos divertimos tocando juntos pela primeira vez em meses. Talvez anos. Você não se importa mais com a gente?

— Claro que me importo, mas não está mais sendo bom. — Por que ele não entende? Por que sou o único que se sente assim? — Não posso continuar mentindo diariamente. Aparecendo em eventos, sorrindo e acenando, fingindo estar feliz. Não posso continuar vivendo assim.

— Você parece uma criança falando — Rowan diz.

— E *você* continua sendo um *babaca* condescendente...

— Vocês podem *parar*, porra? — Lister solta. — Cara, nunca ouvi vocês discutindo assim.

Rowan e eu ficamos em silêncio.

— Isso não está levando a lugar nenhum.

— Bom, e o que você quer que a gente faça, Lister? — Rowan pergunta, revirando os olhos.

Lister toma um belo gole de vinho.

— Talvez a gente deva ir embora — ele diz, olhando para mim.

— Como assim? Eu e você? — Rowan pergunta, olhando para Lister.

— É. Não acho que Jimmy queira mais a gente aqui.

Ele levanta da cama e sai pela porta.

Rowan o acompanha com os olhos, me encara mais uma vez, então levanta e o segue.

E, por pior que pareça, eu fico aliviado.

ANGEL RAHIMI

Embora eu esteja feliz por ter tirado muita coisa do peito, Juliet continua irritada porque não quero ir pra casa com ela.

— A gente não deveria estar aqui — Juliet diz. Estamos sentadas na cozinha, ouvindo Rowan e Jimmy aos gritos. — É errado.

Eu a entendo. Parece que dois planetas estão prestes a colidir.

Encontro Jimmy sozinho na sala. Ele olha para mim quando entro e eu sento a seu lado. Seus olhos estão meio vermelhos.

— Oi — digo.

— Oi.

Sinto que podemos nos comunicar sem falar.

— Você ainda quer sair do Ark? — pergunto.

— Quero. Er, sim. Acho que sim.

Assinto e baixo os olhos.

— Tá.

Então é isso.

É o fim.

Ajudei a dar um fim à única coisa com que me importava.

— Por que você gosta do Ark? — Jimmy pergunta, olhando para mim. Seus olhos castanhos estão enormes. Eu os conheço bem, conheço cada parte dele, a maneira como seu cabelo fica armado de um lado, seu maxilar suave, seus ombros levemente curvados. No entanto, não o conheço nem um pouco.

— Vocês são… a porra da minha vida — digo. — Quando tudo está ruim, quando eu acordo e quero voltar a dormir pra nunca mais acordar, vocês estão lá pra mim.

— Eu não — ele sussurra.

— Você *está*. — Engulo em seco, nervosa. — Se querem terminar… eu entendo. — Dou um tapinha no peito. — Mas… acho que… uma parte minha vai junto.

— Uma parte sua?

— Sem vocês… sem o Ark… tudo o que tenho é minha vida sem graça. Vocês são uma das poucas coisas boas e *verdadeiras* pra mim. São parte da minha verdade.

Ele pisca.

— Você também é parte da minha.

— Sou?

— Sim.

Jimmy levanta o rosto. Sigo seus olhos e noto que estão fixos na parede de fotografias, de sua infância, de seus pais, de toda sua vida.

— Este lugar ainda é sua casa? — pergunto.

Ele assente.

— Sim.

— Você deve sentir bastante saudade. E do seu avô.

Jimmy assente outra vez.

— É. — Ele olha para mim. — Meu avô me deu aquela faca no meu aniversário de dezesseis anos. Sei que é idiotice ficar andando com ela, mas me lembra deste lugar.

Ele leva a mão ao bolso de trás, então parece ligeiramente em pânico. A mão volta vazia.

— Deve ter ficado no jeans de ontem — murmura.

Não foi à toa que ele ficou desesperado para recuperá-la.

— É antiga? — pergunto.

— Era do meu bisavô.

Um silêncio se segue, então ele levanta abruptamente do sofá, abrindo e fechando a mão ao lado do corpo.

— Vou só... pegar.

Fico olhando enquanto ele sai da sala. Volto a me concentrar nas fotografias na parede, então levanto para me aproximar e procuro aquela em que está escrito "Angelo Ricci". O homem tem maçãs do rosto pronunciadas, olhos escuros e grandes, e uma expressão perdida.

Igualzinho a Jimmy.

O som da voz de Jimmy me faz sair da sala. Vou para o corredor, e ele passa por mim correndo, seguido por Piero, que balança a cabeça.

— Não estou entendendo — Jimmy fala. — Você deve ter tirado do meu jeans e colocado em algum lugar.

Ele segue até o aquecedor que fica no meio do corredor, onde a calça de ontem está secando. Então tateia, mas a faca claramente não está ali.

Piero ri.

— Não vi a faca! Sei que estou velho, mas minha memória ainda não ficou tão ruim assim.

— Bom, foi o último lugar em que a pus. No bolso da calça. O jeans que eu tirei ontem à noite e que você colocou aqui hoje de manhã.

— Será que você não deixou cair lá fora?

— *Não*, estava comigo ontem à noite! No quarto! Mas agora não está!

Rowan surge no corredor. Está de casaco e com o celular na mão, parecendo prestes a partir.

— O que está rolando? — ele pergunta.

Jimmy joga o jeans de volta no aquecedor.

— Sumiu.

— O quê?

Jimmy não responde. Só segue pelo corredor e volta para o quarto.

Juliet e Bliss surgem atrás de Rowan, confusas.

Piero suspira.

— Ele perdeu a faca.

Os olhos de Bliss ficam arregalados.

— *A faca?* A que é uma relíquia da família? Merda. Rowan me falou a respeito. Mas pra que ele quer?

— É importante pra ele — respondo, e todo mundo olha para mim. Rowan franze a testa, aparentemente ainda irritado com minha presença.

— Bom, eu e Lister já vamos. — Rowan olha na direção do banheiro e grita: — *Allister! Estamos indo!*

Espera... eles estão indo?

Vão deixar Jimmy para trás?

Lister não aparece. Quem volta é Jimmy, ainda mais agitado do que ao entrar.

— Não está lá.

Seus punhos estão bem cerrados, os olhos vagueiam freneticamente pelo corredor, procurando cantos escuros.

— Vai aparecer — Rowan fala.

De repente, Jimmy para e olha para ele.

— Você pegou — diz.

— Quê?

— Não pegou? — Jimmy dá um passo na direção de Rowan. — Você pegou minha faca.

JIMMY KAGA-RICCI

Rowan pegou minha faca. Sumiu da mesa de cabeceira. Ele pode ter visto no meu quarto quando foi me acordar, ou talvez durante nossa conversa, e decidiu que era melhor tirá-la de mim.

Como sempre, Rowan teve uma reação exagerada. Veio para cá como se eu tivesse sofrido um colapso nervoso e fosse um perigo para mim mesmo. A primeira coisa que viu ao irromper no quarto hoje de manhã deve ter sido a faca na mesa de cabeceira. Então ele decidiu pegá-la.

Só pode ser isso. *Tem* que ser isso.

— Você está de brincadeira? — Rowan balança a cabeça. — De que merda está falando?

— Minha faca sumiu. Você é o único que pegaria.

— Por que eu faria isso? — Rowan pergunta. — Não tenho o menor interesse em tocar naquela coisa. — Ele olha em volta. — Pelo amor de Deus… por que eu faria isso?

Por que Rowan está mentindo?

— Piero! — Rowan aponta para meu avô, que está com as costas apoiadas na parede do corredor e com os braços cruzados. — Você deve ter tirado dele, não foi?

Meu avô balança a cabeça, perplexo.

— Não, não, eu não pegaria uma faca que não é minha.

A mão de Rowan cai.

— Jimmy, você pode me *revistar*. Juro que não está comigo…

— *Devolve!* — eu grito.

— *Não está comigo!* Posso apostar cinquenta mil libras que está com *ela.* — Rowan aponta de maneira agressiva para Angel, que também está no corredor, e depois para Juliet. — Ou com a amiguinha dela.

Angel solta uma risada histérica, o que provavelmente não a ajuda em nada.

Rowan começa a rir também, então segue na direção da porta.

— Olha, estou indo embora...

— *Não.* — Pego o braço dele e o puxo. — Não faz isso comigo, porra. Só devolve.

Ele puxa o braço de volta.

— Isso o quê? O que eu poderia fazer com você que seja pior do que o que está fazendo comigo?

— Meninos, por favor. — Meu avô olha para Rowan. — Anda, devolve a faca para ele.

— *Não está comigo!*

Do meu lado, Juliet murmura para a amiga:

— Angel... está com você?

— *Quê?* — Angel praticamente grita. — Eu *nunca* roubaria algo do Jimmy, nossa!

Não pode estar com Angel. Ela é a única que está me ajudando. Se quisesse ficar com ela, simplesmente não teria me devolvido ontem.

— Mas... você... tipo, você tem agido meio estranho...

Juliet para por aí. Angel pisca várias vezes e volta para a cozinha.

— Você não pode sair — digo a Rowan.

Ele suspira.

— Aposto que você só perdeu aquela porra ou algo assim.

— Por que não *admite* que está com você?

— Anda, Rowan — Bliss fala, olhando feio para ele. — Devolve logo a faca.

— Já disse que *não está comigo!*

— *Chega.* — Meu avô puxa Rowan pelo ombro e o faz ficar sentado, depois me leva até a cozinha. — Ninguém vai a lugar nenhum até isso ser resolvido. Quem estiver com a faca pode me entregar quando quiser. Não vou fazer nenhuma pergunta. — Ele solta o ar com força. — Era do meu pai. Também não quero que a levem.

Eu sento pesadamente na cadeira da cozinha. Angel, que já está ali olha para mim.

Não está com você, né?, pergunto com os olhos.

Ela só balança a cabeça para mim.

Decido tomar um ar. A casa está bem quente e abafada com tanta gente dentro, e começo a sentir o pânico voltar. Saio para o quintal e caminho pela grama molhada, respirando ar fresco. Não para de chover. Me pergunto se o rio transbordou.

Minhas roupas vão ficando cada vez mais molhadas, e minha camiseta logo passa de cinza-claro a cinza-escuro.

Vamos ficar todos presos aqui para sempre, imobilizados pela indecisão?

Ninguém vai poder fazer o que quer?

Isso não seria muito diferente de continuar na banda...

Enquanto passeio pelo jardim, uma figura aparece atrás de um arbusto. Preciso apertar os olhos na chuva para identificar quem é — Lister, com um cigarro aceso na boca, sentado em um banco com vista para os bosques e campos mais adiante.

— Oi — eu digo, e ele se encolhe ao som da minha voz, depois ri ao me ver.

— Não ouvi você chegar — Lister diz, e dá uma tragada no cigarro.

— Você não devia fumar. Vai morrer.

— Estamos todos morrendo.

— Espertinho.

— Não quero envelhecer, de todo modo. — Lister dá outra tragada. — Parece chato. Já vivi o bastante, obrigado. Melhor descansar.

Sua voz está um pouco arrastada. Ele tem um copo vazio na outra mão.

— Calma — digo. — Você só tem dezenove anos. Não vai morrer ainda.

— Dezenove anos é *velho demais*.

Dou risada, mas não consigo ignorar a leve sinceridade em sua voz.

— O que está rolando? — Lister pergunta. — O que vai acontecer?

Não sei responder. Ele apaga o cigarro no banco, põe no copo e se vira para mim. Por um momento, acho que quer me beijar de novo, mas em vez disso leva a cabeça ao meu pescoço, apoia a bochecha no meu ombro e me abraça de lado. Lister tem um leve cheiro de fumaça e álcool, mas é tão quentinho.

— Também quero mudar — ele diz. Uma gota de chuva escorre de seu cabelo e aterrissa na minha perna. — Quando eu voltar numa outra vida, vou ser uma pessoa normal, com um trabalho normal. Ninguém vai me conhecer.

É uma boa alternativa? Não sei.

— Jimmy... — ele diz. — Desculpa...

Acaricio o braço dele.

— Pelo quê?

— Eu... — Lister esconde os olhos. — Eu tirei a foto.

— Que foto?

— A foto Jowan. De terça.

É um soco no estômago. Preciso de um momento para absorver a informação.

A voz de Lister sai trêmula.

— Eu... estava certo de que não tinha tirado, mas... aí encontrei no meu celular... e lembrei...

Não consigo nem falar.

Ele se endireita.

— Olha, Jimmy, eu... isso faz meses. O... todo o lance Jowan, os fãs, isso estava me irritando. — Seus olhos se enchem de lágrimas. — O fato de que todo mundo queria que você e Rowan... estivessem *apaixonados* ou sei lá o quê. Mexeu comigo. Fez com que eu sentisse que nunca teria uma chance com você, porque os fãs ficariam... *putos*.

— Uma chance... comigo? — repito.

Lister segue em frente, como se eu não tivesse falado nada.

— Faz *anos* que gosto de você, mas os fãs não estão nem aí. Não enxergam *nada*. Só querem continuar falando de *Jowan*. Então, aquela noite, depois de uma festa em casa, vi vocês dois deitados na cama parecendo... sei lá... duas pessoas casadas ou algo assim... — Uma lágrima rola pelo rosto dele. Ou talvez seja só a chuva. Lister diz o mais baixo possível: — Eu nunca tinha me sentido tão infeliz e sozinho.

Fico parado, sem dizer nada.

Ele dá risada e joga os braços para o alto.

— Então fiz o que sempre faço! Transformei em piada. Fiquei bêbado, tirei uma foto e mandei pra alguns amigos dizendo "Haha! Olha só isso! Jimmy e Ro parecem um casal de oitenta anos!!". Claro que um dos idiotas acabou vazando. Mas é tudo culpa minha, Jimmy. — Lister se vira para mim. — Sinto muito. Sinto muito mesmo.

A culpa não é dele. É minha.

É minha por ter sido tão cego.

— Jimmy — Lister diz —, por favor, não me odeia.

— Eu não te odeio — digo. — Eu me odeio. — De repente, o fato de que isso é verdade é demais para mim. Cerro as mãos em punho e as levo aos olhos. — Eu me odeio muito. Cara. Não mereço viver.

Ele arregala os olhos.

— Preciso ficar sozinho — digo, então levanto e começo a voltar para casa. Lister me chama, mas não quero ouvi-lo, não quero ouvir mais nada disso.

ANGEL RAHIMI

É começo de noite, e os gritos recomeçaram. Juliet desistiu de tentar fazer com que eu volte com ela, mas se recusa a me deixar sozinha com o Ark, por isso está sentada na cozinha com Piero, ouvindo rádio.

Bliss montou acampamento na mesa da cozinha, com um livro que pegou do escritório de Piero. Ela tentou pedir um táxi há um bom tempo, mas ficou sabendo que a única estrada que atravessa o vilarejo alagou e ela só vai ser liberada daqui a algumas horas.

O que significa que está presa aqui, que todos nós estamos, até que a situação mude.

Estou sentada sozinha no escritório, encolhida no colchão de ar. Fico olhando o celular, como se esperasse que alguém me mandasse uma mensagem, mas ninguém o faz. Ainda bem que meus pais não sabem que estou aqui. Ficariam loucos de preocupação.

A faca de Jimmy ainda não foi encontrada.

Piero vem ao escritório e me pergunta se quero chá. Digo que sim, levanto e saio com ele.

— Você não viu Lister, viu? — ele pergunta enquanto andamos pela casa.

— Não.

— Hum.

Piero não diz mais nada.

Jimmy e Rowan continuam a gritar na sala.

— Meninos, seria bom dormir um pouco — Piero sugere, gentil.

— Não vou conseguir dormir sabendo que alguém poderia me apunhalar a *qualquer momento* — Rowan diz, olhando feio para mim enquanto passo pela porta da sala.

— Certo — Piero diz. — Avisem se quiserem mais chá.

— Vocês viram Lister? — uma voz murmura.

Abro os olhos. É Jimmy. Estou cochilando na mesa da cozinha, com a cabeça apoiada nos braços. O rádio continua ligado e vozes crepitantes sussurram ao fundo.

— Não — fala Bliss, que já está na metade do livro que pegou emprestado, *Tess dos D'Urbervilles*.

Eu e Juliet balançamos a cabeça.

— Ele não está em casa — Jimmy comenta, coçando o pescoço. Parece que faz quatro anos que não dorme.

— Será que não saiu para fumar? — Bliss pergunta.

— Vou dar uma olhada.

Piero levanta e revira uma gaveta.

— Leve uma lanterna. O sol logo vai se pôr.

— Vou com você — Bliss fala, já levantando.

— Eu também — digo.

— Então eu também — Juliet diz.

Piero suspira.

— Certo. Não entrem em pânico, mas tomem cuidado. Tem vários lugares alagados.

Rowan chega quando estamos saindo. Parece exausto.

— Aonde estão indo agora? — pergunta, com a voz um pouco rouca.

— Lister não está aqui — Jimmy diz.

Reviramos todo o quintal, depois o jardim que fica na frente da casa. Rowan sobe e desce a rua e vai ver até no pub, mas o lugar fechou mais cedo por causa do mau tempo.

Lister desapareceu.

Voltamos para a casa e nos reunimos no corredor. Jimmy liga para o celular de Lister, que toca na sala.

Jimmy se agacha, leva as mãos à cabeça e começa a murmurar:

— Ele sumiu. Ele sumiu.

— Tenho certeza de que Lister só foi dar uma volta para espairecer — Bliss garante, mas sua voz não parece nem um pouco confiante. — Você sabe como ele é. Imprudente. Sempre faz o que quer.

— Mas ele não é *idiota* — Rowan solta.

Bliss joga as mãos para o alto.

— Então tá, só estou tentando ficar calma em vez de histérica. Jimmy. — Ela o cutuca com o pé. — Jimmy. Levanta, cara.

— Ele não pode ter ido muito longe — Juliet comenta. — Quanto tempo faz que sumiu?

Ninguém sabe ao certo. Ninguém o viu sair. São quase oito horas da noite.

— A última vez que vi Lister foi duas horas atrás — Jimmy murmura.

— Tenho certeza de que ele só saiu pra fumar sossegado — insiste Bliss, determinada a manter todos esperançosos, embora os outros já estejam pensando no pior, o que fica óbvio pela cara deles.

— Sim, eu gostaria de registrar um desaparecimento — Piero diz. Está ao celular com a polícia, enquanto a gente está sentado em volta da mesa da cozinha. — Um jovem de dezenove anos. Tem cerca de um metro e oitenta, cabelo castanho-claro, é branco e magro. — Ele olha para a gente. — O que ele estava vestindo?

— Camiseta branca e calça cinza — Jimmy responde na mesma hora.

— Camiseta branca e calça cinza — Piero repete.

Há uma pausa.

— O nome dele é Allister Bird. O apelido é Lister.

Outra pausa.

— Sim, eu sei que ele é famoso. Mas é daqui. Sou amigo da família. Ele estava comigo esta noite.

Será que a polícia vai acreditar em Piero?

— Faz umas duas horas que ele sumiu.

Há uma pausa muito mais longa. A expressão de Piero muda.

— Isso é sério — ele diz. — Encheu tudo por aqui, estamos muito preocupados e...

Todos prendemos o fôlego.

— Entendo — Piero diz. — Bem, obrigado pelo seu tempo.

Ele desliga e nos damos conta do que aconteceu.

Duas horas não é tempo o bastante para que alguém seja considerado desaparecido. Não chega *nem perto*.

Jimmy solta um grunhido baixo e volta a levar a cabeça às mãos. Bliss faz *tsc-tsc*.

— Então vamos procurar por ele — fala a última pessoa que eu esperaria que dissesse isso: Juliet. Ela cruza as mãos sobre um joelho, depois joga o cabelo para trás. — Está ficando escuro, mas temos as lanternas dos celulares. Não pode ser difícil.

Rowan fica olhando para ela.

— Ainda não tenho muita certeza de quem é você — ele diz —, mas concordo.

— Sou *Juliet* — ela diz em um tom bem irritado, que me faz sorrir. Achei que fosse ficar toda nervosa com Rowan, mas agora ela o olha como se ele fosse um irmão mais novo irritante.

— Então tá. — Bliss bate palmas uma vez. — Vamos. — Ela olha para mim e para Jimmy. — E vocês dois? Topam?

Nós dois levantamos e dizemos:

— Óbvio.

Quase exatamente ao mesmo tempo.

JIMMY KAGA-RICCI

O sumiço de Lister é culpa minha. Ele deu várias indicações de que não estava bem. Mas eu não notei, nem mesmo depois que falou da foto. Por que não lhe dei a devida atenção?

Estou sempre envolvido demais comigo mesmo. Por que não noto nada do que acontece com os outros?

Meu avô é o único que fica em casa. Nós cinco saímos para o jardim — eles usam a lanterna do celular, e eu uso uma lanterna de verdade, porque meu celular está sem bateria. Meu avô emprestou suas galochas a Rowan, porque não serviram em mais ninguém. Assim, em menos de cinco minutos os nossos tênis ficam cobertos de lama.

O sol está começando a se pôr agora, embora mal dê para notar. As nuvens assumem um tom de cinza um pouco mais escuro.

— Pra onde ele pode ter ido? — Juliet pergunta. — Como vamos saber onde procurar?

— Tem pegadas aqui! — Bliss grita do outro lado do jardim. Vamos até onde ela está e confirmamos o que disse: tem mesmo pegadas na terra molhada. — Acho que ele foi para lá, não?

Ela aponta para o início da trilha do bosque. Era ali que a gente costumava levar o cachorro de Rowan para passear, brincar de polícia e ladrão e montar bases secretas.

Água escorre por alguns pontos da trilha. Como pequenos córregos. O que aconteceu com o verão?

— *LISTER!*

Rowan é quem tem a voz mais forte e assumiu a maior parte da função de gritar. Faz quase quinze minutos que estamos andando, nos embrenhando cada vez mais no bosque.

Nós três até acampamos aqui uma vez. Ainda sei me virar, mas tudo parece distorcido e errado com a chuva e o céu cada vez mais escuro. Há muito tempo já não é mais possível ver a casa do meu avô.

— *LISTER!* — Rowan para e se vira para nós. Sua pele, ensopada da chuva, cintila à luz das lanternas. — Eu... não acho que seja seguro ir mais longe. Estamos chegando perto demais do rio.

— Quê? Não vamos simplesmente *desistir*. Algo pode ter acontecido com Lister.

Bliss concorda.

— É... — Ela ilumina o caminho mais adiante. — Olha, ali já está completamente alagado.

A água correndo reflete a luz.

Para minha surpresa, quem fala a seguir é Angel:

— N-não podemos *abandonar* Lister aqui.

— Na verdade — diz Juliet, tremendo de forma violenta —, nem sabemos se ele veio mesmo pra cá.

— Mas e se *veio*?

Rowan se mantém imóvel, olhando para o chão.

Então se vira e grita o nome de Lister tão alto que todos nos encolhemos, enquanto Juliet leva as mãos às orelhas.

— Essa chuva do caralho — Bliss resmunga.

— E se a gente se dividir? — sugiro. Precisamos continuar procurando. Topo qualquer coisa para continuar procurando. Já estou quase chorando de novo. A culpa é toda minha. Precisamos encontrá-lo. Vamos encontrá-lo.

— Não, isso não vai ajudar em nada — Rowan diz. — É melhor ficarmos juntos.

É verdade. É melhor ficarmos juntos.

Bliss solta um suspiro pesado.

— Tá. Vamos andar mais um pouco.

Fazemos isso.

Rowan e eu acabamos um ao lado do outro no fim do grupo.

— Por quê? — ele murmura. — Aonde Lister foi?

Olho para Rowan e não sei dizer se está chorando ou se é só uma gota de chuva escorrendo por sua bochecha.

— Não vou aguentar se vocês dois me deixarem — ele diz.

Vou mesmo deixá-lo?

Não sei.

Não sei mais.

ANGEL RAHIMI

Não sei há quanto tempo estamos andando quando finalmente paramos. Já faz um tempo que não gritamos. A iluminação vem quase toda das nossas lanternas. A trilha acaba em uma plantação de trigo aparentemente interminável. Deste ponto, Lister poderia ter seguido em qualquer direção.

— E agora? — Jimmy pergunta.

Por um momento, ninguém fala.

— Talvez a gente devesse voltar — Rowan murmura.

Jimmy protesta.

— Não, não. Não podemos.

Ele tem razão. Não podemos voltar. Não podemos deixar Lister aqui.

Bliss e Juliet ficam quietas.

— Vocês podem voltar — Jimmy continua. — Se quiserem. Mas eu não vou.

— Aonde mais vai procurar? — Rowan pergunta. — Ele poderia estar literalmente em qualquer lugar!

— A gente devia continuar — digo.

Todo mundo se vira para mim. Os olhos de Jimmy se iluminam.

— É — ele diz, assentindo. — É. Se a gente se espalhar pela plantação pode…

— Não é *seguro* — Rowan diz.

— É, bom, Lister não está *seguro* — Jimmy grita. — E a culpa é minha! Então não vou voltar até encontrá-lo.

— Eu também vou ficar — digo, e Jimmy olha para mim outra vez.

— Bom, não podemos deixar vocês aqui! — Rowan fala, olhando para nós.

— Você vai ter que escolher — Jimmy fala. — Ou vai, ou fica.

Somos todos interrompidos por um clarão, seguido pelo estrondo baixo de um trovão. A chuva parece apertar.

— Pessoal — alguém diz. Todos nos viramos e deparamos com Juliet agachada perto de alguns arbustos à beira da trilha. Ela levanta e nos mostra um objeto. — Não era isso que Lister estava bebendo?

Nós nos aproximamos. É uma garrafa vazia de vinho tinto. Jimmy a observa, depois procura nos arbustos. Eles foram pisoteados e afastados, criando uma espécie de túnel.

— Era — Jimmy diz, em um sussurro rouco.

Ele deixa a garrafa e sai correndo por ali.

Os outros gritam para que volte, mas eu não hesito. Saio correndo atrás.

JIMMY KAGA-RICCI

Está escuro, mas consigo ver exatamente por onde ele seguiu. Vejo a grama amassada e as pegadas na lama. Eu o chamo. Lister vai aparecer morto, né? Alguma coisa aconteceu. Afasto os galhos e os espinhos, sinto minha pele sendo arranhada, mas não me importo, não me importo mais. O que eu fiz?

Tem alguém atrás de mim. Rowan? Eu me viro e... Não. É Angel. Ela se importa. Por que está fazendo isso?

Por que está aqui comigo?

Por que isso está acontecendo?

— A gente vai encontrar o Lister — ela me diz enquanto corremos, e é como uma promessa de um anjo de verdade, pois eles sabem exatamente o que vai acontecer o tempo todo.

Saímos dos arbustos e Angel agarra a barra da minha camiseta antes que eu caia no barranco — chegamos ao rio, embora neste ponto esteja raso, com só alguns centímetros de profundidade, então está mais para um riacho. A margem é alta e íngreme, e a lama dá a impressão de que alguém escorregou por ali. Olhamos para baixo, nós dois, e vemos Lister Bird deitado na água rasa, coberto de lama, com minha faca cravada no lado esquerdo da barriga.

ANGEL RAHIMI

Jimmy congela, incapaz de fazer qualquer outra coisa além de ficar olhando para Lister e a faca. Meus pensamentos cessam por completo. Desço, enfiando bem o tênis na lama antes de transferir o peso de um pé para o outro, para não escorregar. Lentamente, desço a margem do rio.

Lister deve ter escorregado e caído. Provavelmente bêbado. Será que foi assim que a faca entrou na barriga dele? Será que ele estava com ela na mão quando caiu?

Conforme me aproximo, consigo analisar melhor a situação. A cabeça dele não está na água, graças a Deus, mas seus olhos estão fechados. Quando chego mais perto, quase na beirada do córrego, noto seu peito subindo e descendo de leve.

Graças a Deus, graças a Deus, graças a Deus.

— E-ele está vivo — grito para Jimmy.

Dou uma olhada rápida para trás. Jimmy já começou a descer — muito mais devagar que eu, mas está vindo.

Olho de novo para Lister e observo seu corpo. A faca definitivamente entrou. Ah, meu Deus. Merda. Será que tem algum órgão importante ali? Ela entrou meio de lado. É onde ficam os rins? O intestino? Não sei, nunca fui boa em biologia.

Aponto a lanterna do celular para ele. Lister não está só coberto por lama. Tem sangue também.

— Não, não, não, não, não. — A voz de Jimmy interrompe meus pensamentos frenéticos enquanto ele tenta chegar a nós. — P-por que ele estava com a faca?

— Não importa.

Começo a bater no rosto de Lister. Preciso mantê-lo acordado, não é? Não sei. Repasso mentalmente todos os filmes de suspense que já vi.

Lister se mexe e suas pálpebras estremecem. Por um breve momento, parece que ele está acordando de uma soneca vespertina, mas então a ficha cai. Ele solta um ruído terrível do fundo da garganta e lágrimas começam a rolar de seus olhos.

— Está tudo bem, estamos aqui — eu digo, mas ele treme de forma violenta. Nada está bem.

— D-dói...

A voz dele sai tão baixa que, com o barulho da água, quase não a ouço.

Jimmy vai até o outro lado de Lister e senta no riacho. Ele começa a passar a mão no cabelo do amigo.

— Está tudo bem, você vai ficar bem — Jimmy diz, mas sua voz sai trêmula e totalmente incerta.

Ilumino o resto do corpo de Lister com o celular. A perna parece torcida em um ângulo estranho. Só de olhar, meu estômago se revira. Quanto tempo faz que ele está aqui?

— Acho que ele quebrou a perna também — digo, mas isso só parece deixar Lister mais assustado.

— Tiramos a faca? — Jimmy pergunta, com os olhos desvairados em mim.

— Isso não vai fazer sangrar mais?

— Não sei! Não pode fazer bem onde está! Ele está tremendo! A faca está cortando mais!

Jimmy tem razão. Agora que Lister acordou, sempre que se move a faca parece entrar um pouco mais.

Não temos tempo de ficar discutindo.

— Não podemos tirar a faca — digo. — Ele pode sangrar até morrer. Faça com que ele fique calmo pra que não se mexa muito.

Jimmy pega o rosto de Lister nas mãos e o vira um pouco para que ele o encare.

— P-por favor, p-por favor — Lister gagueja, a voz quase tão baixa quanto um sussurro. Seu corpo todo treme de frio, e eu me dou conta de que é porque ele está parcialmente submerso na água gelada.

— Você vai ficar bem — Jimmy diz, aproximando o rosto. Os olhos de Lister estão totalmente arregalados, desvairados, se esforçando ao máximo para se concentrar em Jimmy. — Só continua olhando pra mim.

Jimmy me olha de relance.

— P-precisamos de uma ambulância — digo. Enxugo rapidamente meu celular com a mão e ligo para a emergência, mas estou sem sinal. Tento de novo e de novo, com as mãos tremendo, mas não adianta. Não adianta, e não sei mais o que fazer.

Lister começa a chorar. Não é nem um pouco como eu imaginava. É um rangido dolorido que me deixa brava.

— D-desculpa — ele diz, virando a cabeça para descansá-la sobre a perna de Jimmy. — Desculpa... foi um acidente...

— Eu sei, eu sei. Está tudo bem.

Jimmy continua passando a mão no cabelo dele.

A respiração de Lister se acalma um pouco, e percebo que ele está perdendo os sentidos outra vez. Jimmy bate em seu rosto com certa força, e os olhos de Lister voltam a se abrir.

— Fica acordado, Lister, por favor, fica acordado.

Somos interrompidos pelo som de passos. Eu me viro e vejo Rowan, Bliss e Juliet olhando para nós de cima do barranco.

— Liguem pra emergência! — grito para eles. Bliss começa a digitar na mesma hora.

— Eu s-só... queria a-ajudar... — Lister murmura, e seus olhos começam a se fechar outra vez. Ele está perdendo sangue demais. — Você disse... q-que s-se odiava... Não queria que... f-fizesse nada de... ruim...

Sua voz morre no ar.

— Estou sem sinal! — Bliss grita. Juliet destrava o celular também. Rowan desce e se junta a nós.

— Por que ele pegou a faca? — Rowan pergunta, baixinho.

Jimmy balança a cabeça.

— Não sei.

— Ambulância! — Juliet grita para o celular. Deve estar com sinal. Graças a Deus.

Rowan me empurra para o lado para se aproximar do rosto de Lister.

— Vamos, Allister, fica acordado. — Rowan pega no ombro de Lister e o balança um pouco, mas para assim que escuta um gemido agudo. — Precisamos tirá-lo da água!

— Não dá — Jimmy retruca. — É melhor não mexer enquanto ele está perdendo tudo isso de sangue!

— M-meu amigo caiu no rio. Ele quebrou a perna e... um objeto... perfurou a barriga dele — Juliet gagueja no celular. As palavras me deixam com vontade de vomitar.

— Onde estamos? — Juliet grita. Rowan grita de volta o nome do lugar.

Eu levanto e recuo. Na verdade, só estou no caminho. A chuva já está limpando o sangue e a lama das minhas mãos.

— Eles vão mandar um helicóptero! — Juliet grita para nós.

Jimmy deita ao lado de Lister na água e passa o braço por baixo da cabeça do amigo.

— Tem um helicóptero vindo. Vai ficar tudo bem. Você vai ficar bem.

Recuo mais um pouco e entro no riacho. Ele é tão raso que cobre apenas meus tornozelos. Eu me ajoelho, mergulho as mãos e fico vendo o sangue correr com a água gelada.

JIMMY KAGA-RICCI

Quando ouvimos o barulho do helicóptero sobrevoando, a pele de Lister está gelada. Ele ainda respira, mas não consigo acordá-lo. Tudo acontece em ritmo acelerado. Juliet e Bliss acenam com o celular na mão e a lanterna ligada, torcendo para que identifiquem logo onde estamos. Parece que passaram horas até os dois socorristas transferirem Lister para uma maca e o tirarem do rio, mas na verdade deve ter sido apenas alguns minutos.

Acompanhamos os socorristas correndo pelo bosque até chegar ao helicóptero, que estava pousado no campo. Não podemos ir junto, e me dou conta de que Rowan me segura e me derruba na plantação enquanto levam Lister embora. Não, preciso ficar com ele, preciso estar com ele caso... caso ele...

Por um tempo, tudo o que faço é ficar ali. Chorando.

E rezando.

DOMINGO

mas sacrificar o que se é e viver sem crença é
um destino muito mais terrível que a morte.
Joana d'Arc

ANGEL RAHIMI

— Olha, eu trouxe uma Sprite e um pacote de balas — digo, oferecendo ambos a Juliet na volta da lojinha. Estamos na estação de trem de Rochester, embora eu mal a reconheça.

Juliet aceita com uma risada surpresa. Ela prende o cabelo atrás da orelha e sorri para mim.

— Como sabe que eu gosto de bala de gelatina?

— Você deve ter mencionado isso umas dez mil vezes em nossas conversas no Facebook.

— Ah, nossa. Falo tanto assim sobre bala?

— Fala. Tipo, talvez o alguém especial que você conheceu na internet sejam essas balas de gelatina.

— Opa. Chegamos cedo demais.

Nosso trem sai em vinte minutos, por isso depois de dar uma volta sentamos na área de espera. Ficamos em um silêncio confortável enquanto Juliet come as balas e eu tomo o milk-shake que comprei. Estou adorando ver as pessoas passarem. Aonde será que aquele cara vai? Com o que aquela mulher está preocupada? Qual é o maior medo dessa pessoa? E o maior desejo?

Não sei. Agora tudo me parece mais interessante.

— Não comprou nada pra mim? — pergunta uma voz, e eu me viro para o outro lado e sorrio para Bliss Lai.

— Claro que sim — digo, e tiro outro milk-shake da mochila. — Tó, leiteira.

— Tá, "leiteira" não é um apelido muito bom. Mas *excelente escolha.*

Ela abre a tampa e dá um gole.

— Como está nosso menino? — Juliet pergunta, mastigando.

Olho o celular.

— Não recebi nada — digo.

Ficamos todas em silêncio por um momento. Respiro fundo e recosto na cadeira.

Ontem à noite, Jimmy e Rowan foram para o hospital de táxi assim que a estrada foi liberada. Os dois estavam assustadoramente em silêncio. Jimmy já tinha parado de chorar. Mal nos despedimos. Jimmy só olhou para mim quando chegou à porta, antes de partir, e eu me dei conta de que provavelmente nunca mais iria vê-lo.

Só em fotos. E vídeos. E na internet.

Rowan ficou de mandar notícias por mensagem para Bliss. Nenhum de nós — eu, Juliet, Bliss e Piero — conseguiu dormir. Piero ficou sentado à mesa da cozinha, com o rádio ligado. Bliss e Juliet ficaram sentadas perto da janela. Eu fui para o escritório rezar. Pedir a Deus para permitir que Lister ficasse bem.

Às onze da noite, ficamos sabendo que eles tinham chegado bem ao hospital. Às onze e meia, Lister já estava sendo operado.

Então passamos mais de quatro horas sem notícias.

Às quatro da manhã, recebemos uma ligação de Jimmy, em que falava baixo e com a voz tremida.

Lister ia ficar bem.

Ele passou por outra cirurgia hoje de manhã, agora por conta da perna, mas não corre mais risco de vida. Jimmy e Rowan continuam lá, e de alguma maneira a notícia de que Lister está no hospital chegou à imprensa, embora ninguém saiba dizer exatamente o que aconteceu.

Ninguém além da gente.

— Não parece tudo um sonho? — pergunto.

— Parece — Juliet diz. — Ou uma fanfic ruim.

Todas rimos.

— Ninguém teria retratado Lister assim — digo.

— Ou Jimmy.

— Ou Rowan, pra ser sincera.

— A vida real é bem esquisita — Juliet comenta.

— É.

Ficamos mais um tempo sentadas, bebendo, comendo e observando o mundo.

O que vamos fazer agora?

Como a vida vai ser?

— Então você terminou com Rowan? — Juliet pergunta, e me dou conta de que ela ainda não falou com Bliss sobre esse assunto.

Bliss dá de ombros.

— É. A gente não estava mais funcionando. Vamos continuar amigos, mas... — Ela faz uma pausa. — Na verdade, acho que vamos ser muito melhores assim.

— Acha que ainda vai falar com ele? — pergunto.

Bliss franze a testa.

— Por que não iria?

Ela tem razão.

— Ah, ei, Angel, tenho uma coisa pra você também.

Juliet coloca a bolsa sobre as pernas e abre o zíper, enfia a mão dentro e tira um pedaço de papel dobrado. Franzo a testa e o abro.

É um poema intitulado "O anjo", escrito em caligrafia infantil.

Por Jimmy.

— Piero deu pra gente — Juliet explica. — Acho... acho que ele sabia que provavelmente não veríamos mais Jimmy e... quis que a gente ficasse com uma lembrança.

Não consigo encontrar palavras.

Não li a segunda estrofe do poema da outra vez, então agora leio os oito versos, do começo ao fim.

Quando tudo andava mal na Jimmylândia
Ele torcia por alguém que o resgatasse
O convidasse para entrar em uma banda
E tudo de sombrio e triste afastasse

Então um anjo veio e disse:
"Ora, não posso fazer tudo por você, né?"
Jimmy implorou: "Então me mostre como!".
Mas o anjo foi embora com um "Até mais, mané!".

Juliet e Bliss leem por cima do meu ombro.

— Ainda bem que Rowan é o responsável pelas letras — Juliet diz. — Sem querer ofender, mas é um poema meio ruim.

— É um anjo safadinho — Bliss comenta, concordando. — Totalmente despachado. Tipo: "A gente se vê depois, tenho meus próprios problemas pra lidar".

— É até motivacional, de um jeito diferente.

— Verdade — Bliss concorda.

Dobro o poema e o guardo na mala.

Pelo menos sempre terei isso.

— Gente — digo.

As duas olham para mim.

— Meu nome de verdade não é Angel. É Fereshteh.

Por um momento, as duas ficam em silêncio.

Então Bliss diz:

— Porra...

— Meu nome de verdade não é Juliet — Juliet diz, e isso me faz literalmente arfar alto.

Bliss leva a mão à boca.

— *Puta que o pariu.*

— É Judith — Juliet diz, franzindo o nariz. — E eu odeio muito, muito esse nome.

Fico chocada demais pra dizer qualquer coisa.

Bliss olha para mim e para Juliet, então diz:

— Desculpa decepcionar vocês, mas meu nome é mesmo Bliss. Não é, sei lá, Veronica ou algo assim.

Então começamos a rir. Alto.

— Estou indo pra casa, pai!

— Dessa vez é verdade?

— É. — Assinto ao celular. — Dessa vez é verdade.

— O que andou fazendo? Sabe que vou te obrigar a me contar *tudo* quando chegar em casa. Pro meu romance.

— Pai... Acho que você tem que inventar coisas pro seu romance. Em vez de ficar usando minha vida como inspiração.

Ele solta uma risada calorosa.

— Tem certeza de que está bem, Fereshteh? — meu pai pergunta. — Sua mãe disse que você estava muito chateada ontem. E esse rapaz da sua banda que sumiu? Ouvi no rádio que foi encontrado!

— É. Não. Digo... — Suspiro. — Aconteceram algumas coisas. Mas... vou ficar bem. E eu e a mamãe, a gente... acho que tudo vai ficar bem agora.

Silêncio. Consigo imaginar meu pai assentindo e sorrindo do outro lado da linha.

— Está bem — ele diz.

— Ô pai?

— Sim?

— Isso é meio aleatório, mas... como você acha que as pessoas começam a trabalhar como empresárias musicais?

— Sou professor de literatura, filha. Posso responder perguntas sobre *O grande Gatsby* ou poesia de amor persa, mas não sobre o mercado musical.

— Não se preocupe. — Sorrio. — Eu procuro no Google quando estiver em casa. Vai continuar me amando se eu trabalhar com isso?

— Vou continuar te amando mesmo que você seja piloto de submarino e decida passar o resto da vida nas profundezas do oceano!

— Essa é uma boa ideia para um livro!

Damos risada. Mal posso esperar para chegar em casa.

— E quanto à mamãe?

— Ela provavelmente não vai ficar tão feliz — meu pai fala. — Mas teremos bastante tempo para lidar com isso.

— É — eu digo. — Teremos.

Quando volto para perto das meninas, Juliet cruza as pernas e diz:

— Acho que tudo o que aconteceu tinha que acontecer.

— Você acha que foi o destino? — pergunto.

— Talvez. Dá pra acreditar no mundo real?

— Cara, não.

Ele segue em frente. O mundo. E nós ficamos sentadas, observando. Sei que fiz alguma coisa. Corri um risco. Vivi a vida de verdade.

Eu. Angel Rahimi.

Talvez amanhã eu faça outra coisa. Talvez amanhã acorde pensando em mim e no que eu quero. Talvez amanhã acredite em outra coisa além de meninos numa tela.

— Eles são tão *normais* — Juliet diz. — É o fim da ilusão.

— Pois é.

— Todo mundo é normal, não acham? — Bliss comenta. — Tipo, todo mundo é normal, todo mundo é esquisito, todo mundo só está tentando tocar a própria vida, manter a calma, seguir em frente. E se agarrar a qualquer coisa que lhes permita continuar.

— É — digo.

— É por isso que as pessoas entram em fandoms, formam bandas e tal. Só querem se agarrar ao que faz com que se sintam bem. Mesmo que seja tudo uma grande mentira.

— Acho que foi isso que eu fiz — digo.

— Parece um pouco mais sensato do que andar sempre com uma faca no bolso — Juliet comenta.

Todas sorrimos.

— Mas tem outras coisas boas também — digo, olhando para Juliet.

Ela me olha de volta.

— É. Tem, sim.

— Vamos recomeçar? — proponho.

Juliet dá de ombros.

— Não. Isso tudo foi importante pra nossa amizade.

— Foi nada.

Meu celular vibra. Olho para a tela.

— É do Jimmy — digo, e abro a mensagem.

Jimmy Kaga-Ricci @jimmykagaricci
Lister acordou depois da cirurgia da perna se sentindo
bem melhor
Obrigado por tudo

Então, ele me manda uma foto dos três. Lister está na cama do hospital, com a perna para cima e o maior gesso que já vi, tomando soro. De um lado está Rowan, fazendo sinal de "ok", e do outro está Jimmy, fazendo o símbolo da paz.

Juliet dá risada.

— Que fofos.

— Vamos mandar uma foto também?

— Por que não?

Abro a câmera do celular e tiro uma selfie nossa. Faço o símbolo da paz, como Jimmy, Juliet faz sinal de "ok", como Rowan. Bliss abre um sorriso. Mando para eles.

angel @jimmysangels
Diz pra ele melhorar logo!!
Obrigada por tudo tb, bjs

JIMMY KAGA-RICCI

angel @jimmysangels
Diz pra ele melhorar logo!!
Obrigada por tudo tb, bjs

Sorrio e volto a olhar para a foto. Elas parecem mais ou menos felizes. Angel ainda está usando o lenço florido da minha avó. Juliet descansa a cabeça no ombro dela. Não vejo Bliss tão animada há muito tempo.

O monitor de frequência cardíaca — ou o que quer que seja — bipa de maneira ritmada, garantindo para todo mundo no quarto que Lister continua vivo. Não que a gente precise disso, considerando que ele está sentado e devorando furiosamente um pacote grande de Doritos.

Rowan franze o nariz do peitoril da janela, onde está sentado.

— Você está literalmente coberto de farelo de Doritos.

— Me deixa, Ro-Ro. Acabei de me esfaquear sem querer.

— Isso vai servir de desculpa pra absolutamente tudo daqui pra frente?

— Provavelmente. — Lister enfia mais Doritos na boca. — Preciso viver minha vida intensamente. Nunca vou saber quando vai ser meu último dia. E tal.

— E isso envolve… Doritos.

Lister sacode o pacote para Rowan.

— Se dependesse de mim, tudo na minha vida envolveria Doritos.

A viagem de táxi até aqui foi provavelmente a pior meia hora da minha vida. Na maior parte do tempo, eu estava convencido de que Lister já tinha morrido. Foi só quando chegamos ao hospital e soubemos que ele estava em cirurgia que me permiti ter esperança.

Quando os paparazzi e os fãs começaram a aparecer, deixaram que a gente se escondesse em uma sala restrita a funcionários. Alguém nos viu e divulgou nossa localização, o que não chega a ser uma surpresa.

Depois que Lister saiu, vivo, mas inconsciente e dopado, fomos transferidos para o quarto, onde passamos algumas horas. Então ele voltou à sala de cirurgia, por causa da perna, e nós ficamos sozinhos de novo. Senti que não conseguia respirar durante todo o tempo que Lister ficou fora.

Ele acordou algumas horas depois de voltar, e eu aproveitei para chorar e pedir desculpa um bilhão de vezes. Lister me fez parar, mas tenho certeza de que não me desculpei o bastante. Na verdade, ele finge estar cem por cento, mas sempre que se move rápido demais seus olhos estremecem e ele reprime uma careta.

Ainda me odeio.

Só para confirmar.

Ainda acho que sou o pior humano do mundo.

Mas, você sabe...

Isso não é incomum.

Eu levanto da cadeira e vou me juntar a Rowan na janela. Temos vista para o pátio. Rowan observa algumas crianças que brincam de amarelinha.

Ainda não conversamos, mas sinto que isso está prestes a acontecer.

— O que vamos fazer com ele? — Rowan murmura para mim, acenando de leve com a cabeça para Lister e sua nuvem de pó de Doritos.

Preciso de um momento para entender do que está falando.

— Ah. A bebida.

— Isso.

— Bom, tenho ótimos contatos no mundo da terapia.

Rowan dá risada.

— Isso é bom. Acho que todos precisamos de terapia, pra ser honesto.

— É.

— Você pode sair, se quiser. Não quero que seja infeliz.

— Não quero sair.

Ele olha para mim, chocado.

— Não?

— Bom, eu meio que quero.

— Para de se contradizer — ele fala, então ri. — Tenta ser coerente, cara!

— Nós três... nascemos pra ficar juntos — digo. — Não posso dar as costas pra isso. Não quero dar as costas pra isso.

— *Nascemos pra ficar juntos* — Rowan repete. — Acha que é nosso destino?

— É.

— Vou colocar numa música.

— Deveria. Isso tudo daria uma ótima música, na verdade.

Rowan sorri.

— Daria mesmo, não é?

— Fazer parte do Ark às vezes é... horrível.

— Você comentou.

— Mas sair... deixar vocês dois... seria péssimo. — Olho para Rowan. — Vocês são a coisa mais importante pra mim.

— Falem mais alto — Lister diz da cama. — Estou perdendo o papinho emocionado. Acho que eu deveria ser incluído, já que fui esfaqueado.

Rowan geme.

— Por favor, para de falar que você foi *esfaqueado*.

— Não vou parar. Nem agora nem no futuro próximo.

Sorrio para Lister.

— Eu só estava dizendo que amo vocês dois.

Lister vira a cabeça de lado.

— Ah! Porra! Vocês quase me deixam perder isso? Jimmy em uma rara demonstração de emoções positivas?

— E não vou sair da banda.

— Não?

— Não.

O sorriso de Lister se desfaz. Ele me olha com sinceridade.

— Você sabe que vamos mudar as coisas, né?

— Como assim? — pergunto.

— Chega dessa… pressão pra fazer tudo. Chega de ser manipulados e forçados a agir de certa maneira. Precisamos ser firmes quanto ao que queremos. Ao que todos queremos. O novo contrato que se foda.

— É — Rowan murmura, olhando para mim.

— Tipo… — Lister prossegue. — Tipo aquela garota, a Angel. Ela sabia o que queria. No que acreditava. O que amava. E… foi lá e *fez*. — Lister balança a cabeça. — Nunca conheci ninguém assim.

Rowan volta a olhar pela janela.

— Ela definitivamente não é o que eu achava que seria.

— Uma fã maluca, você diz?

— Ela é uma fã maluca, mas talvez fãs malucas não sejam o que eu achava que seriam. Bom, pelo menos não todas.

— Elas são meio normais, na verdade — digo.

— Ou somos todos esquisitos.

— Total.

— SOMOS TODOS ESQUISITOS! — Lister grita tão alto que eu me encolho, e ele mesmo faz uma careta. — Tá, isso doeu.

— Descansa um pouco, meu Deus do céu — Rowan diz.

— Que chatice — Lister retruca.

Depois de dez minutos, ele volta a pegar no sono. Rowan e eu ficamos sentados à janela, observando seu peito subir e descer devagar, ouvindo os bipes constantes que indicam as batidas do seu coração.

— Acho que ele é a fim de você — Rowan comenta.

Olho para ele, sobressaltado.

— Quê?! Como você… como você sabe?

Rowan dá de ombros.

— Só de olhar. — Ele ergue as sobrancelhas diante da minha agitação. — Por quê, aconteceu alguma coisa?

— Er... — começo a dizer, mas não consigo ir adiante, não consigo não ficar vermelho. — Er... Falamos disso depois.

Rowan ri. Sua risada sempre o faz parecer mais jovem, me lembrando de quando era mais novo.

— Mudanças vão rolar.

Balanço a cabeça.

— Mudanças? Que mudanças?

— *Mudanças.*

— Isso soa bem sinistro.

Rowan ergue um braço e o passa sobre meus ombros.

— Vai ser bom, Jimjam. Vai dar tudo certo.

Ficamos em silêncio até começar a ouvir gritos do outro lado da janela. Confusos, nós nos viramos para olhar um grupinho de meninas que acena e grita. Ouço uma delas dizer ao longe:

— MELHORAS, LISTER!

Outra só fica de pé, olhando e sorrindo muito.

Olho para Rowan. Ele está rindo. Levanta a mão e acena para as meninas.

— Quem diria? — Rowan comenta.

Olho para elas e começo a acenar também. É um jeito de mandar amor.

AGRADECIMENTOS

Foi aterrorizante escrever este livro, que me veio como um vendaval. No entanto, aqui estamos nós, compartilhando uma nova criação, com uma história que me enche de orgulho e personagens que amo profundamente.

Eu não teria chegado a lugar nenhum se não fosse por minha agente, Claire Wilson, que me apoiou esses anos todos. Meu primeiro e maior agradecimento é sempre a ela.

Tive a sorte de trabalhar com Sarah Hughes neste livro — uma editora incrível que entendeu perfeitamente o que eu estava tentando fazer e contribuiu com muitas sugestões incríveis. Também tive a honra de me envolver um pouco com esta capa e as capas novas dos meus dois livros anteriores, então agradeço muito a Sarah e ao maravilhoso designer Ryan Hammond, por ouvir minhas ideias, considerar meus esboços e por dar a minhas obras a cara mais perfeita possível. Eu me diverti MUITO.

A toda a equipe da HarperCollins Children's, por ter ficado ao meu lado esse tempo todo, ainda que meus livros sejam um pouco estranhos.

Não tenho muita facilidade em fazer amigos e às vezes me sinto só no mundo dos escritores, mas, por sorte, há uns quatro anos e meio Lauren James me mandou uma mensagem no Tumblr. Agora ela é não apenas uma das minhas amigas mais próximas como é a primeira pessoa a quem recorro em todos os meus projetos criativos. Obrigada por estar sempre presente. Mal posso esperar para que a gente conte mais histórias e troque mensagens freneticamente a respeito.

Um agradecimento enorme à minha família, por concordar educadamente diante das minhas ideias malucas, e aos meus amigos, mesmo aqueles que não leem meus livros. Patrick, escreva logo o seu.

Agradeço a Mehak Choudhary e Ahlaam Moledina, cuja contribuição foi inestimável em tudo o que envolve a religião e a cultura de Angel, e a Vee S, que leu este livro logo no começo e me ofereceu conselhos atenciosos e inteligentes sobre a experiência de Jimmy como um jovem trans.

Agradeço àqueles que compartilharam sua experiência como pessoa trans comigo: Max, Kai Smith, Alexander Yeager, Isaac Freeman, Kan, Ezra Rae, Alex, Ell Eggar, Amanda, Ardell A, Alice Pow, Klaus Evans, Al Vukušić Reeden Ashworth, Eleanor Horgan, Ari Lunceford-Guerra, Blu W, Phobos, Noah, Charli F, Eli, Noodler, Robin, David K, Arthur Blum, Fitz, K. Funderburg, Felix, Alexander, Alec R, Vivian Hansen, Cedric Reeve, Kit Stookey, Jaxon Stark, Phoebe, Ollie, Marianne Orr, Bryn Kleinheksel, Anna e Jace C. E àqueles que compartilharam sua experiência como muçulmanos: Sarah K, Aisha Tommy, Amena, Inas K, Mariam Aref, Sara Almansba, Yasmina Berraoui, Shatha Abutaha, Usma Qadri e Hizatul Akmah. A sabedoria e o discernimento de vocês me ensinaram muito e deram vida a Jimmy e Angel.

Quero agradecer aos meus leitores. É um pouco cafona, eu sei, mas a verdade é que se posso sentar aqui e escrever meus livros é por causa de vocês. Em especial, um agradecimento enorme a todas as pessoas que escrevem sobre meus livros e meus personagens na internet. Seu apoio me fez sobreviver a todas as minhas crises existenciais.

E, finalmente, agradeço aos fãs. Todos os fãs. Fãs de bandas, músicos, youtubers e atores. Fãs de livros, games, filmes e quadrinhos. Obrigada por serem quem são. Há muito amor e paixão dentro de vocês. E os melhores corações.

ESTA OBRA FOI COMPOSTA POR VANESSA LIMA EM BEMBO E
IMPRESSA EM OFSETE PELA LIS GRÁFICA SOBRE PAPEL PÓLEN NATURAL
DA SUZANO S.A. PARA A EDITORA SCHWARCZ EM AGOSTO DE 2023

A marca FSC® é a garantia de que a madeira utilizada na fabricação do papel deste livro provém de florestas que foram gerenciadas de maneira ambientalmente correta, socialmente justa e economicamente viável, além de outras fontes de origem controlada.